Martha Waters

Martha Waters est née et a grandi dans le sud de la Floride. Elle a fait ses études à l'université de Caroline du Nord, à Chapel Hill, et a travaillé dans une bibliothèque pour enfants. Elle vit désormais à Londres.

Rendez-vous dans sept ans

DE LA MÊME AUTRICE AUX ÉDITIONS J'AI LU

Petits arrangements entre époux
Quand lady Turner s'en mêle
Chamailleries amoureuses
Les caprices de lady Violet

MARTHA
WATERS

Rendez-vous dans sept ans

Traduit de l'anglais (États-Unis)
par Émilie Terrao

J'AI LU

Titre original
TO WOO AND TO WED

Éditeur original
Atria Books,
une marque de Simon & Schuster, LLC, New York

Pour ma mère, Alice,
et tous les lecteurs qui attendaient
l'histoire de West et Sophie.

Prologue

Londres, juin 1811

Sophie Wexham était tout à fait convaincue qu'un futur duc était le pire des hommes dont une femme puisse tomber amoureuse.

Elle n'avait rien à redire sur le gentleman lui-même : le marquis de Weston était grand, large d'épaules et possédait des cheveux noirs, des yeux verts et des sourcils à la ligne sévère qui s'adoucissait étrangement chaque fois qu'il croisait son regard. Il était poli et intéressant, et – chose étonnante – semblait tout aussi enclin à l'écouter parler qu'à lui faire part de ses propres réflexions, une qualité de plus en plus rare parmi les hommes de la haute société – et même, Sophie le devinait, parmi la gent masculine en général. Il était respectueux envers ses parents et amusé par ses sœurs, et il avait laissé entendre à plusieurs reprises qu'il prévoyait de s'entretenir avec son père d'une affaire de la plus haute importance très bientôt. Très, très bientôt.

Il existait cependant un problème de taille : le duc de Dovington. L'homme dont West hériterait un jour. Un homme qui, malheureusement, Sophie en était de plus en plus convaincue, ne l'appréciait pas du tout.

— Lady Wexham.

Sophie leva les yeux, surprise. Elle était au bal des Haverford, où le souper venait de se terminer, et elle s'était laissé emporter par la vague de convives qui évacuaient la salle à manger, en quête de sa sœur cadette, Maria, sur laquelle elle préférait garder un œil. Le duc de Dovington se tenait devant elle. Vêtu d'un habit de soirée, il affichait une ressemblance stupéfiante avec ses fils, bien que ses yeux soient d'un brun ordinaire, au lieu du vert saisissant dont West et son frère étaient dotés.

— Puis-je vous dire un mot ?

Elle balaya la pièce d'un regard désespéré, priant pour qu'un sauveur se matérialise, avant d'admettre que la seule option décente qui s'offrait à elle était de faire une révérence et de dire :

— Bien sûr, Votre Grâce.

Jusqu'à cet instant, elle n'avait pas eu à se plaindre de la soirée. Le bal des Haverford était l'un des derniers grands événements de la saison. Elle était arrivée enveloppée de soie et de dentelle, portant le collier d'émeraudes préféré de sa mère, prêté pour l'occasion. Elle avait dansé deux fois avec West, et le reste de son carnet de bal avait été rempli par des connaissances à lui : son meilleur ami, le marquis de Willingham, qui la taquinait malicieusement à propos des attentions de West à son égard, le jeune frère de Willingham, lord Jeremy Overington, qui était si impertinent et charmeur que c'en était presque inconvenant et enfin, juste avant le souper, lord Fitzwilliam Bridewell, un autre compagnon de West, qui n'avait d'yeux que pour une beauté aux cheveux noirs de l'autre côté de la salle.

Le duc lui tendit le bras et la conduisit de la salle à manger à la salle de bal, où il entreprit de l'escorter tandis qu'ils faisaient tranquillement le tour de la pièce.

— Vous et mon fils semblez... beaucoup vous apprécier.

Comme il semblait avoir choisi ce mot pour l'agacer, elle se contenta de répondre :

— Ce n'est pas faux.

— J'ai cru comprendre qu'il s'était mis en tête de faire sa demande.

— Je crois que c'est peut-être son intention, oui.

Elle et West avaient tourné autour du sujet pendant des semaines. La veille, il avait mentionné son désir de rendre visite à son père dans les jours à venir.

Il y eut un long silence pendant qu'ils poursuivaient leur trajectoire circulaire, puis le duc déclara :

— Il n'a que vingt-quatre ans, vous savez.

Sophie hésita un instant. Ce n'était pas l'angle d'attaque qu'elle attendait.

— Je sais.

— C'est jeune. Je ne pensais pas qu'il songerait à se marier aussi tôt. Il a encore beaucoup à apprendre.

— Et je serai ravie d'être à ses côtés dans cet apprentissage, affirma Sophie.

Il était étrange d'entendre parler de West en ces termes. Certes, les hommes de son rang avaient l'habitude de se marier tard – l'opinion commune parmi la bonne société était que les jeunes hommes étaient trop impétueux pour s'établir à cet âge et qu'il ne fallait pas s'attendre à ce qu'ils se calment avant trente ans –, mais ce n'était pas non plus une situation inédite. Et le poids de son héritage, de ses responsabilités, semblait peser plus lourdement sur lui que sur les autres hommes, le faisant paraître plus mûr qu'il ne l'était.

— Hum... Vous avez des sœurs plus jeunes, n'est-ce pas, mademoiselle Wexham ?

Sophie se raidit à cette question, mais s'efforça de garder un pas mesuré en maintenant sa main sur le bras du duc.

— Quatre.

— Vous espérez sans doute qu'elles feront des rencontres fructueuses.

— Naturellement.

— J'ai cru comprendre que votre sœur – Mlle Maria, n'est-ce pas ? – s'était entichée d'un certain marquis cette saison.

Le duc avait pris un ton badin mais Sophie n'était pas dupe, et elle se figea.

— Je crains que vous ne fassiez erreur, Votre Grâce.

Sa voix était calme, mais l'effroi commençait à l'envahir.

— Je ne contredirai jamais une dame, bien sûr, assura poliment le duc, et Sophie réprima une forte envie de lever les yeux au ciel. Simplement, je sais à quel point vous devez espérer le bonheur de votre sœur, et je ne voudrais pas que cette rumeur sordide y fasse obstacle. Et puis, il y a aussi les perspectives de vos autres sœurs à prendre en compte. On m'a dit que les deux plus jeunes étaient assez... fougueuses.

Sophie s'arrêta et pivota pour faire face au duc ; ils étaient légèrement dissimulés au reste de la foule par un énorme palmier en pot.

— Qu'insinuez-vous, Votre Grâce ?

Elle avait réussi à garder un ton poli, au prix d'un important effort. Le fait d'être l'aînée de cinq sœurs, celle sur qui l'on comptait pour donner le bon exemple, lui avait permis d'acquérir un sang-froid hors du commun face aux provocations.

— Rien du tout, mademoiselle Wexham. Je souhaitais simplement vous rappeler que les actes ont des conséquences. Et je ne voudrais pas que vous agissiez sans y avoir pleinement réfléchi.

Avant qu'elle puisse répondre, il s'inclina sur sa main pour la saluer sèchement, puis tourna les talons et s'éloigna à grands pas, laissant Sophie se débattre avec les feuilles de palmier qui lui tombaient sur le visage et un horrible sentiment de vide au creux de l'estomac.

*

* *

— Vous voilà !

Au son de la voix de Sophie, West se détourna de David... non, de Willingham – il avait encore du mal à s'habituer au nouveau titre de son ami, même s'il en avait hérité depuis déjà quelques années. Dans sa robe de soie vert clair, la jeune femme était magnifique, comme toujours. Ses cheveux dorés étaient coiffés simplement, sans ces boucles à la mode cette saison, et laissaient son beau visage offert à son regard affamé.

— Bonjour.

Il lui adressa un petit sourire, qui s'effaça immédiatement lorsqu'il saisit l'expression de la jeune femme, qui semblait dévastée.

— Que se passe-t-il ?

— Il faut que je vous parle.

Sa voix était posée, mais laissait transparaître une tension qui aurait été indétectable pour quelqu'un qui ne la connaissait pas.

— Bien sûr.

Il se tourna vers David.

— Si tu veux bien nous excuser...

David acquiesça, ses sourcils se fronçant légèrement devant ce qu'il parvenait à déceler dans l'expression de Sophie.

— On se voit demain au combat de boxe ?

— Oui, oui...

West était distrait. Il avait déjà oublié qu'il avait promis à David, à contrecœur, de l'accompagner à un combat de boxe dans le Kent le lendemain. Il fit un vague signe d'adieu à son ami, puis pivota vers Sophie.

— Trouvons un endroit calme où nous pourrons parler.

Elle hocha la tête et il la conduisit à l'extérieur de la salle de bal, par une porte latérale, dans un couloir vide. Ce n'était pas l'intimité parfaite, mais c'était suffisant.

— Votre père ne veut pas qu'on se marie, dit-elle précipitamment dès qu'ils furent seuls.

Il lui prit les mains et la força gentiment à lui faire face.

— Pourquoi dites-vous cela ? demanda-t-il, un terrible pressentiment s'installant au creux de son estomac.

— Pourquoi ? répéta-t-elle, une note d'amertume s'insinuant dans sa voix. Parce qu'il est délibérément venu me trouver pour me *menacer*, voilà pourquoi !

Elle dégagea l'une de ses mains pour repousser une mèche de cheveux derrière son oreille d'un geste impatient.

West se figea à ces mots, tandis que la colère s'insinuait lentement en lui.

— Que voulez-vous dire par « menacer » ?

— Je veux dire qu'il m'a escortée dans la salle de bal après le souper et en a profité pour laisser entendre, en termes très vagues et courtois, que si je vous épousais il compromettrait les perspectives de mariage de Maria.

West inspira lentement. Toute sa vie, il s'était plié aux règles soigneusement définies auxquelles son père attendait que son héritier obéisse, et bien qu'il se soit parfois révolté contre ces restrictions, il ne s'était jamais senti vraiment *furieux* à ce sujet. Jusqu'à présent.

— Je ne l'accepterai pas.

Sophie plissa les yeux.

— Votre père ne me semble pas être le genre d'homme qui se préoccupe beaucoup de ce que son fils pourrait *accepter*.

Il était difficile de le contester, mais West avait passé toute sa vie à jouer les héritiers dévoués, à se rendre indispensable au duc. Pour une fois, pensait-il, il résisterait et en sortirait victorieux. Il n'avait pas le choix – pas quand l'autre option était de perdre Sophie.

Il n'avait jamais rien autant désiré de toute sa vie que l'épouser.

— Mon père a besoin qu'on lui rappelle que je ne suis plus un petit garçon, qu'il ne lui revient pas d'arranger ma vie comme il l'entend, déclara-t-il en tendant le bras pour reprendre sa main.

Elle le laissa l'attirer plus près de lui, le regard troublé.

— Croyez-vous que ce sera si simple ?

En vérité, il l'ignorait, mais il ne voulait pas le lui avouer. Il ne supportait pas l'idée qu'elle puisse avoir des doutes, ne serait-ce qu'un instant, sur sa capacité à lui offrir l'avenir qu'il lui avait promis.

— Je crois que mon père est un homme de caractère, dit-il prudemment, mais je sais aussi qu'il n'a jamais cherché à m'imposer sa volonté sur un sujet qui m'importe autant que celui-ci.

La lueur dans les yeux de Sophie s'était adoucie, mais le pli qui barrait son front ne lui plaisait pas.

— Vous ne pouvez pas... Je sais..., commença-t-elle d'une voix hésitante avant de pousser un soupir de contrariété en détournant le regard. Je sais que vous avez mentionné votre intention de parler à mon père, mais nous ne pourrons nous fiancer tant que ce problème ne sera pas résolu.

Il resserra son étreinte sur ses mains.

— Vous ne voulez donc plus m'épouser ?

Sa voix, tendue, n'était qu'un murmure.

Ses yeux croisèrent de nouveau les siens.

— Vous savez bien que si, répondit-elle doucement. Mais nous ne pouvons pas prendre le risque que notre union ruine la réputation de Maria.

— Je sais, concéda-t-il en lui caressant la joue.

Il jeta un coup d'œil rapide dans le couloir, vit qu'ils étaient toujours seuls et déposa un baiser rapide sur son front.

— Je ne voudrais pas qu'un membre de votre famille souffre parce que nous avons eu la malchance de tomber amoureux.

Ces mots atterrirent avec un certain poids dans l'espace qui les séparait. Bien qu'ils se fréquentent depuis des semaines et aient évoqué le mariage, ni elle ni lui n'avaient encore décrit précisément ce qu'il y avait entre eux.

Elle déglutit.

— C'était de la malchance, alors ?

— Non, assura-t-il tout bas en plongeant dans son regard. Vous rencontrer à ce récital est la chose la plus chanceuse qui me soit jamais arrivée, et je serai damné si je laisse mon père gâcher cela.

Il lui serra doucement les mains.

— Je lui parlerai, je vous le promets.

Elle l'observa un long moment, puis acquiesça.

— D'accord.

Ils sursautèrent au bruit de pas et de rires qui se rapprochaient, et West relâcha les mains de Sophie, regrettant aussitôt leur douce chaleur.

— Je ferais mieux d'aller retrouver ma sœur, dit-elle à contrecœur, refusant de prendre le bras qu'il lui offrait. Il serait préférable que nous ne revenions pas en même temps dans la salle, je suppose.

Il inclina la tête.

— Bien sûr.

Il déposa un baiser sur sa main et la regarda s'éloigner, envoûté par la promesse de la peau claire de ses épaules.

Ses cheveux brillaient comme une pièce de monnaie sous la douce lumière des bougies, et il ne put en détacher les yeux jusqu'à ce qu'elle disparaisse à l'angle du couloir.

Ce n'est qu'à ce moment-là, seul avec ses pensées, qu'il se laissa aller à s'appuyer contre un mur, la tête en proie à un martèlement sourd tandis qu'il jurait intérieurement.

*

* *

David trouva West dans la salle de billard, où il ne jouait pas mais ruminait dans un fauteuil, le regard vide, un verre de cognac à moitié plein devant lui.

— Tu bois seul ? demanda son ami en s'enfonçant dans un siège à côté de lui. Peut-être qu'on arrivera à faire de toi un débauché, après tout.

Il marqua une pause, puis ajouta d'un ton un peu plus doux :

— Tu as envie d'en parler ?

— Non.

West vida le verre. Ce n'était pas son premier. Ni son deuxième. Il s'était retiré ici après avoir quitté Sophie, l'esprit fixé sur la façon d'approcher son père – pour lui faire comprendre, une fois pour toutes, qu'il ne devait pas intervenir. Trois verres de cognac n'avaient pas suffi à lui apporter une réponse.

— Je pensais aller dans le Kent avec ma nouvelle calèche demain, indiqua David en buvant une gorgée du verre de vin qu'il tenait à la main.

Ses cheveux dorés étaient ébouriffés et sa cravate de travers ; West se demanda distraitement avec qui son ami avait trouvé à se divertir ce soir-là.

— C'est la plus rapide que j'aie jamais conduit.

— J'espère bien, si tu veux avoir une chance d'échapper à tes créanciers, se moqua West.

— Ah !

David prit une nouvelle gorgée de vin et contempla le feu d'un air maussade.

— Je n'aurais aucun mal à les battre à la course. Et toi aussi.

West versa un peu plus de cognac dans son verre, puis le tint en l'air, contemplant le liquide ambré dans le cristal. Sa tête tournait et sa conversation avec Sophie résonnait encore dans son esprit. La perspective d'une confrontation imminente avec son père était comme un poids sur ses épaules. Il se sentait irrité, en colère et, pour une fois, quelque peu… téméraire.

Il posa la tête contre le dossier de son fauteuil, jetant un regard en coin à son ami tout en prenant une longue gorgée d'alcool.

— Tu veux parier ?

*
* *

Il ne revit pas Sophie ce soir-là, mais partit en compagnie de David dans un brouillard imbibé de cognac et se réveilla le lendemain matin avec une migraine foudroyante, de fort mauvaise humeur et engagé dans un pari irréfléchi avec son ami.

Demain, pensa-t-il. Il se rendrait dans le Kent aujourd'hui dans l'après-midi, puis parlerait à son père et irait voir Sophie le lendemain.

Mais il n'alla pas la voir le lendemain – pas après la tournure terrible que prit cette journée. Il ne la croisa de nouveau que quelques semaines plus tard, après l'accident. Après la mort de David. Après qu'il eut enfin réussi à sortir de son lit, suffisamment rétabli pour marcher mais pas sans un atroce boitement, souvenir de cette course maudite.

Et après qu'elle fut devenue la femme d'un autre homme.

1

Londres, mai 1818

Sophie n'aurait pas recommandé le veuvage comme règle de vie, mais cette condition présentait indubitablement certains avantages. Celui de se déplacer à sa guise, par exemple, sans qu'aucun homme vienne s'enquérir de ses allées et venues. Elle pouvait passer ses journées à lire, à jouer du piano ou à peindre – en réalité, elle n'avait jamais consacré un jour entier à l'une de ces activités. Elle pouvait verser quelques gouttes de cognac dans son thé de l'après-midi sans avoir à supporter le regard désapprobateur d'un époux – cela, elle l'avait fait en plus d'une occasion. Et elle pouvait prendre tranquillement son petit déjeuner dans le salon devant un éventail de pâtisseries alléchantes, sans que quiconque interrompe sa solitude paisible.

Ou plutôt, elle *imaginait* que cela était possible, ses sœurs veillant à ce que cette option ne lui soit presque jamais offerte.

— Sophie !

Sophie leva le regard du journal qu'elle feuilletait en buvant son thé, résistant à l'envie de lever les yeux au ciel à la vue de non pas une, ni deux, mais *trois* de ses sœurs qui l'observaient de l'entrée de la pièce. Derrière elles, Grimball, son fidèle majordome, lança d'un ton frénétique :

— Lady Brown-Montague ! Lady Lancashire ! Lady Covington !

Harriet, la plus jeune sœur de Sophie – d'à peine seize minutes – lui adressa un sourire radieux.

— Merci, Grimball, mais je ne pense pas que nous ayons besoin d'être annoncées. Nous sommes de la famille.

— Pourquoi cela ressemble-t-il à une menace ? murmura Sophie en se levant pour embrasser ses sœurs.

— Sophie, le sarcasme ne te va pas, gronda Betsy, la jumelle de Harriet, avant d'apercevoir le plateau rempli de croissants sur le buffet. Ah, je vois que Mme Villeneuve a fait des croissants ! Quelle heureuse coïncidence : ce sont mes viennoiseries préférées !

Elle posait dessus un regard si voluptueux que Sophie s'inquiéta presque pour la vertu des viennoiseries.

— Hum, une coïncidence, en effet, plaisanta-t-elle en se rasseyant tandis que Harriet, Betsy et Alexandra se penchaient sur le généreux plateau. Rien à voir avec le fait que Mme Villeneuve fait des croissants tous les lundis, ce que tu sais parfaitement.

— Absolument rien à voir, assura joyeusement Betsy en déposant deux croissants sur une assiette, hésitant à en prendre un troisième. C'est un heureux hasard, tout simplement... Le destin nous sourit en cette joyeuse journée de retrouvailles entre sœurs !

— Betsy, dit Harriet avec sévérité, as-tu recommencé à lire des romans ?

— En fait, j'en écris, déclara Betsy.

Sophie et Harriet clignèrent des yeux mais, avant qu'elles puissent poursuivre leur enquête, Betsy se pâma à la vue d'une tarte aux pommes particulièrement appétissante, temporairement sourde à toute autre question.

— Comment étaient les Cornouailles ? demanda Alexandra, une sœur cadette de Sophie, qui était devenue veuve moins d'un an après elle.

Elle avait choisi une quantité plus raisonnable de pâtisseries et s'installait maintenant dans un fauteuil juste en face de Sophie.

— C'était charmant. Je crois que mes cheveux sentent encore le sel.

Sophie revenait d'une fête qui avait duré une quinzaine de jours, organisée par le vicomte de Penvale et sa nouvelle épouse.

— Cela fait une éternité que je ne suis pas allée à la mer, se lamenta Alexandra avec un peu de nostalgie.

— Peut-être devrions-nous prendre des vacances ensemble, une fois la saison terminée, suggéra Sophie en buvant une gorgée de thé et en observant sa sœur examiner la multitude de confitures devant elle. Nous pourrions aller à Brighton et nous baigner, ajouta-t-elle, uniquement pour taquiner Alexandra.

Alex détestait avoir froid et était généralement peu encline à plonger plus d'un orteil dans les eaux glaciales anglaises.

— Une bonne promenade le long du rivage suffirait, merci, dit Alexandra en étalant de la confiture de framboises sur un morceau de pain grillé. Et puis, je ne sais toujours pas ce que je vais faire cet été.

Sophie fronça les sourcils et ouvrit la bouche pour l'interroger – elle ne se souvenait pas que sa sœur ait déjà mentionné d'éventuels projets pour la fin de la saison – mais, avant qu'elle puisse creuser le sujet, Alexandra reprit :

— Je veux en savoir plus sur cette fête !

Elle prit une bouchée de pain grillé et adressa à Sophie un regard d'interrogation plein d'innocence qui la mit instantanément sur ses gardes.

— Y avait-il des gens intéressants ?

Près du buffet, Harriet et Betsy interrompirent leur discussion à voix basse et observèrent Sophie.

— Violet et Audley étaient là, répondit celle-ci sereinement en attrapant un couteau à beurre, et Emily et Belfry ont annoncé qu'ils attendaient un bébé.

Betsy, qui était elle-même enceinte et donc un peu plus émotive que d'habitude, ne put réprimer un petit « Oh ! » à cette nouvelle. Harriet tourna un regard dégoûté vers sa jumelle et cette dernière lança, sur la défensive :

— Eh bien, quoi ? Imagine à quel point leur bébé sera beau ! Avec ces yeux !

— Tous les bébés ont les yeux bleus, l'informa Harriet avec la sagesse d'une femme qui avait elle-même donné naissance l'automne précédent.

Betsy soupira.

— Oui, je sais, mais…

— D'autres convives à signaler ? insista Alexandra, un peu plus fort que nécessaire, en échangeant un regard exaspéré avec Sophie.

Elles étaient toutes deux habituées à l'épreuve que représentait une conversation en compagnie des jumelles.

— Des… gentlemen ?

— Plusieurs, confirma Sophie.

Elle déchira un morceau du croissant qui se trouvait dans son assiette. Elle avait des doutes sur la véracité des origines françaises de sa cuisinière – son accent avait tendance à se déformer à la moindre émotion –, mais il était indéniable que cette femme était douée pour la pâtisserie.

— Nous étions autant de femmes que d'hommes.

— Des gentlemen *célibataires* ? insista Alexandra.

Sophie leva la tête et croisa le regard de sa sœur. Une brève et silencieuse bataille de volonté s'engagea alors. Puis Sophie poussa un soupir résigné, et sa sœur, sentant la victoire à portée de main, se pencha en avant sur son siège.

— Lord Weston était présent, dit brièvement Sophie.

Un fait dont sa sœur semblait déjà informée, preuve que le moulin à ragots de la haute société était toujours aussi efficace.

— Vraiment ? réagit Alexandra, pensive, en se tapotant le menton.

— Alex.

Sophie retint une douzaine de choses qu'elle aurait voulu dire à sa sœur, à commencer par le fait que cela faisait sept ans qu'elle s'était crue amoureuse du marquis de Weston et qu'elle avait rêvé de leur avenir commun pendant tout un printemps – un rêve qui s'était révélé trop fragile. Et comme il s'était écoulé autant de temps, elle aurait vraiment apprécié de pouvoir assister à un événement auquel lord Weston était également convié sans déclencher une ferveur spéculative parmi ses proches.

Elle ne dit rien de tout cela, cependant. En tant qu'aînée de cinq enfants, elle avait l'habitude de résister à l'envie de rabrouer ses sœurs plus jeunes.

Aussi, elle se contenta d'attendre le tourment qui allait suivre.

— Et alors ? Il avait l'air en forme ? s'enquit Betsy en prenant une bouchée de tarte aux pommes.

Elle avait les cheveux blonds, le visage rose et la taille plutôt ronde, compte tenu de sa grossesse, et son menton était orné d'une fossette. Elle était adorable, en d'autres termes. Il n'aurait pas dû être possible qu'une expression aussi diabolique traverse ce visage d'ange.

— Je suppose.

Sophie glissa un morceau de croissant dans sa bouche.

— Semblait-il de bonne humeur ? demanda Harriet en s'asseyant à côté de sa jumelle et en saisissant la théière.

Alors que Betsy était blonde et avait les joues roses, Harriet était brune et plus pâle, même si elle arborait elle aussi une fossette au charme trompeur. Sophie avait toujours considéré les fossettes des jumelles comme l'équivalent humain du camouflage que les prédateurs utilisent dans la nature pour conduire des proies imprudentes à leur perte.

— Nous étions en mai, dans les Cornouailles. Comment aurait-il pu ne pas être de bonne humeur ? répliqua Sophie un peu sèchement.

— Et pourtant, tu fais preuve d'une mauvaise humeur assez impressionnante en ce moment, observa Alexandra, le regard posé sur sa sœur.

Sophie réprima un soupir.

— Peut-être justement parce que je ne suis plus là-bas, commença-t-elle en posant son couteau à beurre. Cette région, en plus de son ciel ensoleillé et de ses paysages magnifiques, a l'avantage d'être à une semaine de voyage de vous trois.

— Je suis blessée ! s'écria Harriet, portant une main à sa poitrine dans un geste dramatique qui aurait été plus convaincant s'il ne s'était pas accompagné d'une tentative d'avaler une généreuse bouchée de croissant. Mais, ajouta-t-elle rapidement, il se trouve qu'il s'est passé des choses très intéressantes ici aussi.

— Ah oui ? demanda Sophie distraitement.

— Oui, confirma Harriet en jetant un regard complice à Alexandra, qui semblait soudain très occupée à mélanger sa boisson – une étrange préoccupation pour une femme qui, à la connaissance de Sophie, n'ajoutait pas de sucre dans son thé.

Sophie focalisa son attention sur sa sœur. Elle comprit soudain que c'était l'une des raisons pour lesquelles les jumelles étaient ici ce matin : elles avaient une nouvelle qui, pensaient-elles, intéresserait leur sœur aînée, et elles voulaient absolument voir sa réaction.

— Définis le mot « intéressantes », veux-tu ?

— Alex a un prétendant, lâcha Betsy sur un ton théâtral.

Alexandra lança un regard féroce à sa sœur et reposa sa cuiller.

— Tu me fais passer pour une débutante rougissante qui vient de faire la révérence à la reine. Je ne crois pas qu'une veuve puisse avoir un « prétendant ».

— Comment devons-nous l'appeler, alors ? s'enquit Harriet, une lueur malicieuse dans les yeux. Ton soupirant ?

— Ton *inamorata* ? suggéra Betsy.

— Je crois que le terme approprié serait *inamorato*, commenta Harriet, qui avait récemment décidé qu'elle s'ennuyait et essayait donc d'apprendre l'italien.

— Ton amant ? proposa Sophie.

C'était le mot le plus évident autour duquel elles tournaient depuis tout à l'heure.

— C'est mon... visiteur régulier, dit Alexandra d'un ton guindé, ce qui fit rire les jumelles.

Sophie réprima un sourire.

— D'accord. Et aurais-tu l'amabilité de m'éclairer sur l'identité de ce... visiteur régulier ?

Elle avait du mal à prononcer l'expression en gardant un visage impassible. Elle se sentait comme une vieille tante célibataire.

Alexandra soupira, faisant mine d'être exaspérée, mais un doux sourire se dessina aux coins de sa bouche lorsqu'elle dit :

— Le comte de Blackford.

Sophie cligna des yeux.

— Le frère de Belfry ?

— Lui-même.

— Il est terriblement beau, commenta Harriet d'un ton pensif, mais je pense que son frère est peut-être *encore plus* beau.

— Ils ont tous les deux de magnifiques yeux bleus, ajouta Betsy avec nostalgie.

Elle considérait comme la grande tragédie de sa vie le fait que Sophie et elle-même – ainsi que leur sœur absente, Maria – aient eu la chance d'avoir des cheveux dorés mais pas les yeux bleus assortis, les leurs étant d'une simple teinte brune.

— Je ne savais pas que tu connaissais Blackford, dit Sophie à Alexandra, ignorant Betsy et Harriet, qui se laissaient aller à un débat rêveur sur la nuance précise des yeux des frères Belfry.

— On a dû nous présenter à un moment donné, mais je n'ai jamais échangé plus de quelques mots avec lui, jusqu'à ce que nous soyons tous deux invités dans la même loge à une représentation de *Celui dont tout le monde parle*.

Il s'agissait d'une nouvelle production au Belfry, le théâtre quelque peu scandaleux appartenant au jeune frère de Blackford, Julian. Le spectacle était unique en ce sens qu'il ne mettait en scène que des femmes, et qu'il s'agissait d'une parodie impitoyable – bien qu'amusante – de la haute société. Les représentations affichaient complet depuis des semaines.

— Nous avons entamé une conversation, poursuivit Alexandra, et... voilà, nous nous sommes plutôt bien entendus. Il m'a accompagnée à quelques bals et dîners, nous nous promenons à cheval sur Rotten Row...

Elle disait tout cela avec beaucoup de nonchalance, mais un soupçon de couleur sur ses joues et la douceur qui émanait d'elle lorsqu'elle parlait de lui indiquaient qu'il ne s'agissait pas d'une amourette ni du début d'une simple liaison. Et pourtant... quelque chose dans sa voix, une légère retenue, perturbait Sophie.

Elle prit une gorgée de thé, se donnant le temps de réfléchir. D'après ce qu'elle avait pu observer, Blackford était un véritable gentleman – elle l'avait rencontré lors de plusieurs événements organisés par Emily et Belfry. Alexandra n'étant pas du genre à se précipiter en amour, Sophie n'avait que peu d'inquiétudes quant à cette rencontre, mais l'attitude étrange de sa sœur la préoccupait. Certes, son visage s'était illuminé et sa voix s'était adoucie lorsqu'elle avait prononcé le nom de Blackford, mais il y avait quelque chose de forcé dans sa manière d'exposer les choses. Alexandra était la plus calme et la plus discrète de ses sœurs, surtout comparée aux turbulentes jumelles. Pourtant, alors qu'elle se remémorait la période où le défunt mari d'Alexandra avait courtisé sa sœur, Sophie ne put s'empêcher de penser que celle-ci semblait plus troublée aujourd'hui qu'à l'époque. Était-ce la culpabilité d'avoir retrouvé le bonheur après son veuvage, ou y avait-il autre chose ?

— Alex, commença Sophie avec précaution, es-tu amoureuse ?

D'un seul coup, le visage d'Alexandra se transforma. Sa douceur sembla disparaître et ses traits se figèrent en une expression d'indifférence étudiée, qui contrastait étonnamment avec celle qu'elle avait arborée quelques instants auparavant.

— Je n'irais pas jusque-là, répondit-elle en faisant un geste de la main.

Elle porta sa tasse de thé à ses lèvres. Harriet et Betsy les observaient toutes les deux avec attention.

— Nous nous connaissons à peine, ajouta Alexandra.

Sophie jeta un coup d'œil aux jumelles, à temps pour voir Harriet froncer les sourcils et Betsy ouvrir la bouche pour protester. Cela suffit à lui confirmer que ces propos n'étaient pas sincères.

— J'aime bien Blackford, Alex, et s'il te rend heureuse, je pense que ce serait un merveilleux mariage.

Sophie avait employé un ton aussi doux que possible, avec l'impression d'approcher un cheval nerveux. Elle appréciait tous les maris de ses sœurs – même celui de Maria, Edgar Grovecourt, bien qu'il soit un peu prétentieux à son goût. Dans le passé, son approbation avait toujours semblé importante pour ses jeunes sœurs – un obstacle que tout prétendant devait franchir.

Mais Alexandra ne semblait pas émue par la main tendue de Sophie. À la place, elle haussa une épaule, et Sophie fronça les sourcils. Quelque chose dans la désinvolture étudiée de ce geste l'irritait.

— Ne nous emballons pas. Je ne sais pas si je vais l'épouser.

Sophie l'observa.

— Pourquoi pas, si vos sentiments sont réciproques ?

Elle marqua une pause, puis ajouta plus gentiment :

— Est-ce à propos de Colin ?

Le premier mari d'Alexandra, un fils cadet qui avait obtenu une commission dans l'armée, était mort trois ans plus tôt à Waterloo, à peine un an après son mariage. Alexandra avait été dévastée par son décès, survenu moins de douze mois après celui du mari de Sophie. Leur veuvage avait rapproché encore un peu plus les deux sœurs.

Le visage d'Alexandra s'adoucit à l'évocation de son défunt époux.

— Non, dit-elle, une pointe de tristesse dans la voix. J'aimais Colin. Il me manque tous les jours, mais je sais qu'il aurait voulu que je me remarie, si je trouvais quelqu'un avec qui je voudrais passer ma vie.

Sophie se pencha sur la table et posa une main sur celle de sa sœur.

— Il serait même tout à fait naturel que tu te sentes coupable de tomber amoureuse d'un autre homme... et je suis certaine que Blackford ne te presserait pas si tu ne te sentais pas encore prête.

Alexandra tourna la main pour serrer brièvement celle de Sophie.

— Je sais, souffla-t-elle en lui adressant un regard affectueux avant de secouer la tête comme pour s'éclaircir les idées. Je ne suis pas tout à fait certaine que Blackford soit cet homme, bien qu'il...

Elle s'interrompit brusquement, comme si elle avait été sur le point de révéler quelque chose qu'elle préférait ne pas partager.

— T'a-t-il fait sa demande ?

Sophie commençait à s'interroger sérieusement sur la sagesse d'accepter d'autres invitations à la campagne, s'il suffisait d'un mois loin de la ville pour que sa sœur reçoive des demandes en mariage. Il était clair qu'elle ne pouvait pas se permettre de s'éloigner aussi longtemps. Ses sœurs avaient beau être adultes, elles avaient toujours besoin de ses conseils, comme le prouvait cette conversation.

— Pas encore, admit Alexandra avec circonspection.

Sous le regard insistant de Sophie, elle finit par soupirer.

— Il l'a peut-être… laissé entendre.

— Et qu'as-tu l'intention de lui dire lorsqu'il te le demandera officiellement ? persista Sophie.

— Je ne sais pas trop.

Le ton d'Alexandra était délibérément léger, mais cela semblait artificiel.

— Je ne pourrais pas passer ici pour le petit déjeuner aussi souvent, si j'étais mariée à un comte et si je vivais à Grosvenor Square.

Sophie fronça les sourcils. Si elle avait, d'une certaine manière, apprécié l'indépendance que lui offrait son veuvage, elle n'avait jamais eu l'impression qu'Alexandra l'avait pleinement embrassée. Celle-ci avait été profondément amoureuse de son mari, et stupéfiée par sa mort soudaine. Et puis, elle avait quatre ans de moins que Sophie et avait été choquée de quitter la maison de ses parents à dix-neuf ans pour se retrouver veuve un peu plus d'un an plus tard. Une fois sa période officielle de deuil terminée, elle n'avait jamais, à la connaissance de Sophie, manifesté un grand intérêt pour le flirt avec les nombreux jeunes hommes qui s'étaient tournés vers elle, et elle n'avait certainement jamais fait quelque chose d'aussi audacieux que de s'engager dans une liaison.

Ce que Sophie avait elle-même fait, l'été précédent. Et bien qu'Alexandra n'ait certainement pas été désapprobatrice – contrairement à leur sœur Maria, qui avait émis plus d'un commentaire sarcastique lorsque les ragots avaient atteint ses oreilles –, elle avait semblé déroutée. Ainsi, le fait qu'elle envisage de refuser une offre de mariage – de la part d'un futur marquis et, plus important encore, d'un homme qu'elle aimait visiblement beaucoup, malgré ses tentatives de minimiser l'affection qui existait entre eux – apparaissait à Sophie comme... une mauvaise décision.

Alexandra s'empressa d'engager la conversation avec les jumelles sur d'autres sujets. Le bal des Northdale ayant lieu dans quelques jours, Harriet se lança dans un long monologue sur le décolleté de la robe de soie rose qu'elle porterait pour la première fois. Mais Sophie n'écoutait qu'à moitié, plongée dans ses pensées, ne réagissant que lorsqu'une réponse était manifestement attendue de sa part.

Son esprit revenait sans cesse à une phrase désinvolte qu'Alexandra avait prononcée : « Je ne pourrais pas passer ici pour le petit déjeuner aussi souvent, si j'étais mariée à un comte. »

Et plus elle y pensait, plus un soupçon commençait à grandir en elle.

Alexandra ne refuserait pas une offre de mariage *pour elle*, quand même ?

Malgré leur proximité, malgré le fait qu'elles se voyaient presque tous les jours, qu'elles dînaient ensemble plusieurs soirs par semaine, qu'elles partageaient de longues promenades dans le parc et se confiaient leurs pensées et leurs peurs les plus profondes...

Il n'était pas possible qu'Alex renonce à épouser Blackford à cause de tout cela.

Ou bien, était-ce possible ?

Sophie observa sa sœur. Étant donné le comportement étrange d'Alexandra, elle ne croyait guère obtenir une réponse honnête de sa part si elle lui posait directement la question.

Cependant, elle comptait bien en avoir le cœur net – même si elle n'était pas tout à fait certaine de ce qu'elle ferait de cette réponse –, et cela impliquait d'avoir une conversation avec le comte de Blackford.

Bientôt.

Il semblait donc qu'elle irait au bal des Northdale, finalement.

*
* *

— Je n'ai jamais été aussi heureuse d'être de retour dans la civilisation de toute ma vie.

Ces paroles avaient été prononcées sur un ton profondément satisfait par Diana, qui buvait une coupe de champagne et observait d'un œil attentif la salle de bal bondée.

— Je ne pense pas que les Cornouailles soient coupées à ce point de la civilisation, observa Sophie en portant sa flûte à ses lèvres. D'ailleurs, je croyais que le séjour avait été amusant ?

— Elle ne veut pas admettre que son frère avait raison et qu'elle avait tort.

Diana lança un regard assassin à son mari.

— Je n'avais pas *tort*. Je m'inquiétais simplement de voir Penvale s'installer au sommet d'une falaise isolée avec une femme avec laquelle il avait à peine échangé deux mots.

— J'aime bien Jane, commenta Sophie en parlant de la nouvelle vicomtesse de Penvale. Je la trouve très amusante.

— Moi aussi, dit Willingham – Jeremy pour ses amis. Quiconque peut irriter Diana à ce point mérite mon approbation.

Il tendit la main et fit tinter son propre verre contre celui de Sophie. Ils échangèrent un sourire.

— C'est très agréable de vous voir si complices, déclara Diana en observant cet échange. Cela vous rappelle-t-il d'autres moments plus intimes ?

Sophie et Jeremy s'étouffèrent avec leur champagne, ce qui était sans aucun doute le but recherché par Diana. Elle savait parfaitement et n'était absolument pas dérangée par le fait que Jeremy et Sophie avaient eu une brève liaison l'été précédent, avant qu'elle et lui tombent amoureux – ou, selon l'avis de Sophie, avant que Diana et Jeremy *admettent* qu'ils étaient amoureux.

— Diana, qu'as-tu fait à ce pauvre Jeremy et à Sophie ? demanda Emily en apparaissant à côté de Sophie, ses yeux bleus écarquillés et inquiets.

Elle portait une robe de soie jaune et était, comme à son habitude, tout à fait splendide. Son mari la suivait de près, protecteur.

— Je ne faisais que leur remémorer le bon vieux temps, rétorqua Diana avec un sourire serein.

— Absolument, confirma Sophie, retrouvant son pouvoir d'élocution après avoir difficilement avalé sa gorgée de champagne.

— Comme c'est... agréable, dit Emily, un peu incertaine.

— N'est-ce pas ? reprit Diana d'un ton enjoué.

Elle passa son bras sous celui de Jeremy et se tourna vers Julian, le mari d'Emily.

— Belfry, c'est votre frère là-bas ? Je l'ai vu à un dîner l'autre soir et…

Les paroles de Diana s'estompèrent tandis que Sophie se retournait rapidement, regardant dans la direction indiquée. En effet, à quelques mètres, elle aperçut le comte de Blackford en pleine conversation avec lord James Audley et sa femme, Violet.

L'occasion était trop belle pour la laisser passer.

— Si vous voulez bien m'excuser, dit-elle brusquement.

— Sophie ! s'écria Violet lorsqu'elle l'aperçut. Tu es ravissante, ce soir. Où as-tu trouvé le tissu pour cette robe ?

Sophie baissa les yeux. Lorsqu'elle avait mis fin à ses périodes de grand deuil et de demi-deuil, elle s'était constitué une nouvelle garde-robe, un peu plus audacieuse, un peu plus colorée que ce qu'elle avait porté pendant son mariage. Fitz n'aurait pas été gêné par ces tenues, mais durant toute leur union, Sophie n'avait pas quitté des yeux la raison pour laquelle elle s'était mariée : ses quatre sœurs cadettes devaient elles-mêmes trouver un époux. Tout l'intérêt de son mariage avait été de leur faciliter la tâche, aussi avait-elle fait de son mieux pour ne pas attirer l'attention sur elle et pour ne pas être au cœur des ragots de la haute société.

Désormais, elle n'était plus une épouse. Et toutes ses sœurs étaient mariées et heureuses – jusqu'à ce qu'Alexandra perde son époux, bien sûr. Sophie considérait qu'elle avait accompli sa mission et, quand elle avait réintégré la société, elle s'était donc autorisée à faire ce dont elle avait envie, pour changer. Elle avait pris beaucoup de plaisir à se constituer une garde-robe qui correspondait exactement à ses souhaits. La robe qu'elle portait ce soir était en soie d'un violet profond, de petites perles ornant les manches.

— Je te donnerai le nom de ma modiste, promit-elle à Violet avant de se tourner vers l'homme qui se tenait à son côté. Lord Blackford.

Blackford, toujours gentleman, s'inclina sur sa main.

— Lady Fitzwilliam. Vous êtes ravissante, ce soir. Je crois que vous revenez des Cornouailles, n'est-ce pas ? Le bord de mer vous convient, manifestement.

— Merci, dit Sophie en lui offrant un sourire. Ma sœur vous a-t-elle donc informé de mon récent voyage ?

— Elle l'a fait, en effet.

— Je suis ravie que vous soyez devenus si proches en mon absence, déclara Sophie. J'avais tellement hâte qu'Alexandra retrouve le bonheur.

Blackford cligna des yeux à cette remarque qui possédait autant de subtilité qu'un marteau.

— Un sentiment admirable de la part d'une sœur, à n'en pas douter.

— Oui.

Sophie poussa un soupir de lassitude.

— C'est épuisant, vous savez, d'avoir quatre jeunes sœurs. On s'aperçoit souvent qu'elles ne se comportent pas exactement comme on le souhaiterait. Il arrive même qu'elles soient d'une obstination exaspérante sans raison. C'est très irritant, comme vous pouvez l'imaginer, j'en suis certaine.

Blackford haussa un sourcil.

— Lady Fitzwilliam, je crois bien que j'entends une valse commencer. Je n'ose espérer que vous ayez encore cette danse de libre sur votre carnet de bal ?

— C'est pourtant le cas, mentit Sophie joyeusement, avec un bref regard d'excuse en direction de lord Audley, à qui elle avait en réalité promis cette danse.

Elle laissa Blackford la conduire sur la piste tandis qu'elle faisait un rapide signe des doigts à l'intention des Audley, qui les observaient avec beaucoup d'intérêt.

— Quel heureux hasard, ajouta-t-elle doucement.

— Pourquoi, dit Blackford alors qu'ils prenaient place parmi les autres couples, ai-je l'impression d'avoir été habilement manipulé ?

— Je ne saurais le dire, dit Sophie innocemment. Alors, avez-vous passé beaucoup de temps avec Alexandra ?

S'ils n'avaient que la durée d'une valse, elle ne pouvait pas se permettre de perdre de précieuses secondes à plaisanter.

— Un certain temps.

— Quand la voyez-vous ? Toutes les semaines ? Tous les jours ?

Elle marqua une pause subtile et ajouta :

— Tous les soirs ?

À sa décharge, Blackford prit la chose au sérieux.

— Devrais-je nous faire gagner du temps et vous dire sans préambule que j'aimerais épouser votre sœur ?

La voix de Blackford était amusée, et un sourire se dessinait aux coins de sa bouche. Harriet et Betsy avaient raison : il était très beau, avec des cheveux foncés et des yeux bleu vif. Elle savait qu'il avait été l'amant de la vicomtesse de Dewbury avant qu'elle épouse son second mari, mais à part cela, Sophie avait simplement entendu dire qu'il payait toujours ses dettes à temps et était considéré comme un honnête homme. Il hériterait un jour du titre de son père, mais comme il était proche de lui, il devait espérer que ce jour soit lointain.

En bref, rien de ce qu'elle avait entendu sur cet homme ne lui donnait la moindre hésitation quant à sa compatibilité avec sa sœur. C'est pourquoi la réaction d'Alexandra à la table du petit déjeuner, quelques jours plus tôt, l'avait laissée si perplexe.

— Je suis heureuse de l'entendre, dit-elle prudemment.

— Lady Fitzwilliam, puis-je être franc ?

— Mais certainement !

— Eh bien, je dois vous informer que votre sœur refusera probablement de m'épouser tant que vous ne vous serez pas mariée.

— Je suis veuve, rétorqua Sophie machinalement.

— Remariée, précisa Blackford avec douceur. Et je n'aurai jamais la prétention d'encourager une dame à se remarier si elle ne le souhaite pas. Je suppose que le veuvage présente certains avantages, mais votre sœur craint pour votre bonheur, et elle sera réticente à chercher le sien si elle a l'impression de… eh bien, de vous laisser derrière elle, je suppose.

Blackford avait l'air mal à l'aise – sans doute le pauvre homme craignait-il de provoquer chez elle une crise de vapeurs ou un évanouissement –, mais Sophie ne se sentait pas offensée. Mais son humeur s'était assombrie. Elle avait espéré que son soupçon se révélerait infondé.

Ah, ses sœurs ! Ne feraient-elles jamais ce que Sophie voulait qu'elles fassent ?

— Je ne me sens pas seule, lord Blackford, reprit-elle prudemment. J'aime beaucoup ma vie.

Et c'était vrai : elle aimait sa vie. Était-ce l'existence dont elle avait rêvé ? Eh bien, non, mais c'était tout de même très satisfaisant.

— J'en suis certain, lady Fitzwilliam, répondit-il avec douceur.

Et ce fut cette douceur qui, pour la première fois, permit au chagrin de transpercer sa poitrine. C'était absurde et ridicule.

Il ajouta :

— Sachez que je ne vous confie pas cela dans le but de vous persuader d'agir dans un sens quelconque, mais je me disais que vous pourriez peut-être parler à Alex... ?

Il y avait une note d'espoir dans sa voix, et Sophie faillit sourire en l'entendant. Le fait que cet homme – héritier d'un des plus anciens fiefs d'Angleterre, d'un titre ancestral, entouré d'une famille et d'amis et doté de tous les dons qu'un homme peut recevoir de sa naissance – semble si désespérément désireux d'épouser sa sœur ravissait Sophie. Et l'idée qu'Alexandra puisse envisager de ruiner leur bonheur pour le bien de Sophie était presque insupportable. À son grand étonnement, elle se rendit compte qu'elle commençait à être en colère.

Soudain, elle était déterminée à voir Alexandra et Blackford se marier, quoi qu'il en coûte.

— Je lui parlerai, promit-elle.

Lui parler ou lui taper la tête avec une cuiller en bois. Tout ce qui conviendrait, en fait.

— Nous serions ravies de vous accueillir dans la famille, ajouta-t-elle. Mes sœurs vous apprécient beaucoup.

— Eh bien, je ne souhaite épouser qu'une seule sœur, assura Blackford avec un sourire qui poussa Sophie à l'apprécier encore plus.

Elle parlerait à sa sœur. Elle ne se réjouissait pas de cette perspective : quelque chose dans le comportement d'Alexandra lors de ce petit déjeuner laissait présager qu'elle pourrait se montrer extrêmement têtue. C'était un trait de famille, qui avait tendance à se manifester aux moments les plus inopportuns.

Alors que la valse touchait à sa fin et qu'elle faisait la révérence devant Blackford, son regard s'arrêta sur de larges épaules familières. Elle les avait aperçues du coin de l'œil pendant que Blackford et elle dansaient, et les avait résolument ignorées ; leur propriétaire n'était pas un homme sur lequel elle autorisait ses pensées – ou ses yeux – à s'attarder.

Plus maintenant.

À ce moment précis, il se retourna, ses yeux verts balayant la pièce. Ils se posèrent sur elle pendant une fraction de seconde, l'attrapant et la retenant, et Sophie inspira vivement.

Il détourna le regard le premier.

Elle s'accorda une seconde pour retrouver son souffle.

Puis, avec la soudaineté d'un coup de tonnerre, elle sut comment elle pourrait inciter Alexandra à accepter d'épouser Blackford.

Elle devait trouver quelqu'un pour l'aider – et elle craignait fort qu'une seule personne puisse le faire.

Encore fallait-il convaincre cet homme.

2

Sept ans plus tôt

Sophie était tombée amoureuse d'un homme aux épaules parfaites et au nom interminable.

— John Percival George Horatius Arthur Audley, répéta-t-elle, une note interrogative dans la voix. Est-ce que je les ai tous ?

West pencha la tête.

— Vous avez oublié un St John quelque part, dit-il après un moment de réflexion. Après Horatius.

— Mais votre nom de baptême est John, protesta-t-elle, réprimant difficilement un rire. À quoi vous sert un St John de plus ?

— C'est un nom de famille, expliqua-t-il avec l'air offensé d'un duc blessé – ou plus exactement d'un futur duc.

Mais il fut trahi par un tressaillement de ses lèvres.

Sophie adorait ce détail chez lui.

Elle l'avait remarqué pour la première fois le soir de leur rencontre, lors d'un concert que l'on pourrait charitablement qualifier d'« original ». C'était le début de la saison – la troisième de Sophie – et sa mère avait jugé cette soirée incontournable :

elle tenait à ce que sa fille aînée voie et soit vue par tous les candidats au mariage qui ne manqueraient pas d'être présents. Sophie, pour sa part, ne pouvait comprendre qu'un gentleman choisisse de se soumettre à un concert s'il avait la possibilité de passer la soirée à boire du porto dans son club. Elle avait soulevé ce point auprès de sa mère, qui s'était pincé le nez et avait gémi « Sophie » sur un ton plaintif, geste auquel elle recourait lorsque sa fille évoquait l'alcool, les pots de chambre et toute partie de l'anatomie située au-dessous de la taille.

Sophie n'aimait pas beaucoup les concerts en général – elle n'avait qu'une patience limitée pour rester assise dans une robe inconfortable à écouter de la musique si tard qu'elle lui faisait l'effet d'une berceuse –, mais elle les trouvait tolérables la plupart du temps. Ce soir-là, cependant, l'événement avait été organisé par la vicomtesse de Holyoak, qui semblait convaincue que ses deux filles célibataires étaient des prodiges du violon, et qui seulement plus tard dans l'année – trop tard pour être d'un quelconque secours à ce malheureux auditoire – se révélerait posséder une ouïe de plus en plus défaillante.

La mère de Sophie l'avait abandonnée presque immédiatement après leur arrivée, repérant une amie qu'elle souhaitait saluer. Sophie avait trouvé un siège dans l'avant-dernière rangée, suffisamment éloigné du fond de la salle pour ne pas donner l'impression d'une tentative d'évasion, mais assez distant pour que personne ne le remarque si elle laissait ses yeux se fermer brièvement tout en maintenant la tête droite. C'était un soulagement d'être ici sans Maria ; sa jeune sœur participait à sa première saison mondaine, et Sophie ressentait un vague sentiment d'obligation chaque fois qu'elles assistaient à un événement ensemble. C'était à elle de donner le bon exemple, d'aider Maria à naviguer dans les eaux traîtresses de la haute société. Si Maria avait été présente, Sophie n'aurait pas laissé ses paupières se fermer un seul instant. Et elle n'aurait certainement jamais envisagé de s'enfuir.

Mais Maria n'était pas avec elle et, à peine cinq minutes après le début du concert, Sophie avait décidé que, pour sa propre santé mentale, elle ne pourrait pas rester dans cette pièce pendant l'heure suivante. Elle n'avait jamais assisté à un récital où les musiciens avaient une vision si particulière de Mozart que Mozart lui-même n'aurait pas reconnu sa musique. Elle avait lancé un regard en direction des bougies qui brûlaient dans les appliques le long du mur, se demandant si elle pourrait transformer leur cire en bouchons d'oreille, mais y avait renoncé en faveur de l'option la plus simple : la fuite.

Elle s'était glissée hors de son siège, avait demandé à voix basse à un valet en livrée où se trouvaient les lieux d'aisances des dames, et s'était échappée avec reconnaissance dans le silence du hall.

Sauf que le hall n'était pas silencieux, pas du tout – la salle de musique de lady Holyoak devait avoir les murs les plus fins au monde, avait pensé Sophie avec dépit. Elle avait imaginé se réfugier dans le couloir pour une minute – ou dix –, mais elle s'était finalement mise en route dans la direction indiquée par le valet de pied. Après tout, une dame pouvait bien passer une éternité aux toilettes sans que personne ose lui poser la moindre question.

Elle avait tourné aux angles indiqués par le valet et avait trouvé la pièce qu'elle cherchait, mais s'était figée : au bout du couloir, une porte-fenêtre menant à une sorte de terrasse avait été laissée entrouverte. Des volutes de fumée étaient visibles à travers la vitre, indiquant que la personne qui avait ouvert la porte était encore là. Sophie avait supposé qu'il s'agissait d'un domestique qui prenait une minute pour échapper à son travail et avait pensé le laisser en paix. Sa curiosité avait cependant pris le dessus. Elle avait fait quelques pas hésitants dans cette direction…

Et manqué de rentrer tête baissée dans l'homme qui ouvrait la porte à ce moment-là, laissant tomber un cigare et le broyant sous son talon avant de lever le pied pour pénétrer à l'intérieur.

Tous deux s'étaient immobilisés, surpris.

Sophie l'avait reconnu instantanément – aucune fille en âge de se marier n'avait pas été informée par sa mère de l'existence du marquis de Weston. Il était grand, large d'épaules – bon sang, ces épaules ! – et d'une carrure athlétique, ce que son costume taillé sur mesure ne manquait pas de mettre parfaitement en valeur. Sa tenue entière, de la cravate immaculée aux chaussures noires étincelantes, dénotait la richesse et le bon goût. Il était beau aussi, et pas seulement à la manière de ces aristocrates qui comptent sur leur tailleur et un valet de chambre dévoué pour leur donner de l'allure. Non, lord Weston avait des cheveux épais presque noirs, peignés en arrière, la moindre boucle minutieusement disciplinée, et des yeux d'un vert vif et saisissant. Tout dans son visage semblait avoir été dessiné avec le plus grand soin, depuis les pommettes hautes jusqu'à la ligne sombre des sourcils, qui lui donnait une expression presque sévère.

L'un de ces sourcils était maintenant levé d'un air interrogateur et arrogant.

— Je vous demande pardon, avait-il dit d'un ton un peu sec.

Sophie et lui n'avaient jamais été présentés, bien qu'ils aient assisté plusieurs fois aux mêmes événements et qu'elle l'ait aperçu de loin. Connaissait-il seulement son nom ?

Elle aurait dû trouver une excuse et battre en retraite précipitamment – la fille d'un vicomte qui s'était uni à une famille dont la fortune était issue du commerce ne pouvait avoir quelque chose à dire à l'héritier de l'un des plus anciens titres ducaux d'Angleterre. Et pourtant, quelque chose dans sa façon de hausser le sourcil l'avait empêchée de réfléchir convenablement, et les premiers mots qui étaient sortis de sa bouche avaient été les suivants :

— Vous ne semblez pas être le genre d'homme à fumer le cigare.

Il avait paru encore plus étonné.

— C'est une remarque plutôt audacieuse, étant donné que nous ne nous sommes jamais parlé.

Il avait fait mine de regarder autour de lui, comme s'il était à la recherche d'un chaperon, puis lui avait rendu son regard en haussant les épaules.

— Comme je ne vois pas votre mère dans les parages, peut-être pourrions-nous renoncer à la formalité des présentations ? J'ai très envie de savoir quel genre d'homme vous pensez que je suis, si ce n'est un fumeur de cigares.

Sophie avait serré les lèvres pour réprimer un sourire ; elle ne s'attendait pas à ce qu'il ait de l'humour.

— Je suis Sophie Wexham, avait-elle déclaré, les mots sonnant étrangement à sa propre oreille.

Elle prit conscience qu'elle ne s'était jamais présentée, car il y avait toujours eu quelqu'un pour le faire à sa place. La bonne société était plutôt à cheval sur cette règle.

— Je sais.

Elle avait haussé les sourcils à son tour.

— Vraiment ?

— Presque tout le monde semble savoir qui je suis, alors je me fais un devoir d'essayer d'apprendre qui sont les autres.

Elle lui avait jeté un regard sceptique, pas tout à fait convaincue par cette belle proclamation au sujet de son intérêt pour son prochain. Il avait soupiré, puis admis :

— Je vous ai vue au bal des Mottram la semaine dernière, et j'ai demandé à mon ami Willingham qui vous étiez.

Un frisson n'aurait pas dû traverser Sophie à ce moment-là, mais ce fut pourtant ce qui se produisit. Elle n'avait pas à s'intéresser à des hommes comme le marquis de Weston.

— Au fait, je m'appelle Weston, avait-il ajouté après coup.

Sophie avait eu un geste dédaigneux de la main.

— Comme vous l'avez si bien dit, tout le monde sait qui vous êtes.

Puis, pour la première fois, elle avait été témoin de ce tressaillement révélateur aux coins de sa bouche, signe qu'il était amusé mais ne se permettait pas de le montrer.

— Je crois que j'ai dit *presque* tout le monde.

Il avait chassé un grain de poussière imaginaire sur sa manche.

— Je ne voudrais pas penser que toutes les jolies jeunes filles que je rencontre sont déjà au courant de mon existence.

— Essayez-vous de me charmer ? avait demandé Sophie d'un air soupçonneux.

Un autre tressaillement.

— Peut-être. Est-ce que cela fonctionne ?

Elle avait contenu un sourire.

— Peut-être.

Il avait alors semblé prendre conscience qu'ils se tenaient près de la porte, celle-ci étant restée légèrement entrouverte derrière lui. Il l'avait refermée, avant de l'évaluer du regard :

— Ne devriez-vous pas être en train d'apprécier les douces tonalités des demoiselles Durand sur une sérénade de...

Il avait hésité.

— Mozart, avait complété Sophie. Vous êtes parti avant même qu'elles commencent à jouer, n'est-ce pas ?

— Lady Holyoak était une amie de ma mère, et j'aime lui témoigner du respect en acceptant ses invitations, mais...

Il s'était interrompu, visiblement en proie à un combat entre la volonté de rester gentleman et celle de se montrer honnête.

— J'ai entendu les jeunes femmes jouer l'année dernière, avait-il conclu diplomatiquement.

— Je ne peux pas imaginer qu'elles se soient améliorées.

Sophie avait marqué une pause, frappée par une possibilité troublante.

— À moins qu'elles ne l'aient fait. Auquel cas, je plains sincèrement tous ceux qui ont assisté au récital de l'an dernier.

— C'était en effet très éprouvant, avait-il reconnu. J'ai donc pensé qu'il serait préférable que quelqu'un me trouve en train de fumer, plutôt que recroquevillé au fond de la salle avec les mains sur les oreilles.

Il avait grimacé.

— J'oublie toujours à quel point je déteste le cigare.

— J'avais donc raison, avait dit Sophie d'un air suffisant. Vous n'êtes pas le genre d'homme à fumer le cigare.

— Je plaide coupable.

Il l'observait avec une étrange lueur dans les yeux, proche de l'amusement.

— Dois-je vous raccompagner, pour que nous puissions souffrir ensemble ?

Sophie avait soupiré.

— Je suppose que ma mère finira par remarquer mon absence à un moment ou un autre. Toutefois, si écouter ces violons est le prix à payer pour trouver un époux, je préfère encore rester célibataire, même si toutes mes jeunes sœurs se marient avant moi, comme l'a prédit maman.

Lord Weston lui avait offert son bras, et elle l'avait accepté. Il était d'une fermeté rassurante sous sa main. Un léger parfum de bois de santal, sans doute celui de son savon, l'avait enveloppée. Elle s'était résolument efforcée de l'ignorer – qui se souciait d'un marquis au parfum agréable et aux bras musclés ? Certainement pas elle !

— À combien de saisons avez-vous participé ? avait-il demandé en baissant les yeux sur elle.

Sophie était de taille moyenne, et il faisait une vingtaine de centimètres de plus qu'elle. Elle était un peu exaspérée de constater que, comme la plupart des autres femmes sur cette planète, elle semblait avoir un petit faible pour les hommes grands, bruns et séduisants.

Quel effroyable cliché !

— Ce sera ma troisième, avait-elle admis en réprimant un soupir. J'ai quatre sœurs plus jeunes que moi, et ma cadette vient de faire ses débuts dans le monde, alors ma mère est convaincue que je dois... donner le bon exemple, si vous voyez ce que je veux dire.

— En vous casant avec un type ennuyeux qui possède un tas de ruines dans le Sussex, par exemple ?

Ils marchaient à un rythme excessivement lent, afin de retarder le plus possible la torture qui les attendait dans la salle de concert.

— Non, avait répondu Sophie doucement, se disant que ce serait peut-être plus simple si sa mère était aussi cupide que cela.

Il aurait été plus facile de lui en vouloir si elle n'avait pas souhaité que son bonheur – même si un tas de ruines, ou une demeure en bonne et due forme, ne serait pas de trop.

— Mes parents... eh bien...

Elle s'était interrompue, puis avait jeté un coup d'œil furtif dans le couloir, constatant qu'ils étaient seuls.

— Ils sont *amoureux*.

— Votre père est l'un des valets de la maison, alors ? C'est audacieux de sa part et de celle de votre mère de poursuivre leur liaison, même après la naissance d'un enfant, mais c'est assez touchant.

Sophie avait levé les yeux vers lui, vu le tressautement de ses lèvres et éclaté de rire. Plus tard, elle penserait que c'était probablement le moment où elle était tombée amoureuse de lui.

— Ma naissance a été tout à fait légitime, je vous remercie, avait-elle déclaré, toujours en riant. Au départ, le mariage de mes parents était pragmatique : la famille de mon père était dotée d'un titre nouvellement accordé mais n'avait pas de fortune à proprement parler, tandis que la famille de ma mère n'avait que cela à offrir. Puis ils ont eu le culot absolu de tomber follement amoureux, ont eu cinq enfants, et ont passé les deux dernières décennies à se contempler avec extase d'un bout à l'autre de la table du petit déjeuner. Ils souhaitent donc que je me marie, mais ils veulent aussi que j'épouse un homme que *j'aime*, ce qui rend la chose délicate.

— Parce que vous n'aimez aucun de ceux que vous avez rencontrés.

Son ton était sérieux, mais elle avait levé les yeux et perçu cette lueur dans son regard. Le marquis de Weston avait vraiment le sens de l'humour ! Cela, en plus de ses pommettes, de son parfum et de sa taille, commençait franchement à sembler un peu injuste à Sophie.

— Parce que c'est une terrible pression.

Elle avait résisté à l'envie de s'emporter.

— Ils auraient le cœur brisé s'ils pensaient que je me marie pour leur faire plaisir, que je suis malheureuse et qu'ils doivent me regarder dériver tristement dans un mariage sans âme jusqu'à la fin de mes jours.

— Laissez-moi m'assurer que j'ai bien compris. Vous craignez de décevoir vos parents en ne vous mariant pas, et vous craignez aussi de les décevoir en vous mariant pour de mauvaises raisons ?

— Et aussi, avait-elle ajouté, je crains d'être contrainte d'épouser un parti suffisamment décent pour que ma famille paraisse acceptable aux yeux de la haute société, afin que mes sœurs puissent à leur tour trouver un bon parti.

— Pourquoi votre famille ne serait-elle pas « acceptable » ? avait-il demandé, les sourcils froncés.

Soudain, Sophie avait éprouvé le désir aussi bref que puissant d'être un homme riche et titré, un homme qui ne passerait pas ses journées avec une mère qui lui rebattait les oreilles avec le mariage, qui n'aurait pas une conscience aiguë de la nécessité de se marier au-dessus de son rang pour s'assurer une place parmi l'aristocratie. Un homme qui n'aurait pas besoin d'enregistrer toutes les informations entendues sur les autres membres de la bonne société.

— Le titre de mon père est assez récent, avait-elle fait observer. Il ne remonte qu'à son père. Sa famille n'est donc pas considérée comme très haut placée, et il a en plus commis l'erreur impardonnable d'épouser une Landsdowne.

West avait pris un air songeur.

— La compagnie maritime ?

— Celle-là même. Nous empestons le commerce.

Ces mots étaient un test, avait-elle compris, un test qu'elle n'avait pas vraiment eu l'intention de lui faire subir, mais qui s'était révélé irrésistible une fois que l'occasion s'était présentée. Comment cet homme, dont la lignée était plus ancienne que celle du roi, réagirait-il à la révélation de ses origines ?

Il avait fait mine de renifler l'air autour de lui.

— Bizarre. Je ne sens rien.

Puis il lui avait souri.

Et son cœur s'était emballé.

Durant les jours, les semaines et même les années à venir, malgré tout ce qu'il s'était passé entre eux – la saison durant laquelle il lui avait fait la cour, son accident et le mariage de Sophie, les regards furtifs à travers les salles de bal, la pression fugace de sa main sur la sienne en guise de salut poli à tel ou tel événement –, elle ne parviendrait jamais à oublier ce que son cœur avait ressenti ce premier soir où ils s'étaient rencontrés, quand elle se prélassait dans l'éclat lumineux et inattendu de son sourire.

En dépit de la douleur que ce souvenir lui causait, elle n'avait jamais pu se résoudre à l'oublier.

3

— Est-ce vraiment nécessaire ?

Il y avait beaucoup de sons que West aimait : le martèlement des sabots d'un cheval au galop, un concerto compliqué joué au piano. Une fois – mais pas tout récemment –, les soupirs d'une femme à son oreille.

La voix de son père dans sa propre maison, avant midi, n'en faisait pas partie.

West releva son casque, fit une grimace à Hawthorne et abaissa son fleuret.

— Père, dit-il en pivotant et en inclinant poliment la tête.

— West. Si tu te sens capable de faire de l'escrime, ne conviendrait-il pas mieux de trouver un adversaire chez Angelo plutôt que ton valet ?

Hawthorne n'était pas seulement son valet, mais l'un de ses amis les plus proches – un fait que son père, obsédé par le statut social, ne reconnaîtrait jamais.

— Hawthorne est un meilleur adversaire que tous ceux que j'ai affrontés chez Angelo, déclara West, ce qui n'était pas tout à fait vrai.

Hawthorne était diablement habile à l'épée, mais il n'avait jamais reçu l'entraînement approprié, et il existait probablement des adversaires à l'académie d'escrime qui pourraient le battre sans trop de difficultés.

West, lui, n'avait aucun intérêt à faire de l'escrime chez Angelo, alors qu'il était désormais lent et maladroit là où il avait été rapide et capable de l'emporter sur la plupart des hommes qu'il connaissait. Hawthorne, béni soit-il, ne lui avait jamais accordé la moindre pitié, alors même que les mouvements de West étaient hésitants et son jeu de jambes épouvantable.

Il ne devrait vraiment pas faire de l'escrime ; il savait qu'il en paierait le prix plus tard, comme c'était toujours le cas lorsqu'il tentait quoi que ce soit qui l'obligeait à mettre sa canne de côté pendant un certain temps. Mais cela lui permettait d'avoir l'esprit temporairement et merveilleusement vide, et c'était une tentation trop attrayante pour qu'il puisse y résister.

C'était gentil de la part de son père de débarquer juste à temps pour gâcher ce moment.

Le duc de Dovington était un homme imposant, bien qu'il approchât les soixante-dix ans. Ses cheveux étaient entièrement gris mais encore épais sur sa tête, et ses yeux sombres étaient toujours vifs et intelligents. West et son frère tenaient tous deux de leur père ; observer le duc était un peu comme regarder dans un miroir qui reflétait ce à quoi il ressemblerait des décennies plus tard.

Il espérait cependant parvenir à être un peu moins mauvais que lui.

C'est avec cette considération bienveillante à l'esprit qu'il tendit son fleuret à Hawthorne et traversa la pièce, serrant les dents lorsque la douleur se réveilla dans sa jambe. Sa canne était appuyée contre un mur, et West prit le temps de remettre son gilet et sa veste avant de l'attraper, tout en étant parfaitement conscient du regard de son père sur lui. Celui-ci, en tant que duc, était habitué à ce que tous ceux à qui il daignait parler s'empressent de répondre à ses moindres besoins, et West ne se privait pas du petit plaisir que lui procurait le fait de le forcer à attendre.

— Vous avez quelque chose à me dire ? demanda-t-il d'un ton affable et neutre, en se tournant vers le duc.

— Oui. Peut-être pourrions-nous aller dans ton bureau ?

Le duc était habillé pour monter à cheval – James, le frère de West, et lui partageaient une prédilection pour les promenades matinales dans Hyde Park, même si West était à peu près certain qu'ils déployaient tous deux d'importants efforts pour s'assurer de ne pas se croiser lors de ces sorties. Il y avait une trace d'impatience dans sa voix, comme s'il avait du mal à concevoir qu'il doive prendre du temps dans sa journée bien remplie, flottant sur son nuage de supériorité ducale, pour rendre visite à son fils.

— Je pense que la bibliothèque fera l'affaire, suggéra plaisamment West en désignant une porte sur sa gauche, alors qu'ils quittaient la salle et pénétraient dans le couloir du premier étage.

S'autorisant un bref regret devant le constat amer qu'à l'âge de trente et un ans il en était toujours à des tentatives mesquines de contrecarrer son père sur des sujets insignifiants, il ouvrit la porte, permettant à celui-ci de le précéder.

La bibliothèque était l'une des pièces préférées de West dans sa résidence londonienne. Elle était située à l'arrière de la maison, ce qui l'isolait du bruit de la rue, et les murs étaient tapissés d'un vert clair qui lui rappelait une certaine robe...

Il interrompit cette pensée avant même que son esprit ait pu la formuler.

Il chassait toutes les pensées qui conduisaient à *elle*.

Il se dirigea vers un fauteuil en cuir rembourré près de la cheminée, où brûlait un feu, et fit un geste vers le siège qui lui faisait face en guise d'invitation silencieuse.

— Dois-je sonner pour le thé ? proposa-t-il avec courtoisie.

— Je ne suis pas ici pour prendre le thé, déclara son père, ce qui était précisément ce à quoi West s'attendait. Je suis venu parce que j'ai eu vent de ragots inquiétants dont je souhaite discuter avec toi.

West avait bien deviné de quoi il s'agissait, mais il n'allait certainement pas l'avouer à son père.

— J'ai cru comprendre que tu reviens des Cornouailles, poursuivit le duc.

— En effet.

West s'adossa à son fauteuil, envisageant de sonner pour du thé malgré le refus de son père – il avait soif, après cette séance d'escrime. Il ajouta :

— Vous avez peut-être remarqué que je n'ai pas assisté à notre dîner hebdomadaire chez White pendant plusieurs semaines consécutives ?

Son père lui lança un regard impatient ; il désapprouvait toute trace de sarcasme ou d'un quelconque sens de l'humour chez son fils. Il était d'avis que les héritiers des duchés n'avaient pas besoin d'avoir de l'humour – il suffisait d'engager quelqu'un pour rire de ses propres plaisanteries, après tout, si bien qu'il était inutile de s'inquiéter d'être réellement amusant.

— On m'a dit que lady Fitzwilliam Bridewell était aussi de la fête.

West ne réagit pas à l'évocation de ce nom, mais il était au moins reconnaissant à son père d'en être venu rapidement au fait.

— Je vous le confirme, admit-il à voix basse. Et je crois vous avoir déjà dit que je ne voulais plus entendre son nom franchir vos lèvres.

Son père l'observa un long moment. West affronta son regard, ce qu'il avait toujours tenu à faire depuis qu'il était petit garçon, quand il était convoqué dans son bureau pour se faire réprimander pour un délit ou un autre.

— J'ai joué aux cartes avec le duc d'Altborough l'autre soir, reprit enfin son père.

— Je ne savais pas qu'Altborough était en ville. Je pensais qu'il était en mauvaise santé.

— Il l'était, mais apparemment il se sent mieux depuis que le temps s'est réchauffé. Savais-tu qu'il avait trois filles ?

West laissa passer un silence, puis un autre.

— Je ne connaissais pas leur nombre exact, mais oui, je sais qu'il a des filles.

Le duc laissa son regard parcourir la pièce.

— Elles sont toutes célibataires – enfin, l'une d'entre elles est veuve, mais elle n'est plus en deuil. Les deux autres n'ont jamais été mariées, et la plus jeune a été introduite dans le monde ce printemps.

— Un peu jeune à mon goût, déclara West.

Bien qu'il connaisse de nombreux hommes prêts à choisir une femme plus jeune qu'eux de plusieurs décennies, l'idée de courtiser une jeune fille naïve de dix-huit ans lui déplaisait.

Le duc fit un geste dédaigneux de la main.

— Les deux autres sont plus vieilles. Peut-être que la veuve serait plus à ton goût ?

Il laissa passer quelques secondes avant d'ajouter :

— Il semble que tu aies un faible pour les veuves.

West dévisagea son père.

— Pourquoi cette obsession soudaine pour mes perspectives matrimoniales ? Je pensais que vous aviez renoncé à vos espoirs depuis longtemps.

West avait veillé à ce que ce soit le cas, en effet. Lorsqu'il avait découvert comment son père avait fait échouer sa première – et unique – tentative de mariage, il avait eu peu de scrupules à le laisser croire qu'il ne se marierait jamais.

— C'est vrai, dit son père en le regardant d'un air pensif qui ne plaisait pas du tout à West. À cause de ton accident. Et de ses tragiques répercussions.

Ses conversations avec son père ressemblaient à des parties d'échecs très serrées, et celle-ci était en train de prendre une tournure plus critique que d'habitude.

— Oui, lâcha West après avoir marqué une pause. Comme nous en avons discuté.

— Hum…

Le duc tambourina des doigts sur l'accoudoir de son fauteuil.

— Je crois que c'est le Dr Worth qui vous a dit que tu ne pourrais jamais espérer concevoir un enfant, à la suite de ta blessure ?

— En effet, confirma West un peu sèchement.

— Il se trouve que j'ai récemment parlé au Dr Worth, et qu'il ne sait rien de cette prétendue incapacité.

Son père s'enfonça dans son fauteuil et regarda fixement West, attendant le coup d'après.

West décida, après une fraction de seconde de réflexion, de s'enhardir :

— Peut-être que sa mémoire lui fait défaut, dans sa vieillesse.

Il adressa une excuse silencieuse au Dr Worth, qui était son médecin depuis qu'il était enfant mais qui, en vérité, commençait à prendre de l'âge.

— Il semblait penser... Comment l'a-t-il formulé, déjà ? Qu'il n'y a aucune raison pour qu'une jambe cassée et une égratignure aient un effet quelconque sur ta capacité à produire des héritiers.

West serra les lèvres, laissant plusieurs jurons tourner dans sa tête sans en prononcer un seul.

— C'était un peu plus qu'une égratignure, observa-t-il doucement.

Il s'agissait en fait d'une vilaine blessure, très profonde, qui s'était infectée – même si le Dr Worth n'avait pas tort.

Son père acquiesça, avant d'ajouter :

— Néanmoins, peut-être que ma mémoire me fait défaut avec l'âge...

Sa bouche se plissa sous l'effet de l'amusement, comme si la simple suggestion qu'il ait perdu ne serait-ce qu'une fraction de ses facultés mentales était risible.

— ... mais, même si je ne me souviens plus des mots précis que tu as employés il y a plusieurs années, je me rappelle avoir eu la nette impression que tu serais incapable d'engendrer des héritiers, et qu'il était donc inutile de te chercher une épouse.

Il fit un geste de la main.

— Sans doute ai-je mal saisi – je ne peux pas imaginer que tu m'aies trompé de façon aussi délibérée, après tout. Mais maintenant que j'ai compris mon erreur...

Il marqua une nouvelle pause, laissant ce mot résonner entre eux.

— ... il est grand temps que tu envisages de te marier.

Les mots atterrirent entre eux comme un défi.

— Peut-être que je ne suis pas intéressé par l'idée du mariage.

Ce n'était pas du tout ce qu'il fallait répondre, et West s'en rendit compte très vite. Il avait trente et un ans et il était le premier dans la lignée d'un duché ; il ne pouvait se permettre le luxe de retarder son mariage jusqu'à ce qu'il y trouve un intérêt. On attendait de lui qu'il produise un héritier, un point c'est tout.

Son père, cependant, ne discuta pas. Au lieu de cela, il parcourut la pièce du regard encore une fois, laissant un silence tendu s'installer entre eux. Finalement, il déclara :

— J'envisage de vendre Rosemere.

West reçut cette nouvelle comme un coup à l'estomac, et c'était sans doute l'intention de son père. Il serra les lèvres pour éviter toute expiration douloureuse.

— Ah oui ? réussit-il à articuler au bout d'un moment.

— Oui. Elle a produit des bénéfices ces dernières années, tu sais. Elle atteindrait sans aucun doute un beau prix.

West le savait, puisqu'il était directement responsable de sa prospérité.

Rosemere était une propriété dont son père lui avait fait don le jour de son vingt et unième anniversaire. Sa mère avait apporté la propriété, qui appartenait à sa famille, lors de son mariage comme partie de sa dot. West n'avait que de vagues souvenirs de sa mère, qui était morte alors qu'il n'avait que quatre ans, mais il se rappelait avec une clarté particulière qu'elle adorait Rosemere.

Il se souvenait de son rire lorsqu'elle coupait des roses dans le jardin, un son vif et léger, et il sentait une étrange boule dans la gorge chaque fois que ces images lui revenaient.

Son père, cependant, n'avait jamais ressenti la même chose : il s'agissait d'une petite propriété, dérisoire comparée à l'immense patrimoine du duché. Le fait que le duc n'ait pas su voir la valeur de Rosemere était en grande partie la raison pour laquelle West l'aimait tant – un attachement qu'il s'était efforcé de cacher à son père. Il avait vu, après tout, ce que l'homme faisait aux choses et aux gens qu'il aimait. Manifestement, il ne l'avait pas assez bien dissimulé.

— Je sais que tu y as passé pas mal de temps au fil des ans, poursuivit son père, mais il me semble que c'est le genre de maison qui conviendrait pour une famille.

Il haussa les épaules ; ce haussement, comme chaque élément de cette discussion, était soigneusement chorégraphié.

— Et puisque tu n'as pas l'intention de te marier…

Il n'avait pas besoin de rendre la menace plus explicite. West avait parfaitement compris.

Son père se frotta les mains.

— Je ferais mieux d'y aller. J'ai une journée chargée.

Intimider les subalternes, faire pleurer les serviteurs, et ainsi de suite, pensa West d'un air sombre.

— Fais-moi savoir si tu souhaites être présenté à l'une des filles d'Altborough, conclut son père en se levant.

West l'imita aussitôt, son regard se posant sur le buffet situé contre le mur du fond. Était-il trop tôt pour boire un verre ?

L'horloge choisit ce moment pour sonner 11 heures.

Il ne restait plus qu'une heure avant midi. Et midi, ce n'était pas si tôt, après tout.

— J'ai hâte d'en discuter avec toi lors du dîner de cette semaine, lui dit son père en sortant.

Non, décréta West. Pour aujourd'hui, il n'était pas du tout trop tôt.

*

* *

Il avait presque terminé son deuxième cognac lorsque lady Fitzwilliam Bridewell apparut dans la bibliothèque.

Son majordome, Briar, sortit de la pièce en s'inclinant et en affichant une expression de curiosité sans équivoque. West jeta un coup d'œil au verre qu'il tenait à la main. C'était son deuxième, n'est-ce pas ? N'avait-il pas perdu le compte à un moment donné, et consommé une telle quantité de spiritueux qu'il en avait des hallucinations ?

Le regard de lady Fitzwilliam suivit le sien, et ses yeux s'écarquillèrent légèrement. Il se rendit compte tardivement que, hallucination ou pas, elle restait une dame. Il se leva, serrant légèrement les dents pour réprimer une grimace lorsque le mouvement réveilla la douleur dans sa mauvaise jambe, qui protestait encore contre l'exercice de la matinée. Heureusement, les - deux ? - verres de cognac avaient contribué à la soulager.

— Lady Fitzwilliam.

— West.

Pour lui, elle était toujours lady Fitzwilliam, même dans ses pensées. Il ne se permettait pas le plaisir de penser à elle autrement. Il appréciait cependant – trop, beaucoup trop – qu'au cours de l'année écoulée elle ait recommencé à l'appeler par son surnom. Tout le monde l'appelait West, il fallait l'admettre, et elle aurait attiré davantage l'attention sur eux en s'adressant à lui différemment en public. Cela ne diminuait en rien le petit sursaut de plaisir qu'il éprouvait chaque fois qu'il l'entendait prononcer son nom.

— Vous êtes chez moi, observa-t-il. Seule.

— Et vous buvez, remarqua-t-elle à son tour. À…

Son regard se porta sur l'horloge de la cheminée.

— … midi.

West résista à l'envie de suivre son regard pour vérifier l'heure. N'était-il encore que midi ? Il avait perdu la notion du temps en buvant son – deuxième ? – cognac, qui était un peu plus généreux que le premier.

— J'ai eu une matinée éprouvante.

— Ah.

Elle ne chercha pas à en savoir plus. Ils n'entretenaient plus le genre de relation qui permettait une telle intimité. Même si, apparemment, ils avaient le genre de relation qui autorisait une femme non mariée à rendre visite à un gentleman célibataire chez lui, sans escorte et… Eh bien, non. Il n'y avait aucun type de relation qui permettait cela.

— J'ai été distrait, ce matin. Ai-je oublié un engagement que nous avions pris ?

C'était tellement invraisemblable que c'en était risible, et le sourire en coin qu'elle affichait confirmait qu'elle le savait aussi bien que lui. Ce soupçon de sourire était comme un coup de poing dans sa poitrine. Elle n'était pas habillée avec un soin particulier – elle portait une simple robe verte et tenait à la main un bonnet qu'elle avait manifestement enlevé lorsqu'on l'avait fait entrer. Ses cheveux dorés brillaient à la lueur du feu de cheminée. Elle était encore – et toujours – la plus belle femme qu'il ait jamais vue.

— Non, je suis venue vous faire une demande.

Elle marqua une pause, puis sembla reconsidérer ce mot, compte tenu de la personne à qui elle s'adressait.

— Une proposition, plutôt, déclara-t-elle tandis que le rose colorait légèrement ses joues.

Un fait rare, chez une femme qui n'était pas encline à rougir.

— Il semble que je sois incapable de trouver un mot qui ne paraîtra pas mal avisé, observa-t-elle avec un soupir exaspéré.

— Voulez-vous vous asseoir ? dit-il en désignant le fauteuil en face de lui, celui que son père avait quitté à peine plus d'une heure auparavant.

Elle parut sur le point de refuser, puis son regard se porta sur sa jambe et elle dit :

— Oui, bien sûr.

Il n'y avait aucune trace de pitié sur son visage ou dans sa voix lorsqu'elle traversa la pièce pour s'installer, et West l'imita avec un certain soulagement, libérant sa jambe du poids contre lequel elle protestait. Il se demanda un instant plus tard si ce n'était pas une erreur, s'il n'aurait pas mieux valu souffrir un peu, car elle était soudain beaucoup plus proche de lui. Et il avait organisé une grande partie de sa vie dans l'objectif d'éviter le plus possible sa proximité.

Ces derniers temps, malheureusement, cela n'avait pas été possible, et il avait le sentiment désagréable que, quelle que soit la raison pour laquelle elle était venue le voir, elle rendrait cet objectif encore plus difficile à atteindre.

Elle prit une inspiration, comme pour se donner du courage.

— Ma sœur a une liaison, annonça-t-elle sans préambule.

— Je suppose que vous voulez parler de lady Brown-Montague. Sinon, je ne crois pas que ce soit le genre de confidence que je devrais entendre.

Il prit soin de conserver une expression impassible, mais une lueur amusée finit par éclairer les yeux de Sophie et il sut qu'elle comprenait qu'il la taquinait. Après tout ce temps, elle le connaissait toujours aussi bien.

— Oui, je parle d'Alexandra, confirma-t-elle. Elle et le comte de Blackford sont tombés amoureux, semble-t-il, mais elle refuse de l'épouser parce qu'elle s'inquiète pour moi.

Il fronça les sourcils.

— Pourquoi s'inquiète-t-elle pour vous ? Quelque chose ne va pas ?

Son ton était neutre.

— Elle craint que je ne me retrouve seule à nouveau si elle se remarie, déclara-t-elle en détournant le regard en même temps qu'elle parlait.

Lady Fitzwilliam était l'une des femmes les plus sûres d'elles-mêmes qu'il ait jamais rencontrées, et elle n'avait pas tendance à céder à la nervosité.

— Ce qui est absurde, évidemment, ajouta-t-elle précipitamment. Ce n'est pas comme si elle et moi partagions une maison. Je vis déjà seule ; rien ne changerait si elle et Blackford se mariaient.

Il y avait quelque chose de défensif dans le ton et la posture qu'elle avait adoptés en prononçant ces mots. Il devinait combien cette conversation lui coûtait : admettre devant lui que les jeunes sœurs qu'elle avait toujours mis tant d'énergie à protéger pouvaient considérer qu'elle avait besoin de soutien, elle aussi.

— Et vous n'avez pas réussi à la convaincre ?

Elle serra les lèvres.

— Elle se montre... difficile quand j'essaie d'aborder le sujet. J'ai parlé à Blackford, qui a confirmé mes soupçons. Il pense qu'il faut juste que je lui parle, que je la rassure, mais...

— Vous n'en êtes pas certaine ?

— Elle peut se montrer assez têtue, à l'occasion, expliqua lady Fitzwilliam, et il fallut un effort considérable à West pour se retenir de souligner que ce trait de caractère semblait commun à la famille Wexham.

— En quoi cela me concerne-t-il ? s'enquit-il, gardant un ton courtois pour atténuer la franchise de la question.

Blackford et lui étaient amis, mais si elle souhaitait qu'il parle à Blackford, ce dernier trouverait cela étrange. Et puis, il ne voyait pas ce qu'il pourrait changer à la situation de toute façon. D'ailleurs, il ne comprenait pas non plus pourquoi elle avait pensé à venir le voir, lui en particulier, pour lui faire part de son inquiétude. Ces derniers temps, leur relation n'avait pas été propice aux confidences. Ou à quoi que ce soit d'autre.

Elle prit une inspiration, puis le regarda droit dans les yeux.

— J'espérais que vous me demanderiez en mariage.

4

Sept ans plus tôt

Sophie n'était pas d'une nature trop contrariante, mais elle ignorait combien de temps encore elle supporterait l'exaltation de sa mère. Après deux saisons et demie de désespoir croissant quant à la possibilité que sa fille fasse un jour un mariage heureux, elle semblait maintenant savourer chaque instant de la cour dont Sophie bénéficiait. Sophie elle-même ne se plaignait pas de ces attentions, mais il lui arrivait de regretter de façon absurde que West ne soit pas un voyou peu recommandable à la recherche d'une fortune, au lieu d'un marquis à la réputation irréprochable – uniquement pour voir la réaction de sa mère.

Puis, comme si celle-ci lisait dans ses pensées :

— West te rendra-t-il visite aujourd'hui, ma chérie ? roucoula lady Wexham à travers la table du petit déjeuner, interrompant ses réflexions.

Sophie réprima un soupir en prenant une bonne gorgée de thé. À côté d'elle, Harriet redressa le dos et tourna la tête avec impatience. Les jumelles avaient quatorze ans et, dans leur esprit, elles étaient encore terriblement éloignées de leurs propres débuts, si bien qu'elles vivaient par procuration la romance naissante de leur aînée.

— Bien sûr qu'il viendra, commenta Maria en levant les yeux au ciel. Comme tous les jours.

Ces paroles furent adoucies par le sourire taquin qu'elle adressa à sa sœur. Maria semblait apprécier West.

— Je trouve ça mignon, observa Alexandra avec un doux sourire.

Ses débuts n'étaient pas encore pour demain et, contrairement aux jumelles, elle n'était pas trop pressée de faire sa révérence à la reine.

Lorsque Sophie et Maria se rendaient à des événements le soir, elle avait l'habitude de les saluer d'un geste de la main, penchée sur un carnet de croquis ou un roman, se réjouissant manifestement de la perspective d'une soirée tranquille à la maison – ou, en tout cas, aussi tranquille que pouvait l'être une soirée chez les Wexham, étant donné qu'elle cohabitait avec Harriet et Betsy.

— Nous irons voir une exposition à la Royal Academy, rappela patiemment Sophie à sa mère, ignorant ses sœurs. Vous avez accepté de nous chaperonner pour cette sortie, l'avez-vous oublié ?

— Oh, bien sûr, dit vaguement sa mère, ne semblant pas plus concernée que cela par la mission solennelle de protéger la vertu de sa fille aînée.

West l'avait tellement charmée qu'elle semblait à mille lieues de s'inquiéter d'un quelconque comportement inapproprié de sa part. Jusqu'à présent, cette hypothèse s'était révélée exacte – ce que Sophie commençait à trouver un peu décevant. Elle ne souhaitait pas être compromise, bien sûr, et elle savait que West était bien trop honorable pour prendre des libertés, mais un baiser ou deux, était-ce trop espérer ? Elle savait qu'elle ne devrait pas s'attendre à grand-chose avant leurs fiançailles, mais quand même…

Elle s'était si bien comportée toute sa vie, et plus particulièrement ces dernières années. Cela serait-il si terrible de se montrer un peu audacieuse, juste une fois ?

Ces pensées n'avaient pas quitté son esprit lorsque West se présenta à sa porte cet après-midi-là, vêtu d'une veste et d'un gilet verts parfaitement assortis à ses yeux. Il retira son haut-de-forme pour s'incliner poliment sur la main de lady Wexham, puis sur celle de Sophie.

— Vous êtes toutes deux ravissantes, dit-il, mais ses yeux étaient posés sur Sophie, qui lui sourit en priant pour ne pas rougir.

Ce moment fut interrompu sans cérémonie par Harriet et Betsy, qui heurtèrent Sophie dans le dos, la faisant presque tomber. West saisit son coude pour l'aider à garder l'équilibre.

— Oh, les jumelles !

Lady Wexham avait soudain l'air aussi épuisée que l'on pouvait s'y attendre chez une femme ayant cinq filles vivant encore toutes sous son toit.

— Je crois vous avoir envoyées à l'étage pour votre leçon de piano il y a un quart d'heure, et je sais, d'après les sons qui me parviennent lorsque vous jouez, que vous ne vous êtes pas suffisamment améliorées pour écourter votre cours.

— Nous avons dit à M. Cumberland que nous avions besoin d'aller aux toilettes, déclara joyeusement Harriet. Il a eu l'air profondément mortifié et n'a pas posé d'autre question.

— Je n'en doute pas, marmonna lady Wexham.

Le maître de musique des jumelles était un jeune homme extrêmement poli qui, tout en ayant la réputation d'être un virtuose du piano, était manifestement terrifié par ses élèves. Sophie ne pouvait pas le blâmer entièrement.

— Je m'en suis voulu de le mettre dans l'embarras, admit Betsy avec une moue. Il a un regard si touchant. Je détesterais le faire souffrir de façon injustifiée.

Betsy était la plus romantique des jumelles, comme le prouva le grognement dégoûté de Harriet en réponse.

Sophie observa West brièvement. Il se tenait toujours sagement dans l'entrée, observant cette scène franchement saugrenue. Il croisa son regard et lui fit un clin d'œil, puis s'avança et dit gravement :

— Mademoiselle Harriet. Mademoiselle Élisabeth. Quel plaisir inattendu !

Il s'inclina sur leurs mains, aussi élégamment qu'il l'aurait fait avec une dame de la Cour. Les joues de Betsy prirent une teinte rouge vif, tandis que Harriet souriait timidement à West d'une manière qui fit songer à Sophie qu'il faudrait l'avoir à l'œil dans quelques années. Les jumelles étant de six ans ses cadettes, elle les avait surveillées dès qu'elles avaient été en âge de marcher, sans jamais croire que leurs nounous et gouvernantes étaient à la hauteur de leur tâche – inquiétude qui s'était révélée, plus d'une fois, fondée.

— West, Maria pense que maman ne sera pas un chaperon très efficace, déclara Harriet d'un ton vif.

Sophie faillit s'étouffer, ou étouffer sa sœur – les deux options auraient fait l'affaire.

— Harriet !

La voix horrifiée de Maria leur parvint du haut de l'escalier où elle était tapie pour écouter.

— C'est vrai ! insista Harriet en penchant la tête en arrière pour que sa voix porte jusqu'à sa sœur. Tu as dit que maman serait parfaitement heureuse de permettre à West de compromettre Sophie derrière une statue, si cela pouvait accélérer leur mariage !

— Harriet Catherine Wexham !

Lady Wexham plaqua une main sur la bouche de sa fille.

Betsy se pencha en avant d'un air de confidence, et Sophie éprouva soudain une vive inquiétude.

— Maman ne vous permettrait jamais de compromettre Sophie derrière une statue, souffla-t-elle à West, une lueur sérieuse dans ses yeux écarquillés.

La protestation étouffée de Harriet fut, heureusement, inintelligible.

— Ce ne serait pas assez intime, précisa Betsy. Si j'étais vous, j'essaierais plutôt de l'emmener en cachette dans un jardin.

Elle marqua une pause, pensive.

— Les jardins sont beaucoup plus discrets, et très romantiques aussi.

Elle poussa un petit soupir joyeux, puis adressa un sourire radieux à West comme si elle venait de partager un précieux secret de famille.

— Merci, mademoiselle Élisabeth, répondit-il, impassible. J'en prends bonne note. Il se trouve que j'aime beaucoup les jardins, moi aussi.

Il lui adressa un sourire effronté, puis se tourna vers Sophie et lui tendit le bras.

— Pouvons-nous y aller ? Je crois que nous avons de l'art à admirer, et une vertu à compromettre.

Étouffant un rire, Sophie le laissa l'entraîner à l'extérieur.

*
* *

Bien que les filles Wexham aient sans aucun doute un certain talent pour l'exagération, leur avis sur l'attention de leur mère en tant que chaperon n'était pas inexact. Et West, pour sa part, lui en était très reconnaissant.

Trois semaines s'étaient écoulées depuis le soir où il avait rencontré Sophie lors de cet horrible récital, et il se sentait… fiévreux. Il lui rendait visite tous les après-midi, apportant des fleurs à sa mère et charmant ses sœurs, jusqu'à ce qu'il soit enfin autorisé à l'emmener se promener sur la place, ou parfois dans le parc. Elle lui accordait deux danses à chaque bal et ils parlaient pendant des heures, de tout et de rien. Il n'avait jamais rencontré quelqu'un d'aussi fascinant, et il n'était même pas certain de savoir quelle en était la cause – elle était une Anglaise bien élevée, avec les expériences limitées que cela impliquait. Et pourtant, il aimait son esprit. Elle était très observatrice et il lui arrivait souvent de faire des commentaires insolents ou des plaisanteries subtiles qui le prenaient au dépourvu et le faisaient rire malgré lui. Il ne pensait pas s'être jamais autant amusé qu'au cours des trois dernières semaines.

— Pensez-vous que l'artiste avait une liaison avec le sujet de ce tableau ?

West cligna des yeux, tiré de ses pensées par la question sans détour de la jeune fille aux cheveux d'or prétendument innocente près de lui. Il s'arrêta pour examiner l'œuvre d'art et comprit immédiatement pourquoi elle avait posé la question. Une certaine intimité se dégageait du portrait, une intimité qui était absente de la plupart des portraits des membres de la haute société.

— Que savez-vous des liaisons ? demanda-t-il.

Il lui glissa un regard de côté. Bien sûr, elle ne rougissait pas. Elle ne rougissait que rarement. Il se surprenait à faire des commentaires ou des insinuations dans le seul but de voir s'il pouvait lui faire monter le rose aux joues, parce qu'elle était ravissante quand elle rosissait et il aimait savoir qu'il en était la cause.

Il aimait *tout* chez elle. Il n'avait jamais ressenti cela pour personne. David l'avait taquiné à ce sujet : « Malgré tous ces champs à labourer, as-tu vraiment l'intention de te marier à l'âge de vingt-quatre ans ? » Et James avait semblé perplexe mais ravi : « Elle est très jolie, et je l'aime beaucoup, mais je ne pensais pas que le mariage t'intéressait. » Même Hawthorne, son valet, lorsqu'il n'était pas préoccupé par sa rivalité de plus en plus vive avec le majordome, avait commencé à le titiller au sujet de son attention accrue pour ses tenues vestimentaires : « Pensez-vous séduire cette dame avec des nœuds de cravate impressionnants ? » Il avait l'impression que sa vie entière avait basculé ce soir-là, trois semaines plus tôt. Et lui qui aimait que les choses soient ordonnées, que tout se déroule selon un plan soigneusement établi, trouvait ce bouleversement total de son existence...

Eh bien, il trouvait cela vraiment merveilleux. Que diable lui arrivait-il ?

— Rien que j'aie appris dans mon propre foyer, je vous l'assure, déclara Sophie en réponse à sa question. Le bonheur de maman et papa donne la nausée, comme je vous l'ai déjà dit, mais on entend parfois des rumeurs lors des soirées.

— Vraiment ? Je devrais faire plus d'efforts pour converser avec la dernière génération de débutantes.

Sophie lui donna une tape sur le bras.

— Cela ne concerne pas les débutantes, bien sûr, mais les jeunes veuves sont... plutôt enjouées. Et elles ne font pas toujours attention aux personnes présentes dans les boudoirs lorsqu'elles bavardent entre elles.

West n'avait qu'une vague idée des mystères qui se déroulaient dans l'enceinte de ces pièces réservées aux femmes et n'osait pas s'informer davantage.

Sophie se retourna pour lui faire face.

— Avez-vous déjà eu une liaison avec une femme mariée ?

Son ton était grave, inquisiteur, et son regard rivé sur lui. De manière ridicule, West en éprouva de la gêne.

Il se racla la gorge et jeta un coup d'œil autour d'eux. L'exposition d'été à la Royal Academy était, comme on pouvait s'y attendre, très fréquentée, mais il n'y avait personne dans leur voisinage immédiat qui aurait pu surprendre cette discussion et répandre la nouvelle que le marquis de Weston corrompait les jeunes femmes. Il avait bien tenté, à demi-mot, de cultiver une réputation de libertin en arrivant en ville quelques années plus tôt, après avoir quitté Oxford, mais il n'avait jamais eu le courage de la mettre en application, au grand dégoût de David. Il serait exaspérant qu'il acquière finalement une réputation de débauché uniquement parce qu'il s'était mis en tête de faire la cour à la fille soi-disant bien élevée d'un vicomte.

— Jamais, dit-il à voix basse, la prenant par le coude pour l'attirer plus près de lui et penchant la tête pour ne pas être entendu.

Il se sentait gêné par ce qu'il était sur le point d'admettre, bien qu'il ne sache pas vraiment pourquoi.

— J'ai déjà eu des... amitiés avec des veuves, mais jamais avec une dame dont le mari était encore en vie. Ce serait déloyal.

Les traits de Sophie s'adoucirent alors qu'elle le regardait.

— Déloyal, répéta-t-elle, l'apparition d'une fossette trahissant le sourire qu'elle tentait de dissimuler.

— Cela donne l'impression que je parle de cricket, n'est-ce pas ?

Il secoua la tête.

— Je n'ai pas beaucoup de souvenirs du mariage de mes parents. Ma mère est morte quand j'étais assez jeune, mais j'ai toujours pensé que, si une dame était prête à me confier son corps, sa fortune et sa vie, le moins que je puisse faire serait d'honorer nos vœux de mariage et de m'assurer de la rendre aussi heureuse que possible.

Il n'était pas tout à fait sûr que le mariage de ses propres parents se soit déroulé ainsi ; il avait le vague souvenir d'une mère mélancolique, qui adorait ses fils mais qui n'avait jamais semblé vraiment... joyeuse. Il n'en était pas certain, bien sûr. Ses souvenirs flous étaient ceux d'un jeune garçon, et ce n'était pas un sujet qu'il avait déjà abordé avec son père.

Sophie l'observa fixement, puis tendit une main gantée pour prendre la sienne et la serrer.

— Je pense que vous feriez le bonheur d'une dame, affirma-t-elle doucement, son regard ne quittant pas le sien, sa main semblant minuscule et précieuse entre ses doigts.

— Vraiment ? demanda-t-il en lui offrant un demi-sourire.

Elle lui sourit en retour.

— Pensez-vous que nous pourrions trouver une statue ou un jardin ?

Le sourire de West s'élargit.

— Aucune de ces options ne semble être à portée de main, souffla-t-il, mais je suis certain que nous pourrons trouver un couloir désert qui fera l'affaire.

Il glissa la main de Sophie au creux de son coude et, tout en l'escortant hors de la salle, il remercia silencieusement Maria d'avoir eu raison. Lady Wexham n'était vraiment pas un très bon chaperon.

5

West ne s'attendait pas à ce que son ouïe lui fasse défaut dès l'âge de trente et un ans.

Certes, il avait parfaitement compris chaque mot prononcé par lady Fitzwilliam jusqu'ici, mais il semblait clair à présent qu'il souffrait d'une perte d'audition alarmante. Ou alors – et cette perspective était encore plus déstabilisante – il avait perdu la tête. Se mettait-il à transformer des phrases tout à fait raisonnables en folles affirmations ?

Car il y avait forcément une explication au fait que Sophie Wexham venait de lui demander de l'épouser.

Seigneur, il en était même venu à l'appeler par son nom de jeune fille dans ses pensées : la situation était bel et bien désastreuse. Il ne s'était plus permis de la considérer comme telle depuis une éternité. Depuis qu'il s'était réveillé après son accident de cabriolet sept ans plus tôt, et qu'il avait appris que la jeune fille qu'il voulait demander en mariage avait épousé l'un de ses camarades d'école, alors que lui-même était étendu sur son lit de malade, la jambe brisée et plongé dans un état second par la fièvre.

Depuis lors, pendant son mariage et au cours des quatre années qui avaient suivi son veuvage, elle avait toujours été lady Fitzwilliam pour lui, à la fois en public et dans ses pensées. C'était moins risqué.

— Je vous demande pardon ?

Sa voix était tendue.

— J'aimerais que nous nous fiancions, reprit lady Fitzwilliam – et non Sophie – d'une voix calme et raisonnable. Pas pour de vrai, bien sûr. Seulement le reste de la saison, ou peut-être un peu plus longtemps, le temps qu'il faudra pour convaincre Alexandra que je suis heureuse et pour qu'elle accepte d'épouser Blackford.

— Ne pensez-vous pas que ce revirement de situation éveillera ses soupçons ?

Lady Fitzwilliam évita son regard.

— Alex a toujours pensé que vous et moi...

Elle poussa un soupir contrarié.

— Elle croit que nous pourrions un jour nous marier, et je pense donc qu'elle verrait une telle annonce comme...

— Comme la preuve que nous avons enfin retrouvé nos esprits ?

— Dans les grandes lignes, oui.

West resta silencieux un long moment, laissant son regard se porter sur les flammes qui dansaient dans la cheminée. Il se félicitait du léger crépitement du feu qui l'empêchait de se concentrer sur le son de la respiration de la jeune femme. Il avait besoin de réfléchir – et il trouvait cela particulièrement difficile en sa présence.

— Ce ne serait qu'une mise en scène, lui assura lady Fitzwilliam, visiblement incapable de supporter le silence. Il est évident que, compte tenu des événements passés, un mariage entre nous serait tout à fait impossible.

Elle ajouta quelque chose, mais West avait cessé d'écouter.

Impossible.

Elle avait raison – bien sûr qu'elle avait raison. Il le savait, comprenait la logique. Il y avait là trop de passif, trop de blessures. Ils avaient pensé se marier une fois, et où cela les avait-il menés ? West avait été brisé par le chagrin après le décès de son meilleur ami et la perte de la femme dont il était amoureux, et lady Fitzwilliam avait épousé un autre homme, un homme qu'il croyait être son ami. Ensemble, ils ne laissaient que souffrance et destruction dans leur sillage. Il ne pouvait y avoir d'avenir pour eux.

Et pourtant, jusqu'à cet instant, et jusqu'à la douleur aiguë qui l'avait saisi en l'entendant prononcer cette affirmation si calmement, avec une certitude inébranlable, il ne s'était pas rendu compte de la force avec laquelle il espérait justement le contraire.

Il voulait l'épouser.

Après tout ce temps, son désir pour elle était si puissant qu'il était comparable à une douleur physique. Il l'avait refoulé ces sept dernières années, n'autorisant pas son esprit à s'attarder sur elle. Il s'était donné beaucoup de mal pour éviter de la croiser. L'été dernier, il avait fallu qu'elle ait cette maudite liaison avec Jeremy, et depuis, elle était revenue lentement mais sûrement dans sa vie. Et maintenant, il était forcé d'admettre une pensée qui s'était attardée dans un coin de son esprit pendant tout ce temps : il voulait toujours l'épouser.

Quel idiot !

Ce qui signifiait que la chose logique et correcte à faire – la ligne de conduite qui lui éviterait tout nouveau chagrin d'amour – consistait à lui dire, en termes très clairs, qu'il ne participerait pas à sa ruse. Elle pourrait trouver un autre moyen d'assurer le bonheur de sa sœur, un moyen qui ne supposerait pas de mentir à tous ceux qu'ils connaissaient. Un moyen qui n'impliquerait pas qu'il prétende à la chose qu'il souhaitait par-dessus tout, mais qu'elle n'était pas disposée à lui offrir, comme elle l'avait établi clairement.

Il ouvrit la bouche pour refuser, puis se figea.

Sa conversation avec son père, plus tôt dans la matinée, lui revint soudain à l'esprit, la menace qui planait sur lui tel un nuage sombre : se marier ou perdre Rosemere.

Et West, qui n'était pas un homme naturellement fourbe, sentit un frisson de plaisir absolument sournois le parcourir.

Lady Fitzwilliam fronça les sourcils.

— Pourquoi avez-vous… cet air-là ?

Il se pencha en avant, appuya ses coudes sur ses genoux et la regarda droit dans les yeux.

— Parce que je pense que cette idée de fiançailles est vraiment excellente.

*

* *

Le bal des Risedale était rapidement devenu l'un des événements préférés de Sophie chaque saison. Le comte et la comtesse de Risedale possédaient une grande maison à St James's, juste au coin de la rue de West, et la comtesse avait, après son mariage quelques années plus tôt, pris sur elle de superviser une rénovation complète de la salle de bal, qui ressemblait désormais à une orangerie. Un mur bordé de fenêtres donnait sur les vastes jardins, et le plafond était lui aussi en verre. Sophie imaginait que l'on pouvait voir le ciel sombre à travers les parois vitrées en temps normal, mais ce soir, alors que la pièce était remplie de bougies et qu'un magnifique lustre était suspendu à l'une des poutres en fer, la lumière se reflétait sur le verre, rendant invisible le monde extérieur.

Une métaphore appropriée pour décrire la haute société, à bien y penser.

West et elle avaient convenu qu'il n'y avait pas lieu de retarder leur supercherie, et le bal des Risedale était l'occasion parfaite de la mettre en œuvre. La comtesse de Risedale était la sœur de Blackford, ce qui signifiait qu'Alexandra et lui assisteraient à l'événement. Sophie avait brièvement hésité, se demandant si sa sœur ne se douterait pas de quelque chose en la voyant tomber soudainement dans les bras de West, mais elle avait rapidement écarté cette inquiétude. Les gens, avait-elle constaté, étaient généralement désireux de voir ce qu'ils souhaitaient. Or les retrouvailles entre Sophie et West étaient précisément ce qu'Alexandra souhaitait voir. Il ne serait donc pas difficile de la convaincre.

Ainsi, trois jours à peine après sa visite chez West, elle se retrouvait dans cette salle de bal, à discuter avec Violet et à tenter de se convaincre qu'elle ne le cherchait pas du coin de l'œil.

— Quelque chose ne va pas ? demanda Violet alors que Sophie sursautait pour la troisième fois en quelques minutes.

Elle ne cessait de voir West dans tous les hommes bruns aux larges épaules qui pénétraient dans la pièce. Chaque fois, son corps semblait se rendre instinctivement compte de son erreur, avant même que ses yeux puissent la confirmer.

— Non, tout va bien, assura Sophie d'un ton léger avant d'avaler une gorgée de champagne plus longue que prévu.

Elle toussa, puis toussa encore, essayant de reprendre son souffle. Quelqu'un surgit à côté d'elle, lui glissant un mouchoir orné d'un monogramme dans la main.

Levant les yeux, elle constata qu'il s'agissait de James Audley, le frère de West et mari de Violet.

— Vous allez bien ? demanda Audley, légèrement inquiet. Vous n'avez pas contracté une maladie mortelle, n'est-ce pas ?

Il se tourna vers sa femme.

— Pourquoi me regardes-tu ainsi ? s'enquit Violet.

— Parce que tu es une spécialiste en matière de maladies mortelles. Si tu te souviens bien, tu nous as fait une sacrée frayeur l'été dernier.

Audley avait prononcé cette phrase d'un ton grave, mais ses yeux brillaient de tendresse.

— Je vais bien, dit enfin Sophie, sa toux s'étant calmée. Le champagne peut être dangereux, apparemment.

— Votre sœur aussi, commenta Audley d'un ton sombre.

— Laquelle ?

— Harriet.

Il prit une gorgée de champagne.

— Elle m'a coincé pour me poser toutes sortes de questions sur un cheval qu'elle envisage d'acheter. Elle semble rechercher une monture rapide.

— Cela ne m'étonne pas de Harriet, répondit Sophie en réprimant un sourire.

— Et intimidante, qui plus est, ajouta-t-il. Je crois que les mots exacts qu'elle a prononcés étaient : « Je veux que Hyacinth Montmorency tremble dans ses bottes quand elle me verra à cheval. »

Cette fois, Sophie ne put retenir son sourire.

— Elle et lady Montmorency sont amies depuis qu'elles sont petites.

Audley cligna des yeux.

— Amies ? Elle me l'a décrite comme une ennemie sur un champ de bataille.

— Oui, confirma Sophie. Disons qu'elles ont toujours entretenu... une rivalité saine. Hyacinth est encore célibataire, et Harriet est un peu jalouse.

Audley fronça les sourcils.

— Cela ne devrait-il pas être l'inverse ?

— Harriet considère qu'être une femme célibataire et aisée constitue une grande réussite. Elle s'en est profondément voulu lorsqu'elle est tombée amoureuse de George et s'est mariée à l'âge très respectable de dix-neuf ans.

Elle marqua une pause, puis ajouta pensivement :

— De plus, elle a toujours été envieuse que Hyacinth ait un prénom en *H* beaucoup plus original que le sien.

À ce stade, Audley avait l'air franchement perplexe. Violet tapota le bras de son mari d'un air vaguement condescendant.

— C'est trop complexe pour qu'un homme comprenne, James. Ne t'inquiète pas trop.

L'expression d'Audley passa de la confusion à la consternation.

— À t'entendre, on pourrait croire que je ne suis qu'un enfant idiot.

— J'ai moi-même déjà fait cette comparaison, lança une voix familière.

Jeremy se matérialisa près d'eux. Il tenait une coupe de champagne dans une main et tendait le cou comme s'il cherchait quelqu'un.

— Vous n'auriez pas vu Diana ? demanda-t-il.

— Par là, indiqua Violet en faisant un signe de tête sur sa gauche. Elle dansait avec lord Henry Cavendish.

— Cavendish, prononça Jeremy d'un ton sombre.

Sophie comprenait cette réaction, étant donné la réputation de Cavendish. Même si, par souci d'équité, elle devait admettre que cette réputation n'était pas beaucoup plus mauvaise que celle de Jeremy avant son mariage.

— Il est très beau ce soir, ajouta Violet d'un air malicieux.

Jeremy leva les yeux au ciel.

— Son pantalon est très moulant, renchérit Sophie d'une voix innocente, s'attirant un regard noir de son ami.

Avant qu'il puisse répondre, Violet s'exclama d'une voix joyeuse :

— West !

Sophie prit une profonde inspiration, puis baissa les yeux sur sa coupe de champagne à moitié vide. Elle en avala une petite gorgée alors que West rejoignait leur cercle et les saluait à tour de rôle. Il y eut une infime pause avant qu'il dise « Lady Fitzwilliam » et elle pivota pour lui tendre la main. Elle aurait voulu ne pas se sentir comme une écolière troublée en sa présence, même si elle était presque certaine de bien savoir le cacher.

— West, dit-elle calmement, consciente des regards de Violet, Audley et Jeremy, concentrés sur cet échange banal de salutations polies.

— J'ai beaucoup apprécié de vous croiser à Hatchards hier, reprit West.

Ils avaient convenu de faire allusion à un incident déclencheur qui se serait produit hors de la vue de leurs amis, afin que ce dégel soudain entre deux personnes qui s'étaient donné beaucoup de mal pour s'éviter ne paraisse pas trop étrange et improbable.

— Moi aussi, répliqua-t-elle en buvant une nouvelle gorgée de champagne. Avez-vous trouvé le livre que vous cherchiez ?

— En effet.

Il inclina la tête.

— Je me suis renseigné au comptoir, et ils avaient un exemplaire dans l'arrière-boutique.

— J'en suis ravie.

Sophie n'osa pas regarder leurs amis pendant qu'elle parlait ; sans doute observaient-ils cet échange avec une certaine curiosité, se demandant pourquoi West et Sophie se lançaient dans un dialogue qui semblait avoir été écrit pour deux matrones échangeant des potins. Elle croisa le regard de West. Même si son expression était tout à fait courtoise, une trace d'amusement filtrait dans ses yeux. Seul quelqu'un qui le connaissait bien aurait été capable de s'en rendre compte, même si elle ne s'était pas considérée comme telle depuis très longtemps. C'était ce qu'elle aimait chez lui autrefois : son air sérieux et le sens de l'humour qu'il cachait.

Elle vida sa flûte de champagne.

— Puis-je aller vous chercher un autre verre ? proposa-t-il, prenant cela pour un signal.

— Si vous aviez la gentillesse de m'accompagner jusqu'à la table des rafraîchissements...

Elle le regarda timidement à travers ses cils.

— J'en serais honoré, affirma-t-il en lui offrant son bras.

Elle se retourna pour faire un signe de la main à Violet, Audley et Jeremy, qui assistaient à cette scène avec des expressions allant de l'espoir et de la joie non dissimulés – Violet – à la confusion totale – Audley –, en passant par l'amusement – Jeremy.

Dès que Sophie fut certaine qu'ils n'étaient plus à portée de voix, elle murmura :

— Avez-vous vu Alexandra ?

West tourna la tête vers la piste de danse.

— Elle est en train de valser avec Blackford.

Son bras était raide sous la main de Sophie, sa démarche légèrement irrégulière, mais son dos était droit, sa mâchoire rasée de près, et sa cravate nouée si soigneusement qu'elle ne put s'empêcher de se demander si son valet avait utilisé une règle pour s'assurer que les pans étaient parfaitement égaux.

Il fallait ce qu'il y avait de mieux pour le marquis de Weston, bien entendu.

— Vous pensez que vous devriez m'inviter à danser ?

Elle lui lança un regard en coin, à temps pour voir son hésitation.

— Je ne danse pas souvent. Depuis mon… accident.

Il avait légèrement hésité avant de prononcer ce mot.

— Je suis un peu maladroit.

Et naturellement, il ne supportait pas d'être maladroit en quoi que ce soit, pensa-t-elle.

Sophie n'avait pas envie de s'attarder sur le souvenir de ce qu'elle avait ressenti autrefois en valsant avec lui, sa main sur sa taille, leurs corps pressés l'un contre l'autre.

— Si la danse vous fait mal à la jambe..., commença-t-elle, un peu gênée.

Mais il l'interrompit aussitôt.

— Il y a beaucoup de choses qui me font mal à la jambe. Ce n'est pas le souci.

Sa voix était sèche, et elle s'abstint résolument de le regarder tandis qu'ils continuaient leur lente progression vers la table des rafraîchissements. Elle essayait de ne pas penser à l'accident qui avait provoqué sa blessure, incapable de s'empêcher d'imaginer la vie qu'elle aurait pu avoir si West et Willingham n'avaient pas fait cette course en voiture ce jour-là. C'était douloureux de songer à cette éventualité, un peu comme de regarder directement le soleil. De temps en temps, cette idée se faufilait en elle lorsqu'elle se sentait particulièrement morose, puis elle la chassait tout aussi rapidement lorsqu'elle se sentait submergée par le simple fait d'envisager une réalité alternative dans laquelle Willingham était encore en vie, West n'avait pas été blessé, et elle et lui...

— Je ne voudrais pas gâcher une valse que vous pourriez apprécier avec un partenaire plus sûr de lui, poursuivit-il, interrompant ses pensées.

Il s'arrêta, puis ajouta à voix basse :

— Même si la perspective de danser avec vous est très attrayante.

Sophie le dévisagea, surprise. Son ton ne s'était pas adouci et il veillait à ne pas la regarder, concentré sur leur environnement, mais ceci ressemblait terriblement à...

Une tentative de séduction.

West flirtait avec elle, et elle ne savait pas comment réagir. Cela faisait sept ans qu'elle n'avait pas joué ce jeu avec lui – une éternité. Il semblait être un homme totalement différent de celui avec lequel elle avait échangé des sourires furtifs dans des salles bondées. Le West qu'elle avait connu à l'époque était sérieux, certes, mais encore jeune, persuadé que le monde s'adapterait à lui. Toujours amusé par la bonne société, ravi de flirter avec une jolie fille. Le West qu'elle connaissait – ou plutôt qu'elle avait cru connaître – était une tout autre personne à présent. Prudent avec les mots qu'il employait, veillant à ne pas trop révéler ses pensées. Que cet homme flirte avec elle, c'était… Certes, elle aurait dû s'y attendre, pour assurer la crédibilité de leur supercherie, mais elle s'en trouvait singulièrement troublée.

— Peut-être au prochain bal, alors, dit-elle légèrement. Je pense que nous avons déjà donné du grain à moudre à nos amis.

Elle réprima une folle envie de rire en se rappelant leurs expressions confuses.

Comme c'était étrange de marcher ainsi avec lui, sans personne pour s'interposer entre eux. Ce n'était pourtant pas la première fois qu'ils se retrouvaient au cours des sept dernières années. Il y avait eu un après-midi de juin mémorable quatre ans plus tôt, sur lequel elle n'autorisait jamais ses pensées à s'attarder. Il y avait également eu une poignée d'occasions au cours de l'année écoulée. Une promenade rapide le long d'une allée de jardin à la campagne. Une escorte tendue, le plus souvent silencieuse, dans le théâtre de Belfry. Un échange murmuré dans le couloir d'un manoir surplombant la mer.

Chacune de ces occasions se détachait, brillante comme un joyau, dans sa mémoire. Aucune d'entre elles n'avait été facile à vivre, cependant, et elle se rendit compte que ce soir, elle se sentait étrangement plus à l'aise qu'à n'importe laquelle de ces occasions. Les rôles qu'ils devaient jouer leur permettaient une certaine liberté, et Sophie en était étonnamment heureuse.

Ils avaient atteint la table des rafraîchissements. La jeune femme le laissa remplir un verre de limonade pour elle. Même si elle avait envie d'une autre coupe de champagne pour endurer le reste de la soirée, il était préférable de ne pas trop boire lorsqu'elle était en sa compagnie.

Il se retourna, lui tendant la limonade, et leurs doigts se frôlèrent. Ses yeux plongèrent dans les siens et ne les quittèrent plus. Elle avait oublié la teinte verte particulièrement foncée que prenaient ses iris à la lueur des bougies – une nuance plus profonde que le vert vif de ses yeux à la lumière du jour. Une boucle de ses cheveux soigneusement peignés menaçait de se libérer et de retomber sur son front. Une envie presque irrésistible de tendre la main et de la remettre en place l'assaillit.

Mais c'était dangereux, trop dangereux.

Car si elle n'était pas aveugle au point de nier l'attirance qui crépitait encore entre eux, elle savait qu'ils ne pouvaient pas se permettre de passer à l'acte – pas quand tout avenir entre eux était impossible.

La désirait-il encore ? Elle ne s'était jamais considérée comme une créature vaniteuse, et pourtant elle était absolument certaine que c'était le cas, ne serait-ce que parce qu'elle ne voulait pas croire qu'un désir aussi fort ne puisse être réciproque. Elle savait qu'il y avait beaucoup d'amour – et de désir – non partagé dans le monde, mais ce n'était pas le cas ici. Elle en était convaincue.

Elle but une gorgée de limonade et lui offrit sa meilleure version d'un sourire satisfait, mais il ne semblait pas dupe. Il ouvrit la bouche comme pour dire quelque chose, avant que son regard soit attiré au-dessus de son épaule.

— Votre sœur arrive.

— Laquelle ?

— Alexandra.

Sophie prit conscience tardivement que la valse était terminée et que l'orchestre avait entamé un quadrille. Elle but une gorgée de sa limonade, sans se retourner.

— Riez comme si je venais de dire quelque chose d'amusant, murmura-t-elle à West.

— Vous pensez vraiment que votre sœur ne trouvera pas louche de me voir glousser comme un imbécile ?

Sophie poussa un soupir agacé, même s'il n'avait pas tort – il n'était pas l'homme le plus jovial du monde. Puis elle laissa échapper un petit rire aigu.

West lui jeta un regard sceptique.

— Si votre but est de convaincre votre sœur que nous avons renoué avec un amour perdu depuis longtemps, il vaudrait peut-être mieux que je ne grimace pas d'horreur quand elle arrivera.

— Comme vous ne voulez pas rire, il faut bien que quelqu'un le fasse ! Vous pourriez au moins paraître légèrement amusé, comme si nous avions partagé une plaisanterie. Je comprends que le célèbre marquis de Weston est incapable d'exprimer plus qu'un amusement modéré, mais je pensais que vous saviez au moins feindre un sourire.

West la dévisagea.

— Si vous pensez que le son que vous venez d'émettre est celui que l'on fait quand on est amusé, alors je me souviendrai de ne jamais vous faire rire de votre vie.

— Je ne pense pas qu'il y ait beaucoup de risques, murmura Sophie.

Il haussa un sourcil d'un air irrité. Avant qu'il puisse répondre, la voix d'Alexandra retentit :

— Sophie ! Et West ! Comme c'est... inattendu !

Sophie pivota pour découvrir Alexandra au bras de Blackford. Sa sœur examinait West avec un intérêt qu'elle n'essayait même pas de dissimuler.

— Lady Brown-Montague.

West s'avança pour saluer Alexandra et serrer la main de Blackford, tout signe de l'irritation qu'il avait manifestée quelques secondes plus tôt déjà effacé.

— C'est un plaisir de vous voir ensemble, commenta Alexandra en les observant tour à tour avec insistance.

— Nous étions juste en train de nous remémorer...

Sophie hésita.

— Les Cornouailles, lui rappela West. Nous avons tous les deux participé récemment à une fête organisée par lord Penvale là-bas.

— Oui, dit Alexandra avec une emphase exagérée. Quel hasard que vous ayez tous deux été présents !

— Comme nous sommes des amis de Penvale, je ne pense pas que ce soit un si grand hasard.

Sophie sourit gentiment à sa sœur.

— Cela ressemble plutôt à la façon dont fonctionne une relation classique.

— Et une amitié, ajouta West.

— Je crois que mon frère et ma belle-sœur y étaient aussi, intervint Blackford après une pause.

Il observait Alexandra avec une légère confusion, mais semblait penser que quelqu'un devait sauver cette conversation.

— Oh, les nouveaux mariés, remarqua Alexandra d'un ton faussement dramatique.

— Eh bien, reprit Blackford raisonnablement, cela fait plus de neuf mois qu'ils sont mariés…

— Et maintenant, elle attend un bébé ! Quel bonheur ! s'exclama Alexandra en joignant les mains avec plus de ferveur que ne le méritait l'arrivée imminente d'un enfant.

— Les nouveau-nés sont en effet délicieux, acquiesça Sophie, amusée.

Elle songea que la meilleure stratégie à adopter à ce stade était de s'extirper de cette discussion excessivement étrange, puisqu'elle avait maintenant plus ou moins atteint son but.

— J'ai été ravie de vous croiser tous les deux…

— Je crains que nos amis n'attendent notre retour, ajouta West en inclinant la tête en direction de son frère et de sa belle-sœur qui, d'après ce que Sophie pouvait voir de loin, avaient été rejoints par d'autres personnes de leur connaissance.

Chacun d'entre eux déployait des efforts surhumains pour donner l'impression qu'ils n'étaient pas en train de les observer.

— Bien sûr, bien sûr, dit Alexandra avec enthousiasme. Et puis, je suis sûre que vous avez beaucoup de choses à vous dire…

Sophie se doutait qu'elle recevrait la visite d'Alexandra au petit déjeuner le lendemain matin.

— En effet, confirma-t-elle avant qu'elle et West pivotent pour traverser la pièce.

— Je crois que je transpire, observa-t-il au bout d'un moment. Est-ce que votre sœur a toujours cet effet sur les hommes ?

— Il faudrait le demander à Blackford. Je ne suis pas certaine d'être faite pour cela non plus : je me sens comme un cheval qui vient de courir à Ascot.

Cette remarque surprit West, qui se mit à rire – un vrai rire, qu'elle n'avait pas entendu de sa part depuis très, très longtemps. Elle avait oublié à quel point son visage s'éclairait lorsqu'il riait, à quel point il paraissait plus jeune.

Leurs regards se croisèrent et elle sentit à nouveau cette étincelle entre eux, évidente depuis leur première rencontre. C'était la raison pour laquelle aucun des hommes avec lesquels elle avait flirté au cours des années qui avaient suivi le décès de son époux – y compris Jeremy – ne lui avait semblé à la hauteur du souvenir de West.

Elle ressentit une pointe de nostalgie tandis qu'ils se rapprochaient de leurs amis, mais elle plaqua un sourire serein sur son visage et fit comme à son habitude : elle l'ignora.

6

West n'avait courtisé personne depuis des années, et il avait oublié la quantité d'efforts que cela impliquait.

— Monsieur.

West leva les yeux de la lettre qu'il examinait à son bureau pour découvrir Briar, son majordome, dans l'embrasure de la porte.

— Le jardinier aimerait savoir si vous souhaitez envoyer de nouveau des roses à lady Fitzwilliam, ou si vous préférez un bouquet mixte cette fois-ci.

West posa le document avec un soupir.

— Qu'avons-nous envoyé hier ? Des roses ?

L'expression de Briar était d'une impassibilité impressionnante lorsqu'il répondit :

— En effet, milord. Peut-être avez-vous remarqué que j'ai utilisé l'expression « de nouveau », pour signifier qu'envoyer des roses serait la répétition d'un acte antérieur ?

West lança un regard à Briar. Pour un homme qui n'avait pas encore atteint l'âge de quarante ans, il était remarquablement doué pour arborer le dédain typique d'un vieux majordome. West soupçonnait que c'était justement à cause de son âge. Être le majordome d'un futur duc était une position élevée, et Briar semblait déterminé à compenser les années d'expérience qui lui manquaient par une incroyable arrogance.

— Peut-être devrions-nous envoyer quelque chose de différent aujourd'hui, alors, déclara West.

Briar acquiesça, puis hésita.

— Savez-vous que Hawthorne a composé des poèmes et les a signés de votre nom pour les envoyer avec les fleurs ?

Son ton indiquait un mélange de désapprobation et d'amusement réticent.

West grimaça.

— Oui. Cela semblait l'amuser, alors je l'ai laissé faire.

Il n'était pas tout à fait certain que c'eût été judicieux, mais il ne voulait pas non plus que Hawthorne lui pose trop de questions sur ses retrouvailles soudaines avec lady Fitzwilliam. Cela lui avait paru être une façon assez inoffensive de le distraire.

— Si c'est ce que vous pensez être le mieux, milord..., dit Briar, insinuant clairement qu'il estimait que ce n'était pas du tout une bonne idée. J'espère que lady Fitzwilliam a le sens de l'humour.

— C'est le cas, confirma West distraitement, revenant à la lettre devant lui et ne prenant conscience que tardivement de la facilité avec laquelle cette affirmation lui était montée aux lèvres – comme s'il connaissait encore lady Fitzwilliam.

Briar fit une révérence très correcte et disparut pour transmettre le message de West au jardinier, qui avait été plus occupé au cours de la semaine écoulée que pendant toute sa carrière chez West. Ce dernier avait envoyé des bouquets à lady Fitzwilliam tous les jours, dans l'espoir que ses sœurs et ses amis lui rendraient visite et remarqueraient la quantité de fleurs digne d'une serre dans son salon. Il l'avait également fait monter dans son phaéton deux ou trois fois, pour l'emmener chercher une glace chez Gunter ou faire du shopping sur Bond Street, tout cela dans l'objectif qu'ils soient vus ensemble. Ces sorties avaient toujours été très... civilisées.

Leur première promenade – à cheval dans Hyde Park, le lendemain du bal des Risedale – avait été franchement gênante, en revanche. Bien qu'ils se fréquentent de plus en plus, ils n'étaient pas préparés à la réalité de rester seuls ensemble, imitant ce qu'ils avaient été autrefois. Ils avaient tous deux regardé résolument devant eux plutôt que l'un vers l'autre, leurs timides tentatives de conversation étant fréquemment interrompues par les connaissances qu'ils croisaient. Ils avaient discuté du temps qu'il faisait, du plaisir qu'ils avaient pris à la fête de Penvale en Cornouailles, de ses sœurs... de tout sauf d'eux, de leur histoire et de leurs sentiments à propos de ladite histoire.

Les choses s'étaient déroulées de la même manière au cours de la semaine écoulée. Un peu de la gêne initiale s'était dissipée, mais leur conversation restait légère, superficielle. Le but de ces excursions était d'être vus ensemble, pas d'échanger des confidences importantes.

De ce point de vue, leur objectif était parfaitement atteint : ils avaient croisé de nombreux amis et connaissances lors de leurs sorties, et West n'avait pas manqué la lueur d'intérêt qui s'était allumée dans plus d'un regard. Il était stupide de sa part de trouver tout cela vaguement insatisfaisant.

C'est juste qu'après ces années passées à penser à elle – et aussi à ne pas penser à elle – il trouvait étrange de se retrouver si souvent en sa compagnie et que cela ressemble si peu à leur relation d'autrefois. Mais il était différent à l'époque, et elle aussi.

Une horloge sonna, arrachant West à ses pensées et lui faisant prendre connaissance de l'heure. En parlant de sa future fiancée - ils comptaient annoncer leurs fiançailles le soir même –, il se rappela qu'il devait l'escorter à Hatchards dans un quart d'heure. Emily venait de fêter son anniversaire et lady Fitzwilliam souhaitait lui acheter un livre.

Il soupira et s'empara de sa canne.

*

* *

Une heure plus tard, West commençait à penser qu'un homme ne devrait jamais accepter d'accompagner une femme dans une librairie.

— Et celui-là ? demanda-t-il en agitant un livre en direction de lady Fitzwilliam.

Cette dernière se tenait à quelques mètres de là, examinant la première page de ce qui devait être le cinquantième ouvrage qu'elle avait feuilleté depuis qu'ils étaient entrés dans la boutique, une demi-heure plus tôt.

Elle leva les yeux et les plissa, essayant de distinguer les lettres sur la couverture en cuir. Il l'approcha, et elle secoua la tête.

— Non, elle l'a déjà lu. Je l'ai entendue en discuter avec Jane lorsque nous étions à l'abbaye de Trethwick.

West replaça soigneusement le volume sur l'étagère.

— Et celui que vous tenez dans vos mains, alors ?

— Je ne sais pas trop, dit-elle d'un ton un peu distrait en parcourant les premières pages du livre. Il a été publié de façon anonyme et parle d'un homme du nom de Frankenstein.

Elle balaya des yeux quelques pages supplémentaires, puis le referma.

— Au moins, il vient d'être publié. Je crains que Jane n'ait déjà prêté à Emily un certain nombre de livres populaires, et je ne veux pas lui offrir quelque chose qu'elle a déjà lu.

Emily se sentait un peu fatiguée au fur et à mesure que sa grossesse avançait, et elle passait moins de temps au théâtre de son mari et plus de temps à la maison. Elle avait pris goût aux romans gothiques – fortement encouragée par Jane, qui était une lectrice passionnée –, et ses amis avaient prévu de lui faire une surprise avec un panier rempli d'ouvrages pour l'occuper pendant l'été.

— Je pense que celui-ci fera l'affaire, déclara lady Fitzwilliam d'un ton décidé.

Elle passa devant West pour se diriger vers le comptoir, où son achat fut soigneusement emballé dans du papier brun.

West prit le paquet dans sa main libre et lui offrit le même bras, qu'elle accepta. Ils sortirent de la boutique sous le soleil de l'après-midi. Piccadilly était animé, et West attira lady Fitzwilliam un peu plus contre lui tandis qu'ils se dirigeaient vers son véhicule, où son cocher les attendait patiemment. Il l'aida à monter, fit de même, puis se pencha pour demander au cocher de les conduire à travers le parc sur le chemin du retour. Il semblait dommage de ne pas profiter de ce beau soleil, surtout quand les caprices du climat anglais n'offraient qu'un nombre limité de journées de ce type.

Ceci fait, il se tourna pour lui faire face. Elle portait une robe blanche avec des roses brodées de couleur verte, et son visage était protégé du soleil par une capote ornée d'un ruban assorti. Elle pencha la tête en arrière pour le regarder et il se rendit compte que, lors de leurs précédentes sorties dans le parc, ils avaient été côte à côte, soit à cheval, soit juchés sur son phaéton. Il n'avait pas l'habitude de devoir faire face au visage de la jeune femme pendant leurs trajets. Ses joues étaient un peu roses, sans doute à cause de la chaleur de la journée, et une mèche de cheveux blonds s'était échappée de sa coiffure, s'accrochant à sa tempe sous son chapeau. L'envie de la replacer derrière son oreille fit tressaillir sa main.

Au lieu de cela, il initia une conversation polie – un autre de leurs bavardages insignifiants qui n'abordaient aucune des choses qu'il souhaitait vraiment lui dire.

— Lady Fitzwilliam, commença-t-il avant de s'interrompre en voyant l'expression de la jeune femme. Quelque chose ne va pas ?

Elle hésita un instant.

— Vous devriez m'appeler Sophie si nous voulons convaincre tout le monde que vous me courtisez. Je pense que nous pourrions nous passer des formalités.

Sophie. Le nom qu'il avait autrefois prononcé si librement et qui lui donnait maintenant l'impression d'une dangereuse intimité.

— D'accord.

Il inclina la tête, cherchant un sujet de conversation.

— De toute évidence, la sœur de Blackford a dit à Emily qu'elle nous avait vus dans mon phaéton, l'autre jour.

Emily avait alors partagé cette nouvelle avec Violet, qui avait interrogé West – avec toutes sortes de regards inquisiteurs et de pauses éloquentes – lors du dîner de la veille.

— Vraiment ?

Sophie avait l'air satisfaite.

— Je suppose que notre plan fonctionne, alors.

Elle s'interrompit et West fronça les sourcils, se demandant à quoi elle pensait.

— J'ai été surprise quand vous avez conduit votre voiture, dit-elle après que le silence se fut étiré entre eux plusieurs secondes, plus longtemps que la politesse ne le permettait.

Il croisa son regard.

— Ah oui ?

Elle se tut, visiblement mal à l'aise, mais ne détourna pas le regard. Il admirait son courage de poser la question – ou, du moins, d'être tentée de le faire. Peu de gens lui parlaient directement de son accident, et il n'abordait jamais lui-même le sujet. Les souvenirs étaient encore douloureux, même s'ils avaient perdu de leur acuité et de leur tranchant avec le temps.

— Ce n'est pas pour rien que j'ai acheté un phaéton plutôt qu'un autre cabriolet, dit-il.

Il n'était pas remonté dans un tel véhicule depuis ce jour-là – et il doutait d'y remonter un jour. Bien qu'ils soient réputés pour être dangereux, les phaétons étaient plus sûrs que les cabriolets, et il n'avait aucune intention de faire la course.

Elle acquiesça et baissa les yeux sur ses genoux où ses mains, dissimulées dans des gants de dentelle blanche, tenaient son livre enveloppé de papier.

— Je me rends compte que je ne vous ai jamais dit à quel point j'étais désolée, ajouta-t-elle d'une voix hésitante. Pour l'accident, je veux dire. À propos de Willingham.

— Mais pas à propos de votre mariage ? demanda-t-il, les mots sortant un peu plus brutalement qu'il ne l'avait prévu.

Sophie tressaillit. Après un moment, il prit une lente inspiration, puis se pinça l'arête du nez. Plus calmement, il reprit :

— Je vous présente mes excuses. Quand auriez-vous eu l'occasion d'exprimer votre sympathie, de toute façon ? Je crois me souvenir que nous avons fait beaucoup d'efforts pour nous éviter.

C'était vrai : au cours des deux premières années du mariage de Sophie, il l'avait évitée par tous les moyens, refusant même de se trouver dans la même salle de bal qu'elle. Avec le temps, il était parvenu à la saluer poliment de loin, à lui offrir un mot courtois s'ils se croisaient de trop près car le contraire aurait été impoli, mais au début…

Le West qu'il était sept, six et même cinq ans plus tôt n'était pas un homme dont il était particulièrement fier.

— Vous avez raison, confirma-t-elle en le regardant à nouveau, ses yeux bruns assombris. Mais ce n'est pas une excuse. Et je veux que vous sachiez à quel point j'ai été triste d'apprendre sa mort… et d'imaginer la souffrance que vous avez dû éprouver.

Elle posa son regard sur la vitre alors qu'ils roulaient à présent dans le parc.

Il déglutit pour faire passer une boule qui s'était formée dans sa gorge. Il était habitué à vivre avec ce chagrin et cette culpabilité, mais pas à en parler.

— Il me manque encore tous les jours, admit-il à voix basse.

Elle fronça les sourcils.

— Je n'imaginais pas le contraire, déclara-t-elle en tendant la main pour prendre la sienne avant de se raviser et de la poser sur ses genoux. Je crois que Jeremy en a conscience aussi.

West et Sophie n'avaient jamais parlé de lui, ni des événements de l'été précédent. Cependant, Jeremy était maintenant heureux en ménage, leur liaison avait été de courte durée, et Sophie n'avait jamais manifesté le moindre malaise en sa présence : West pouvait donc en conclure qu'il n'y avait pas eu de grands sentiments d'un côté comme de l'autre.

Pourquoi, alors, une pointe de jalousie continuait-elle de le traverser à l'idée qu'elle ait embrassé un autre homme, qu'elle ait couché avec lui et qu'ils aient partagé le genre de conversations lascives et décousues qui naissent après l'amour ?

Il la regarda fixement, tout en luttant contre ce sentiment et en essayant de se concentrer sur ses mots, dont il savait qu'ils avaient été prononcés comme un cadeau.

— Jeremy et moi n'avons parlé de l'accident qu'une seule fois, confia-t-il.

C'était environ un an après. Ils étaient tous les deux dans un état d'ébriété avancé.

— Il a dit qu'il ne m'en voulait pas.

Il ne put empêcher sa bouche de se tordre à ces mots, ce que Sophie nota en fronçant les sourcils.

— Pourquoi vous en voudrait-il ? demanda-t-elle. Personne n'a forcé son frère à monter dans ce cabriolet. Il vantait sa rapidité auprès de qui voulait l'entendre. Si vous ne l'aviez pas mis au défi de vous battre, nul doute que quelqu'un d'autre l'aurait fait.

— Ou peut-être pas. C'était une chose stupide et imprudente à faire, vous savez. Peut-être que personne d'autre n'aurait été aussi idiot.

Elle mit son paquet de côté et se pencha en avant sur son siège.

— « Stupide » et « imprudent » ne sont pas des termes que j'emploierais pour vous décrire.

Sans réfléchir, il tendit la main pour faire basculer légèrement le chapeau de la jeune femme en arrière, ce qui lui permit de mieux voir son visage.

— Eh bien, j'étais très contrarié ce soir-là, dit-il. Je ne me suis pas comporté comme d'habitude.

Elle se figea, et il en fut surpris. Il repensa aux mots qu'il venait de prononcer, se demandant ce qui avait pu la troubler.

— Vous étiez contrarié, répéta-t-elle, parce que je vous avais parlé des menaces de votre père à l'égard de ma sœur et moi ?

Oh, bon sang !

— Sophie, reprit-il calmement et avec beaucoup d'affection, vous n'êtes pas responsable de ce que mon père vous a dit, ni des sentiments que cela a provoqués en moi. J'aurais été encore plus contrarié si j'avais appris ensuite que vous me l'aviez caché.

— Peut-être que si je ne vous avais pas parlé de ses menaces ce soir-là, vous n'auriez pas défié Willingham, insista-t-elle, bouleversée.

— Et si je m'étais montré plus ferme face à mon père dès le début, il ne vous aurait jamais menacée, rétorqua-t-il avec détermination.

Pouvait-elle percevoir les regrets qui transparaissaient dans chacun de ses mots ?

— D'ailleurs, ajouta-t-il, vous l'avez dit vous-même : Willingham était un idiot avec ce cabriolet. Il aurait trouvé quelqu'un d'autre pour faire la course.

Peut-être que, s'il parvenait à la convaincre de cela, il finirait par se convaincre lui-même aussi.

Elle soutint son regard un long moment, alors même qu'ils traversaient le parc et que d'autres cavaliers et carrosses les dépassaient, leurs occupants les saluant parfois. West n'en tint pas compte, concentrant toute son attention sur la femme qui se trouvait face à lui. Son expression s'était quelque peu détendue, mais elle avait toujours l'air perturbée.

— Je pense qu'il y a beaucoup de responsabilités à partager, si nous voulons continuer sur cette voie, dit-elle enfin avec un rire un peu forcé, qui eut l'effet désiré de briser la tension entre eux. C'est du passé, et il ne sert à rien de s'y attarder.

West, qui s'était penché vers elle, recula dans son siège, expirant lentement. Il ne voulait pas qu'elle se sente coupable de quoi que ce soit en rapport avec son accident. Mais pourquoi, alors, détestait-il tout autant cette feinte légèreté dans sa voix, sa tentative d'effacer ce passif entre eux ? Est-ce parce que cela lui rappelait que, pour elle, leur histoire appartenait au passé, et rien de plus ?

Ce n'était pas une question qu'il pouvait lui poser, bien sûr.

Sans rompre le contact visuel, il dit au bout d'un moment :

— Est-il toujours prévu que nous annoncions nos fiançailles au dîner de ce soir ?

Après une légère hésitation – une reconnaissance de ce qui avait été dit, de ce qui avait été tu et du poids des mots qui avaient été prononcés –, elle acquiesça.

— J'ai réfléchi, cependant… On ne manquera pas de nous demander quand nous prévoyons d'organiser le mariage.

West resta immobile.

— Le mariage.

Sophie cligna des yeux.

— Oui, puisque nous sommes fiancés - ou que nous le serons à partir de ce soir. On voudra tout savoir de nos projets.

West fronça les sourcils, pensif.

— Je ne pense pas qu'il faille s'inquiéter de cela. Les gens seront tellement occupés à nous féliciter et à nous bénir qu'ils ne penseront pas à poser des questions sur quelque chose d'aussi insignifiant qu'une date de mariage.

Sophie lui sourit gentiment.

— Si j'avais besoin d'une preuve que vous n'avez pas passé beaucoup de temps avec des dames, pendant les années où nous avons été séparés, vous venez très gentiment de me l'apporter.

— Vous avez donc prêté attention à mes exploits romantiques ?

Elle hésita.

— Bien sûr que non, assura-t-elle rapidement. Les femmes avec qui vous passez du temps, cela ne me regarde pas.

Il acquiesça.

— Tout comme le fait que vous avez couché avec Jeremy la saison dernière ne me regarde pas, je présume ?

Sophie écarquilla les yeux, et il regretta aussitôt d'avoir prononcé ces mots.

— Je suis désolé, dit-il avec raideur. C'était abominablement grossier.

— Cela ne ressemble pas à votre caractère, en effet, convint-elle avant de se figer, comme si elle venait de prendre conscience qu'elle avait dit quelque chose d'incriminant. Non pas que j'aie la prétention de connaître votre caractère, ajouta-t-elle.

Plus maintenant.

Ces mots semblèrent résonner entre eux alors même qu'ils n'avaient pas été prononcés tandis qu'ils traversaient Cumberland Gate et retournaient vers Mayfair.

Le grain de folie qui l'avait poussé à parler si crûment le tenait apparemment encore sous son emprise, car finalement il se pencha en avant, appuya les coudes sur ses genoux, la regarda fixement et dit :

— Si vous ne connaissez pas mon caractère, alors personne ne le connaît.

Un silence pesant s'installa, avant qu'elle retrouve enfin sa voix.

— Vous viendrez donc me chercher à 19 heures ?

West, ne se sentant pas capable de prononcer un mot de plus, se contenta d'acquiescer.

*

* *

West s'était préparé à de nombreuses réactions à l'annonce de ses fiançailles, mais il ne s'était pas attendu à des pleurs.

Il se trouvait à la table de lord Belfry et de sa femme, Emily. Il venait d'informer le groupe que Sophie lui avait fait l'immense honneur d'accepter d'être sa femme, et il avait proposé un toast. Et maintenant, Emily pleurait.

Ce n'était pas tout à fait surprenant, étant donné qu'elle attendait un bébé ; les futures mères étaient sujettes à des accès d'émotivité, d'après ce qu'il avait compris – heureusement, pas d'après son expérience directe. Toutefois, c'était plutôt déconcertant.

Il n'eut cependant pas le temps d'y songer.

— West !

Sa belle-sœur s'était levée en hâte et, l'instant d'après, ses bras entouraient le cou de West si étroitement qu'il commença à s'inquiéter de la quantité d'air qui circulait dans ses poumons.

— Violet, laisse cet homme respirer, dit James après une minute ou deux, et elle recula suffisamment pour que West puisse voir le sourire idiot de son frère.

James le saisit par l'épaule et lui donna une sorte d'accolade brutale en lui tapant dans le dos. West cligna des yeux pour refouler une étrange bouffée d'émotion.

Ce n'est pas réel, se rappela-t-il.

De l'autre côté de la table, Sophie se faisait à la fois tordre la main par sa sœur Alexandra et féliciter chaleureusement par Penvale et Jane. Diana, la sœur de Penvale, expliquait à qui voulait l'entendre – pour l'instant, seulement son mari – qu'elle le savait depuis le début, que les graines de cette union avaient été plantées lorsqu'elle avait incité West et Sophie à se promener ensemble l'été précédent dans la propriété de Jeremy.

— N'ont-ils pas fait cette promenade *malgré* tes machinations plutôt que grâce à elles ? N'essayais-tu pas de me convaincre d'aller me promener avec Sophie à la place ?

— Je n'ai pas la moindre idée de ce à quoi tu fais allusion, dit-elle avant de devenir commodément sourde à la voix de son mari, rejoignant Jane dans ses vœux.

— Comment en êtes-vous arrivés là ? s'enquit Violet en tapant dans ses mains comme une fillette ravie.

Elle avait laissé James la ramener à son siège, tout en continuant à considérer West et Sophie comme s'ils étaient le fruit d'un rêve particulièrement cher devenu réalité.

West haussa les épaules, laissant entendre qu'il ne s'agissait pas d'une histoire intéressante – et que cela ne relevait certainement pas d'un plan visant à feindre un attachement romantique pour tromper deux des personnes présentes dans cette pièce et les pousser à se marier.

— Nous avons pu passer un peu de temps ensemble en Cornouailles, indiqua-t-il en faisant un signe de tête à Penvale et Jane.

Le visage de Jane s'éclaira.

— Avez-vous eu une illumination quand elle vous a envoyé la balle de cricket dans les...

Elle s'interrompit, fronçant les sourcils, semblant prendre conscience tardivement que ce n'était peut-être pas la conversation la plus appropriée à table.

Jeremy et James furent tous deux pris de quintes de toux très opportunes.

— Je doute que la blessure délicate de West au cricket ait été l'élément déclencheur de cette histoire d'amour, observa solennellement Penvale à l'intention de sa femme, sa bouche luttant contre un sourire qui lui échappait.

— Je ne sais pas, dit Jeremy pensivement, après avoir repris suffisamment ses esprits pour parler. C'est peut-être une métaphore appropriée pour le mariage... *Bon Dieu.*

Il s'interrompit brusquement, le visage pâle. À côté de lui, Diana retira sa main de sous la table et sourit sereinement.

West ressentit une pointe de douleur, comme cela lui arrivait parfois en compagnie de Jeremy, lorsque l'absence de David lui causait une peine si foudroyante qu'elle le prenait par surprise. Jeremy ressemblait à son frère, et ils n'avaient que deux ans d'écart. Jeremy était maintenant plus âgé que David ne l'avait jamais été. C'était une pensée mélancolique et troublante.

Son regard passa de l'autre côté de la table, et il vit Sophie qui le considérait avec un léger froncement de sourcils – ses pensées devaient se lire sur son visage.

Avec un certain effort, il les repoussa.

— Quoi qu'il en soit, déclara-t-il en élevant légèrement la voix pour se faire entendre par-dessus les rires, nous avons décidé de nous marier.

Cela semblait un peu quelconque, énoncé si simplement, et il se demanda s'il n'aurait pas dû le formuler de façon grandiloquente. Ce n'était pas son style, cependant, et cela aurait probablement amené son frère et ses amis à s'interroger sur sa santé mentale.

— Sophie, comment ont réagi papa et maman ? demanda Alexandra.

— Je ne le leur ai pas encore dit. West n'a fait sa demande que ce soir, répondit Sophie, en jetant un rapide coup d'œil à West pour s'assurer qu'il avait bien entendu et s'en tiendrait à cette histoire.

— J'ai l'intention de parler à lord Wexham dès demain, ajouta West.

Sophie laissa tomber sa fourchette.

— Vraiment ?

Il prit un air sombre.

— Je sais qu'en tant que veuve, vous n'avez pas besoin de sa permission, mais je pensais échanger avec lui malgré tout.

— West, vous devriez venir au pique-nique avec nous dimanche, proposa Alexandra avant que Sophie puisse protester.

West observa celle-ci avec curiosité.

— Chaque dimanche du printemps et de l'été, quand il fait beau, mes parents aiment prendre le bateau pour aller pique-niquer dans leur propriété de Richmond, précisa-t-elle.

Une brève hésitation.

— Vous pourriez nous accompagner cette semaine.

— *Pourriez* ? répéta Alexandra. Il faut absolument qu'il nous accompagne ! Oh, maman sera tellement heureuse... Vas-tu lui dire demain alors, au dîner ? Elle va être dans tous ses états. Tu sais qu'elle a toujours pensé...

— Oui, elle pourra exprimer sa joie à West en personne dimanche, s'empressa de la couper Sophie.

Alexandra jeta à Blackford un bref regard que West ne parvint pas à déchiffrer.

— Peut-être pourrions-nous organiser un dîner pour fêter l'événement ? suggéra Violet. Et nous inviterions toutes tes sœurs, Sophie ?

— Encore mieux : un bal de fiançailles ! proposa Emily. Ne serait-ce pas charmant ? Aucune d'entre nous n'en a eu.

Cette dernière phrase fut prononcée d'un ton un peu morose. Julian Belfry, son mari, la dévisagea d'un air perplexe.

— Je suis désolé, dit-il. Alors que j'étais occupé à faire l'aller-retour jusqu'à Canterbury pour obtenir une licence spéciale afin de pouvoir t'épouser dans un cadre pastoral idyllique, loin de l'ingérence de tes parents, ai-je manqué à mon devoir en ne convoquant pas la moitié de Londres dans un pré à vaches...

— Je te demande pardon ? l'interrompit Jeremy, qui était à l'origine du cadre pastoral idyllique en question.

— ... pour que chacun puisse se parer de ses plus beaux atours et nous souhaiter ses meilleurs vœux de bonheur ?

— Non, bien sûr que non, dit Emily en posant une main rassurante sur le bras de Belfry.

Son expression s'adoucit alors qu'il baissait les yeux sur elle.

— Mais maintenant que l'une d'entre nous va se marier comme il se doit, avec des fiançailles en bonne et due forme...

— *Nous* avons eu des fiançailles en bonne et due forme ! souligna Jeremy en faisant un geste vers Diana, qui semblait de plus en plus indignée. Et j'ai dû porter un *gilet* à mon mariage, si vous vous souvenez bien !

— Qui pourrait l'oublier ? marmonna James.

— Je veux juste que l'une d'entre nous ait un vrai bal de fiançailles ! s'écria Emily, se levant à moitié de son siège.

C'était tellement inhabituel chez elle qu'elle réussit à plonger tout le monde dans un silence choqué.

— Si personne ne s'y oppose..., ajouta-t-elle gentiment, toujours aussi angélique.

— Je suis certaine que notre mère sera ravie de l'organiser, assura Alexandra à Emily, décidant manifestement qu'il valait mieux ne pas s'opposer aux souhaits inexplicables d'une future maman.

Le reste de l'assemblée parut soulagé lorsque Emily se rassit avec un sourire satisfait.

— Elle n'aime rien tant qu'une excuse pour jouer les hôtesses, et Sophie et West ne voudront pas la décevoir, reprit Alexandra en tournant un regard inquisiteur vers le couple en question. N'est-ce pas ?

West lança un regard à Sophie, qui leva les yeux au ciel mais hocha légèrement la tête.

— En effet, nous ne voulons pas la décevoir, confirma-t-il à Alexandra. Nous en serions même honorés.

En réalité, il ne pouvait empêcher une pensée de tourner en boucle dans son esprit : pour des fiançailles simulées, tout cela semblait d'une réalité alarmante.

7

Sophie, ne voulant rien laisser au hasard, se présenta dans la salle du petit déjeuner de ses parents à 9 heures le matin suivant.

— Ma chérie ! dit sa mère en levant les yeux d'une lettre qu'elle avait à la main, surprise. Quelqu'un est mort ?

De l'autre côté de la table, son époux baissa son journal. Sans attendre de réponse, lady Wexham poursuivit :

— L'une des filles est-elle malade ? Betsy a-t-elle un problème ? Harriet a-t-elle provoqué quelqu'un en duel ?

— Je... Quoi ?

Lady Wexham posa la lettre sur la table.

— Je ne fais qu'exposer les options les plus probables...

Sophie déposa un baiser sur la tête de son père, puis sur celle de sa mère.

— Tout le monde va bien. N'ai-je pas le droit de rejoindre mes parents pour le petit déjeuner ?

— Pas à cette heure-ci, répondit sa mère, à la fois soulagée et méfiante. Et puis, je pensais que tu faisais une fixation sur les viennoiseries de ta cuisinière, pour le petit déjeuner.

— J'arrive à peine à en avaler une avant que les jumelles débarquent, déclara Sophie. En comparaison, déjeuner ici me semble une expérience plutôt reposante.

Elle se pencha pour se servir une tasse de thé. Elle ne pensait pas que West viendrait si tôt, mais elle voulait le devancer. La veille au soir, pendant le trajet du retour en calèche, il n'avait pas paru s'en vouloir de l'avoir surprise avec son projet de demander la bénédiction de son père. Elle avait donc décidé de lui couper l'herbe sous le pied.

Sophie se dirigea vers le buffet, examinant les options. Aucune pâtisserie, comme d'habitude, nota-t-elle avec un soupir avant de remplir son assiette d'œufs, consciente du regard de ses parents dans son dos. De retour à la table, elle se mit à beurrer vivement une tranche de pain grillé sur laquelle elle déposa des œufs. Elle prit une bouchée, puis une autre, avala une gorgée de thé et reposa sa tasse dans un faible tintement de porcelaine, avant de regarder sa mère avec détermination.

— Maman, j'ai quelque chose à vous dire.

— Je me doutais que tu n'étais pas venue ici uniquement pour rompre le jeûne avec tes parents, commenta lady Wexham.

Elle n'avait pas repris la lecture de sa lettre, mais avait passé les dernières minutes à étudier sa fille comme on examine une créature exotique au zoo.

— Eh bien, commença Sophie, un peu penaude, ce que je voulais…

Elle s'interrompit en entendant un bruit étouffé. Était-ce la porte d'entrée ? Elle jeta un coup d'œil à l'horloge. 9 h 7. Ce ne pouvait pas être…

Mais si, elle était maintenant presque certaine d'avoir entendu des pas qui s'approchaient. Elle reporta son attention sur ses parents, qui étaient légèrement perplexes.

— Ce que je voulais vous dire, c'est que j'ai accepté...

Au son d'un raclement de gorge, elle tourna la tête pour découvrir que le majordome de ses parents se tenait à l'entrée de la pièce.

— Oui, Mournday ? demanda sa mère.

— Le marquis de Weston souhaite s'entretenir avec vous, milord, déclara Mournday en s'adressant à son père. Il vous demande de l'excuser de se présenter si tôt, mais il dit que c'est urgent. Je l'ai conduit dans votre bureau.

Sophie souffla, agacée.

— Merci, Mournday, dit son père avec un léger froncement de sourcils.

Dès que le majordome se fut retiré, lui et sa femme tournèrent des regards inquisiteurs vers Sophie.

Qui leur offrit un faible sourire.

— Que diriez-vous d'organiser un mariage, maman ?

*

* *

West était un peu gêné de constater qu'il était, contre toute attente, *nerveux*.

Il se tenait dans le bureau de lord Wexham, les mains posées sur sa canne sans s'appuyer dessus, et contemplait le portrait des filles, Wexham qui trônait au-dessus de la cheminée. Cette image lui inspira une vague d'affection pour l'homme qui exposait si fièrement ses filles dans une pièce ostensiblement destinée aux affaires. Il s'approcha, les yeux irrésistiblement attirés vers l'aînée de la famille. Sophie paraissait un peu plus jeune. Il devinait que le portrait avait dû être réalisé au cours des cinq dernières années, d'après l'apparence des jumelles, qui semblaient avoir à peu près l'âge de faire leur entrée dans le monde. Sophie affichait un doux sourire, mais son expression restait impénétrable. Il prit conscience, avec un sursaut de surprise, que cet air lointain lui était devenu familier au cours des sept dernières années. Elle n'avait jamais été très émotive, mais elle était plus facile à déchiffrer lorsqu'elle était plus jeune ; son expression était alors moins contrôlée.

Il se demanda dans quelle mesure il était responsable de ce changement.

Entendant des pas, il se retourna à temps pour voir lord Wexham entrer dans la pièce, marquer une pause et refermer la porte derrière lui. Le père de Sophie était, à en juger par les apparences, plus jeune que son propre père de quelques années. Il était grand mais pas imposant, avec des cheveux fins grisonnants et un visage marqué par les rides du sourire. Il donnait l'impression d'un homme entièrement satisfait de la tournure qu'avait prise sa vie. West l'avait toujours beaucoup apprécié.

Pour le moment, Wexham le dévisageait avec une expression à mi-chemin entre l'irritation et l'amusement.

— Weston.

Wexham tendit la main, que West serra.

— Lord Wexham. Merci de me recevoir si tôt.

— Il semble que ce soit une tendance, ce matin, commenta Wexham, l'air vaguement amusé.

Devant le regard interrogateur de West, il ajouta sèchement :

— Ma fille est actuellement assise à la table du petit déjeuner.

West n'eut pas à demander de quelle fille il s'agissait.

— Asseyez-vous, ordonna Wexham en indiquant d'un geste l'un des fauteuils face à son bureau, derrière lequel il s'installa.

Il appuya les coudes sur la surface en acajou foncé, pressa le bout de ses doigts l'un contre l'autre et observa West tranquillement. Il ne dit rien d'autre et, au bout d'un moment, West prit cela pour une invitation à parler.

— Sophie a accepté de m'épouser, annonça-t-il, parce qu'il ne pouvait pas dire : « Sophie m'a demandé de participer à cette farce. »

— Vraiment ?

Wexham agita les doigts une fois, deux fois.

— Êtes-vous en train de me demander ma permission ? C'est un peu tard si elle a déjà dit oui, vous ne croyez pas ?

Son ton était doux, mais son regard était perçant.

— Sophie est une femme adulte, monsieur, et elle sait ce qu'elle veut. Nous n'avons pas besoin de votre permission pour nous marier, mais nous apprécierions votre bénédiction.

West était atrocement mal à l'aise, son discours sonnant comme une parodie de celui qu'il avait espéré tenir devant Wexham sept ans plus tôt – discours qu'il n'avait jamais eu l'occasion de prononcer.

Ces mots furent suivis d'un silence qui s'étira sans que Wexham manifeste la moindre envie de le rompre. Il continuait à observer West de ses yeux bruns si semblables à ceux de sa fille, pensif.

— C'est la deuxième fois que quelqu'un demande Sophie en mariage, comme vous le savez, dit-il enfin.

Il s'était adossé à son siège, les coudes posés sur les accoudoirs. Son regard se porta vers le plafond tandis qu'il reprenait la parole :

— Et les deux fois, ce fut une surprise. Le père de Bridewell était l'un de mes camarades de classe, le saviez-vous ?

Il baissa les yeux à temps pour voir West secouer la tête.

— J'ai toujours apprécié Fitz, mais je suis tombé à la renverse lorsqu'il a demandé ma fille en mariage. Je ne savais même pas qu'ils se connaissaient. Il m'a assuré qu'ils étaient parvenus à une sorte d'accord. Sophie elle-même attendait derrière la porte du bureau pendant notre conversation. Je n'ai jamais voulu dicter les choix matrimoniaux de mes filles, alors j'ai dit oui.

Son regard se posa sur West, aussi perçant qu'une flèche.

— Mais ce n'était pas l'homme avec lequel je pensais – j'espérais – avoir cette discussion.

Il marqua une pause, sans doute pour s'assurer que West comprenait bien ce qu'il voulait dire.

— Je ne sais pas ce qui s'est passé entre vous et Sophie, il y a sept ans. Je suppose qu'il s'agit d'une idiotie propre aux amours de jeunesse et à un trop-plein d'émotions. Je me demande maintenant si j'aurais dû refuser la main de ma fille à ce pauvre Fitz, l'obliger à attendre un peu, afin de vous laisser le temps de réparer ce qui avait mal tourné entre vous.

Il soupira en secouant la tête.

— J'adore ma femme, Weston. Je ne crois pas que Fitz et Sophie aient été malheureux, mais la voir dans un mariage qui ne semblait pas aussi heureux que le mien était douloureux.

— Vous et lady Wexham avez eu beaucoup de chance, milord, intervint West tranquillement.

Il suffisait de voir les nombreux exemples de mariages malheureux qui les entouraient dans la haute société pour le comprendre. Sophie avait-elle conscience du regard lucide que portait son père sur son mariage, elle qui tenait tant à ce que sa famille ne s'inquiète pas pour elle ?

— En effet, acquiesça Wexham. C'est un constat que je fais presque tous les jours. Mes autres filles semblent connaître le même bonheur.

Nouvelle pause.

— J'aimerais que ce soit aussi le cas pour Sophie. Et je ne puis exprimer à quel point je suis heureux que vous ayez enfin pu vous réconcilier.

Il se leva, et West fit de même, s'avançant instinctivement vers le bureau pour prendre la main que Wexham lui tendait.

— Je souhaite simplement qu'elle soit heureuse, West. Et je sais que vous êtes à la hauteur de cette tâche.

Si seulement il pouvait en convaincre Sophie, pensa West alors qu'ils quittaient le bureau pour rejoindre la salle du petit déjeuner, où il fut accueilli par une étreinte larmoyante de lady Wexham et un regard exaspéré de sa prétendue fiancée.

8

Sophie avait presque – mais seulement presque – de la peine pour West.

C'était un dimanche, un après-midi de début juin aussi beau qu'on pouvait l'espérer en Angleterre. West et elle venaient d'arriver au bord du fleuve, après avoir traversé les rues pavées bordées d'entrepôts dans le calme et la tranquillité d'une luxueuse voiture dont la portière était ornée de l'écusson scintillant de West.

Mais à peine eurent-ils embarqué sur le bateau qui les conduirait à Richmond que la famille Wexham leur tomba dessus.

— West ! s'écria joyeusement Betsy dès qu'elle l'aperçut. Quand Sophie nous a annoncé la nouvelle…

— Avez-vous décidé d'une date ? la coupa Harriet avec enthousiasme. Elle a marmonné quelque chose au sujet de longues fiançailles, alors qu'il est évident…

— Veux-tu cesser de terrifier ce pauvre homme ? la reprit jovialement son père, se mêlant au débat. Il sera bon d'avoir enfin un fils à la maison…

— Vous avez *déjà* trois gendres, observa Maria en serrant les dents.

Pour une fois, Sophie partageait l'indignation de sa sœur, étant donné que les trois messieurs étaient présents sur ce même bateau.

— Ah, mais le jeune Weston devait être le premier ! dit leur père, et Sophie ferma les yeux, mortifiée.

Elle adorait sa famille, mais elle commençait à se demander si elle ne l'apprécierait pas davantage si elle vivait en Italie, par exemple.

— J'ai toujours pensé que Sophie et vous auriez les plus beaux bébés, ajouta sa mère, au bord des larmes, ce qui amena Sophie à reconsidérer son idée.

L'Italie serait encore trop proche. Peut-être que le pôle Nord pourrait convenir ?

— C'est un plaisir de vous revoir si vite, lady Wexham, déclara West calmement, toujours poli face aux comportements franchement déplacés de sa famille.

L'embarras de Sophie fut emporté par une vague d'affection inattendue. Il y avait quelque chose de terriblement réconfortant chez West, pensa-t-elle. Un homme sur qui l'on pouvait compter pour maintenir le cap, quelle que soit la tempête de commentaires déplacés qu'il devait affronter. Mais elle *ne voulait pas* le trouver réconfortant – pas quand ils n'avaient aucun avenir ensemble – et elle tenta vainement de chasser ce sentiment.

— Vous devez m'appeler « mère » ! protesta la vicomtesse, tout émue, poussant Sophie à envisager de se jeter dans la Tamise.

— C'est très gentil de votre part, répondit West, sans que rien dans son ton indique ce que Sophie savait parfaitement : il ne s'adresserait à sa mère de manière aussi informelle que le jour où il aurait subi un traumatisme crânien.

Peut-être même pas, à bien y réfléchir : elle l'imaginait parfaitement, commotionné et souffrant d'une crise d'amnésie, allongé dans son lit, sans se départir de sa bienséance rigoureuse pour remercier poliment chacun de ses visiteurs.

Elle pris conscience qu'elle n'aimait pas l'imaginer dans un lit de malade. Cela lui rappelait la fois où il avait été alité, alors qu'elle était encore jeune, amoureuse, terriblement triste et effrayée, et qu'elle n'avait pas été autorisée à le voir.

Elle avait eu l'impression que son cœur se brisait, à l'époque. Encore aujourd'hui, ce souvenir faisait ressurgir des sentiments complexes qu'elle aurait préféré ignorer.

Lorsqu'ils eurent tranquillement parcouru quelques kilomètres vers l'ouest, le long de la Tamise, West avait dû prendre l'un des jumeaux de Maria sur ses genoux, proposer des idées de prénoms pour le bébé de Betsy et subir l'interrogatoire musclé d'Alexandra au sujet de lord Byron – que West connaissait personnellement et qui ne l'impressionnait pas du tout. Il avait même obtenu un signe d'approbation réticent de Maria quand il avait rejoint sa position dans une discussion sur l'abolition de l'esclavage, dont ils étaient tous les deux partisans.

Sophie s'efforçait de ne pas y prêter attention, consciente qu'ils étaient en train de mentir à sa famille. Pour une raison étrange, elle avait pensé que ce serait plus facile. Peut-être, songea-t-elle en regardant West tendre solennellement son index pour que Cecily, le bébé de Harriet, joue avec, son malaise provenait-il du fait que tout cela se rapprochait dangereusement de l'avenir qu'elle avait envisagé autrefois. Un avenir qu'elle s'était efforcée de chasser de son esprit au cours des sept dernières années.

C'était une belle journée de printemps et, quand ils arrivèrent à Richmond, ils constatèrent que de nombreuses couvertures avaient été posées sur la pelouse qui s'étendait jusqu'au fleuve, ainsi que des paniers de pique-nique débordant de sandwichs, de tartes salées, d'énormes plateaux de fraises, de gâteaux et de bouteilles de vin. Ils descendirent du bateau et se dirigèrent vers les marches qui montaient vers le jardin en terrasse, en direction du festin qui s'offrait à eux. Il semblait naturel, d'une certaine manière, que Sophie marche au côté de West. Ce dernier, sans en avoir l'air, avait pris soin de laisser le reste de la famille le précéder.

— Je suis désolé de ne pas vous offrir mon bras, mais si je bascule en arrière, je crains de vous emporter avec moi.

Sa voix était ironique, pleine d'autodérision, mais elle perçut une note d'amertume qui lui déplut.

Elle pensa un instant à plaisanter à son tour, à assurer qu'elle était assez maladroite pour être la candidate la plus susceptible de les faire tomber, mais à peine l'idée lui eut-elle traversé l'esprit qu'elle sentit que ce n'était pas ce qu'il fallait dire.

— Vous n'avez pas besoin de vous excuser pour ce genre de choses, vous savez, dit-elle à la place.

Le regard de West était résolument rivé sur les marches tandis qu'ils avançaient lentement. D'un rapide coup d'œil, Sophie remarqua que sa mâchoire était contractée.

— La plupart du temps, ma jambe ne me gêne pas. Sauf les jours particulièrement humides, où elle me fait terriblement souffrir. Ou après une longue promenade. Ou quand j'ai dansé une valse de trop. Ou quand je fais de l'escrime trop longtemps avec Hawthorne. Mais en général, c'est une sorte de douleur lancinante à laquelle je me suis habitué. C'est à peine si je remarque ma canne : son poids dans ma main me semble naturel. Et je ne suis pas idiot ni fier au point d'en vouloir à l'objet qui m'aide à marcher presque aussi vite que je le faisais avant mon accident.

Il marqua une pause, mais Sophie resta silencieuse, sentant qu'il préparait le terrain pour ce qu'il voulait vraiment lui dire.

— Pourtant, quand je suis avec vous, je suis gêné de ne plus être celui que j'étais. De ne plus être l'homme que vous avez connu. Je suis dérangé par la douleur dans ma jambe, qui me rappelle le passé et tout ce qui a mal tourné entre nous. Et je suis furieux de cette réaction, parce que je me suis toujours enorgueilli de ma capacité à ne pas laisser grand-chose me toucher.

Elle se tourna vers lui et s'arrêta brusquement. Il l'imita, mais resta de profil, sa mâchoire se contractant. Il avait beau affirmer que rien ne le dérangeait, elle n'y croyait pas. Il était conditionné depuis sa naissance à ignorer les choses qui le dérangeaient, au point de prétendre qu'elles n'existaient pas. Il avait déjà ce trait de caractère lorsqu'elle l'avait rencontré la première fois, il y avait tant d'années, et d'après ce qu'elle voyait, cela n'avait fait qu'empirer avec le temps. Elle ne pouvait le lui confier, cependant, car elle ne savait pas comment s'y prendre. Au lieu de cela, elle opta pour une autre vérité.

— Vous êtes exactement l'homme que j'ai connu, dit-elle doucement.

Son visage était resté immobile pendant qu'elle parlait, mais elle le vit déglutir.

— Je ne..., commença-t-elle.

Elle marqua une pause et poussa un soupir d'agacement. Elle avait à la fois trop et pas assez de choses à lui dire, et les mots ne venaient pas.

— Je ne sais pas ce que vous ressentez – ce que vous avez dû ressentir à la suite de votre accident –, mais il me semble très étrange que vous ne ressentiez pas la douleur de votre jambe, et tout ce qu'elle vous rappelle.

La mort de Willingham.

Son mariage.

Elle prit conscience, avec un sursaut de culpabilité, qu'elle avait évité de penser à la souffrance qu'il avait dû éprouver au cours de ces premières semaines et de ces premiers mois. Elle aussi avait été engluée dans le malheur, mais le sien était d'une autre nature et elle comprenait parfaitement les circonstances qui l'avaient provoqué.

Au moins, elle n'avait pas perdu son meilleur ami, en plus de la personne qu'elle espérait épouser. S'attarder trop longuement sur l'épreuve que ces premiers mois avaient dû représenter pour lui serait revenu à laisser la culpabilité la consumer – bien qu'elle soit convaincue, obstinément, qu'elle avait fait le bon choix. Elle avait non seulement préservé le bonheur de Maria, mais aussi celui de West. Même si elle n'en avait pas eu l'impression sur le moment.

Pas plus que maintenant, murmura une petite voix traîtresse dans l'esprit de Sophie.

Lorsque West parla enfin, sa voix était calme, un peu plus rauque que d'habitude.

— Je n'aime pas me souvenir des jours que j'ai passés allongé dans ce lit, à penser à David, à penser à...

À penser à vous.

Les mots planaient entre eux comme s'ils avaient été prononcés.

— Ce furent les jours les plus sombres de ma vie, et parfois, quand je vous regarde... quand je marche à votre côté comme si rien n'avait changé...

Il s'interrompit, inspirant fortement.

— Je pense aux deux personnes que j'aimais plus que quiconque avant cet accident, au fait que je les ai perdues toutes les deux, en grande partie à cause de ma propre bêtise, et j'ai du mal à me regarder dans le miroir.

Chaque mot qu'il prononçait était empreint d'une douleur brute, à tel point que Sophie en ressentit l'écho au plus profond d'elle-même et dut déglutir pour chasser la boule qui s'était formée dans sa gorge. Ses yeux s'embuèrent, mais elle refusait de pleurer – pas devant lui.

Il y avait longtemps qu'elle ne s'autorisait plus à pleurer à cause de cet homme.

Qu'il s'accuse de tous ces malheurs lui paraissait soudain intolérable. Elle blâmait son père le duc, les émotions, l'impétuosité de la jeunesse, mais elle ne blâmait pas West. Et soudain, il lui parut très important qu'il le sache.

— Je sais que notre passé est... ce qu'il est, dit-elle très prudemment, mais je pense que vous devriez admettre que vous n'êtes pas coupable de ce qui s'est passé entre nous. Vous n'êtes pas responsable des actes de votre père.

Elle hésita, puis ajouta avant de prendre le temps de réfléchir :

— Et je ne pense pas que David, s'il était encore en vie aujourd'hui, souhaiterait que vous vous accusiez de votre accident.

Elle marqua une pause, puis termina doucement :

— Il y a beaucoup de personnes à blâmer.

Il tendit lentement la main vers elle – assez lentement pour qu'elle ait le temps de s'éloigner, si elle le souhaitait – et lui releva légèrement le menton, de façon que leurs regards se croisent.

— Si c'est vrai, alors je devrais vous dire la même chose. J'en veux à mon père de vous avoir menacée, mais vous étiez très jeune. Je ne vous reproche pas de vous être laissé intimider par un duc et d'avoir épousé un autre homme. Un homme dont la famille n'essaierait pas de vous faire fuir.

Son ton était amer, mais il soutenait son regard dans le silence tendu. Pendant un instant, Sophie envisagea de le corriger, de lui raconter toute l'histoire, de lui dire précisément ce que son père avait menacé de faire. S'il pensait qu'elle avait considéré qu'il ne valait pas la peine d'affronter l'hostilité de son père… eh bien, elle trouvait cela presque insupportable.

Elle inspira profondément…

— Sophie ! Pourquoi traînes-tu ? s'écria Betsy du haut des marches.

Sophie et West clignèrent des yeux, ce moment pesant rompu par sa sœur.

Il fit un pas, comme pour continuer à monter l'escalier, mais elle tendit la main et la posa sur son bras pour l'arrêter. Puis, rapidement, sans réfléchir aux mots ni à leur sagesse, elle dit :

— Quelle que soit l'impression que j'aie pu donner, je n'ai jamais changé d'opinion à votre sujet depuis la première nuit où nous nous sommes rencontrés.

— Et quelle est cette opinion ? demanda-t-il, la choquant par la rudesse de son ton, lui qui s'exprimait toujours avec une parfaite courtoisie.

— Que vous êtes l'homme le plus aimable que j'aie jamais rencontré.

Sans un mot de plus, elle pivota pour rejoindre l'endroit où sa famille les attendait.

*
* *

West n'aurait jamais cru qu'un pique-nique puisse être à la fois une telle joie et un tel supplice. La famille de Sophie était en grande partie telle qu'il s'en souvenait, bien que ses sœurs – en particulier les jumelles – aient toutes mûri au cours des années qui s'étaient écoulées.

En quelque sorte.

— West, réflexe ! s'écria Harriet.

Il se pencha, évitant de peu un projectile qui passait au-dessus de sa tête.

— Est-ce... une miche de pain ? demanda-t-il alors que Betsy l'attrapait en ricanant joyeusement.

— En effet, confirma Sophie, tout près de lui.

Ils partageaient la même couverture, ainsi qu'Alexandra et Blackford, qui avaient passé la majeure partie des deux dernières heures à se dévisager de manière si flagrante que West était tenté de leur suggérer de trouver une couverture à eux pour avoir un peu d'intimité.

— C'est « passe-moi le pain », expliqua Alexandra en sirotant tranquillement un verre de vin.

— Je vous demande pardon ?

Sophie soupira, mais un rapide coup d'œil dans sa direction lui permit de distinguer la fossette révélatrice qui creusait sa joue lorsqu'elle essayait de ne pas sourire.

— C'est un jeu qu'elles ont inventé quand elles étaient petites. Une fois, elles faisaient une bataille de nourriture dans la salle à manger. Elles devaient avoir environ huit ans. Nous avons toujours dîné en famille, même quand nous étions jeunes, et ma mère a commis l'erreur de leur dire qu'on ne lançait pas du pain sur sa sœur quand on était à l'intérieur.

West comprit immédiatement la suite logique de l'injonction malencontreusement formulée par lady Wexham.

— Ce qui insinuait que jeter du pain à l'extérieur était parfaitement acceptable ?

— C'est en tout cas ainsi qu'elles l'ont interprété, confirma Sophie. Et maman a toujours dit qu'elle voulait élever des filles intelligentes et capables d'un raisonnement logique. Nous pensions qu'elles s'en lasseraient avec le temps, mais visiblement...

— Attention ! cria Alexandra en se jetant sur la couverture.

Blackford ne fut pas assez rapide, cependant, et des miettes volèrent lorsqu'il fut frappé à la tête par un pain volant.

— Seigneur, marmonna-t-il en se frottant la tête.

Sans perdre de temps, il saisit le projectile et le lança aussi fort qu'il le put en direction de Harriet, qui l'attrapa de justesse.

— Oh, je l'aime bien, Alex ! déclara-t-elle joyeusement en brandissant le pain.

— Eh bien, c'est tant mieux, répondit sa sœur, car j'ai une nouvelle à vous annoncer.

Harriet laissa tomber sa miche de pain ; un rapide coup d'œil à l'une des autres couvertures révéla que lady Wexham frémissait littéralement d'impatience.

— Robert et moi..., commença Alexandra en marquant une pause théâtrale.

Lady Wexham semblait vraiment sur le point de basculer en avant, face contre terre.

— ... allons avoir un bébé ! termina sa fille en portant une main à son ventre.

— *Quoi ?* s'écria lady Wexham.

À côté d'elle, Maria afficha un air empreint d'horreur, puis elle se pencha pour couvrir les oreilles de sa petite fille – ce qui sembla un peu inutile à West, étant donné l'âge de la jeune Charlotte et sa capacité, ou son incapacité, à comprendre toutes les subtilités de la langue anglaise.

— Blackford, intervint lord Wexham, je ne veux que le bonheur de ma fille, mais je ne peux m'empêcher de penser que ce n'est pas du tout la bonne façon de faire les choses... C'est même franchement déplacé, je dois dire.

— Lord Wexham, commença Blackford, qui avait pris une teinte rouge vif et semblait souhaiter que l'herbe s'ouvre sous lui et l'engloutisse tout entier, je peux vous assurer que...

— Papa ! intervint Alexandra, interrompant Blackford avant qu'il puisse aller plus loin. Inutile d'être prude. Ce n'est pas comme si j'étais une innocente débutante... Je suis veuve ! On peut difficilement attendre de moi que je résiste à la tentation lorsqu'elle se présente sous une forme aussi attrayante.

Elle lança un regard ravi à Blackford, qui en était réduit à bafouiller.

— Mais tu vas quand même l'épouser, Alex, dit Betsy à voix basse, légèrement consternée.

À côté d'elle, Covington, son mari, semblait s'efforcer de ne pas rire. Un rapide coup d'œil à Sophie confirma une réaction similaire de sa part. Elle regardait Alexandra dans les yeux et semblait avoir une sorte de conversation silencieuse avec sa sœur.

C'est à ce moment-là que West comprit.

— Le mariage..., reprit lentement Alexandra en se tapotant le menton. Une idée intéressante que je n'avais pas encore envisagée, Betsy. Merci beaucoup de l'avoir suggérée !

À ce stade, Blackford paraissait avoir perdu toute capacité d'élocution, Maria restait bouche bée comme un poisson hors de l'eau tandis que Grovecourt lui tapotait l'épaule de manière réconfortante, et lady Wexham semblait verser de vraies larmes dans son mouchoir.

— Alex, veux-tu arrêter de tourmenter maman et ton pauvre fiancé ? dit Sophie, jugeant visiblement que c'en était assez – un point de vue avec lequel West était plutôt d'accord.

Alexandra adressa un sourire éclatant à sa sœur aînée.

— Puisque tu le demandes si gentiment, Sophie, je suppose que je pourrais me laisser convaincre.

Lord Wexham observa sa fille avec espoir.

— Cela signifie-t-il que... ?

Alexandra soupira de façon dramatique.

— Oui, papa, j'étais en train de vous faire marcher. La nouvelle, c'est que nous sommes fiancés. Maman, pour l'amour du ciel, arrêtez de pleurer ou je refuse d'épouser Robert par pure méchanceté.

— En supposant qu'il veuille toujours vous épouser après ce que vous venez de lui faire subir, commenta West.

Alexandra lui sourit. Blackford, quant à lui, avait enfin retrouvé une respiration normale.

— Lord et lady Wexham, déclara-t-il, trébuchant sur ses mots dans son empressement à les prononcer, je vous assure qu'Alexandra ne faisait que plaisanter, et que tout ce qui concerne nos fiançailles a été tout à fait correct...

— Allons, allons, cher Blackford, le coupa lady Wexham, qui avait séché ses larmes avec son mouchoir et offrait à son futur gendre un sourire larmoyant. Tant qu'il y a des fiançailles, je ne me préoccupe nullement de ce que vous pouvez faire tous les deux à l'arrière d'une voiture.

— *Maman !* hurlèrent trois de ses filles à l'unisson.

— Bienvenue dans la famille, Blackford, lui souffla Lancashire, le mari de Harriet, avec l'air las d'un homme qui a vécu une longue campagne militaire et qui accueille une nouvelle recrue au visage frais. Et que Dieu vous garde.

— En parlant de bienvenue dans la famille..., enchaîna Alexandra en lançant à West un regard insistant.

Il se figea aussitôt, n'aimant pas du tout cela. Violet était une adepte de ce type de regards, et il avait appris qu'ils n'étaient jamais de bon augure.

— Je me suis dit que si West et Sophie devaient se marier, et si Robert et moi devions nous marier...

— Un double mariage ! s'enthousiasma Harriet.

— Précisément ! dit Alexandra avec frénésie.

À côté de West, Sophie laissa échapper un faible gémissement.

— Alex !

Le mouchoir de lady Wexham s'agitait maintenant dans les airs comme une sorte de drapeau, tant elle battait des mains avec ravissement.

— Cette idée est si *brillante* que je pourrais presque te pardonner ta misérable farce, ma chérie !

— C'est bien ce que je pensais, maman, dit Alexandra avec un brin de suffisance.

Son regard s'arrêta sur Sophie.

— Qu'en penses-tu, Sophie ?

Elle porta une main à sa poitrine et ajouta :

— Deux sœurs, frappées par la tragédie lors de leur premier mariage, qui retrouvent l'amour et avancent vers leur avenir côte à côte, dans la même église !

West s'étonna qu'un orchestre de trompettes ne se soit pas matérialisé pour accompagner ce tableau émouvant.

— Euh..., bafouilla Sophie en lui jetant un regard vaguement horrifié.

Voyant qu'elle pataugeait, West s'engouffra dans la brèche.

— Quelle idée surprenante ! dit-il, aussi diplomatiquement qu'il le pouvait.

— Cela signifie-t-il que vous êtes d'accord ?

Alexandra l'étudiait avec impatience. Le mariage d'Alexandra étant le but de la ruse qu'ils avaient concoctée, il ne voulait pas risquer de tout gâcher, même si un double mariage n'était décidément pas ce qu'il avait accepté lors de sa première conversation avec Sophie. Il commençait à penser qu'ils auraient dû en discuter plus longuement.

— Je ne sais pas...

— Mais, West ! s'écria Alexandra en se tordant les mains. Qu'y a-t-il de plus joyeux que deux sœurs qui célèbrent ensemble une seconde chance à l'amour ?

Elle battit des cils.

West lança à Sophie un regard d'impuissance.

— Nous y réfléchirons, Alex, promit Sophie en venant à sa rescousse. Mais pour l'instant, ajouta-t-elle précipitamment en levant son verre de vin, peut-être pouvons-nous porter un toast ?

West s'agrippa à son propre verre comme le ferait un naufragé à un radeau, et se joignit au groupe pour adresser de chaleureuses félicitations au jeune couple.

Intérieurement, cependant, il continuait à se poser des questions : dans quoi Sophie et lui s'étaient-ils embarqués ?

Au fur et à mesure que l'après-midi avançait, il eut de plus en plus de raisons de s'interroger à ce sujet. La conversation, heureusement, s'était orientée sur d'autres thèmes et, pendant un certain temps, il n'eut rien d'autre à faire que de hocher la tête d'un air encourageant et tenir une longue discussion avec l'un des beaux-frères de Sophie sur le cricket. À un moment, il vit Sophie s'efforcer de ne pas rire, probablement en se souvenant qu'elle avait failli le mutiler lors de leur dernière partie de cricket en Cornouailles, et il lui jeta un regard noir, qu'elle ignora ostensiblement.

Il aurait dû se douter que ce répit ne durerait pas. Finalement, le groupe se dispersa, Sophie, deux de ses sœurs et tous les gentlemen le laissant avec lord Wexham pour engager une partie de jeu de mail endiablée. West se serait volontiers joint à eux, mais le terrain en pente étant très irrégulier, comme il l'avait remarqué en remontant la pelouse à partir du quai, il estimait plus sage d'épargner sa jambe.

Sophie lui jeta un bref regard préoccupé, mais il lui fit signe d'y aller et elle fut suffisamment apaisée pour rejoindre les jumelles en courant, afin de les aider à installer le parcours. Sa nature la poussait à s'inquiéter, il le savait. En tant qu'aînée des cinq sœurs, elle avait passé une grande part de sa vie à le faire. C'était l'une des raisons pour lesquelles il n'était pas marié avec elle, en fait – et savoir qu'elle se souciait de lui fit éclore dans sa poitrine un sentiment sombre et complexe qu'il ne comprenait pas entièrement et qu'il ne tenait pas à examiner de trop près.

Lord et lady Wexham, pendant ce temps, observaient leurs filles et leurs gendres avec des expressions mêlées d'affection et de légère inquiétude – cette dernière étant quelque peu justifiée, de l'avis de West, étant donné que Harriet était en train d'installer un piquet à un endroit qui offrait de bonnes chances de voir un joueur tomber dans le fleuve. Maria, cependant, s'installa à côté de lui avec un regard inquisiteur qui l'avertissait que ce qui allait sortir de sa bouche n'allait peut-être pas lui plaire.

— Vous allez vraiment épouser ma sœur, cette fois-ci ? demanda-t-elle, sans le moindre humour pour adoucir le choc de la question.

Cela n'aurait pas dû être surprenant, si l'on se référait à tout ce que Sophie lui avait dit au sujet de sa sœur cadette, et il marqua un silence avant de répondre, l'étudiant pensivement. Sophie et elle étaient celles qui se ressemblaient le plus parmi toutes les filles Wexham ; toutes deux avaient les mêmes cheveux blonds et des yeux bruns presque identiques. Mais le visage de Sophie était plus doux et celui de Maria un peu plus anguleux, ce qui lui donnait l'air d'être l'aînée bien qu'elle soit de deux ans plus jeune.

— Comme c'est la première fois que nous sommes fiancés, observa-t-il doucement, je ne pense pas que « cette fois-ci » soit un choix de mots tout à fait approprié.

Le regard qu'elle posait sur lui était perçant.

— Vous n'étiez peut-être pas officiellement fiancés, il y a des années, mais tout le monde s'attendait à ce que vous vous mariiez. Et puis... vous ne l'avez pas fait.

— En effet.

Pour autant qu'il le sache, Maria n'avait aucune idée des menaces que son père avait proférées à l'encontre de sa réputation si Sophie et lui se mariaient, et il n'était donc pas juste de se défouler sur elle. Mais elle avait certainement conscience que son comportement, ce printemps-là, avait été risqué et insensé alors qu'elle n'avait que dix-huit ans.

— À l'avenir, je veillerai à ne pas provoquer d'accident qui risquerait de me causer une grave blessure et une infection presque mortelle, sans parler de mettre dans la tête de votre sœur l'idée de s'enfuir et d'épouser un autre homme.

Il regretta ces mots presque immédiatement ; il n'avait pas besoin de voir la lueur spéculative dans les yeux de Maria pour comprendre qu'il en avait trop dit.

— Vous voulez dire que c'est *Sophie* qui a eu l'idée d'épouser Fitz ?

Il y avait dans la voix de Maria une note d'impatience à peine dissimulée, comparable à celle d'un détective qui tomberait sur un indice particulièrement prometteur dans la poursuite d'un criminel. Il ne savait pas trop si c'était lui ou Sophie qui était le criminel dans cette métaphore. Voilà pourquoi il détestait les métaphores.

Il ouvrit la bouche, puis hésita. Qu'avait dit Sophie à ses sœurs ? Il ne voulait pas trahir un secret et risquer de la mettre mal à l'aise, mais…

Toute la famille Wexham le considérait-elle comme un scélérat depuis sept ans ? Cette pensée le gênait plus qu'il ne l'aurait cru, comme un fil lâche sur une manche qu'il ne pourrait s'empêcher de tirer.

— Si vous voulez savoir pourquoi votre sœur a épousé Bridewell, dit-il doucement, je pense que vous devriez le lui demander vous-même.

Maria le regarda plus attentivement.

— Le savez-vous ?

— Plus ou moins.

Pas de la bouche de Sophie elle-même, ce qui le contrariait un peu plus à chaque heure passée en sa compagnie.

Bon sang, il avait pensé qu'il en serait capable, qu'il arriverait à mettre le passé derrière eux. Qu'il pourrait lui rendre ce service et profiter de l'occasion pour donner une leçon à son père. Qu'il parviendrait à entendre son rire, sentir la chaleur de sa main dans le creux de son coude et converser avec elle sans permettre que chacune de ses pensées se fixe sur elle, sur l'histoire qu'ils partageaient et sur la façon dont tout cela avait terriblement mal tourné.

Mais il commençait à se dire qu'il avait fait une erreur.

Avant que Maria puisse poser d'autres questions, il y eut un grand éclat de rire et ils tournèrent la tête pour voir Harriet et Betsy se serrer l'une contre l'autre, gloussant sans retenue tandis que leurs maris tentaient de repêcher la balle dans l'eau peu profonde du rivage, au milieu des roseaux.

Sophie lança un regard vers West, un air d'amusement résigné sur le visage, et ses yeux accrochèrent les siens un moment. En cet instant, l'intimité entre eux, leur complicité furent telles que West eut la troublante certitude que le mariage avec Sophie aurait ressemblé à cela. Cette vie qui semblait si distante lui paraissait soudain étrangement accessible, comme si le plus fin des voiles la séparait de sa véritable existence.

Quand elle le regardait ainsi, il avait l'impression qu'elle était vraiment sa fiancée, et pas seulement dans le cadre d'une supercherie. Et il ne savait que faire du désir désespéré qu'il éprouvait à cet instant.

L'émotion dut se lire sur son visage, car Maria déclara :

— Ah. Eh bien, quoi qu'il se soit passé entre vous et Sophie dans le passé, tout est clairement résolu à présent.

West aurait tellement souhaité que ce soit vrai.

*

* *

Ce fut dans la voiture, sur le chemin du retour, qu'il aborda la question.

— Votre famille ignore-t-elle la vérité sur ce qui s'est passé entre… entre nous ?

Sophie s'était installée sur le siège luxueusement rembourré, regardant par la fenêtre les rues sinueuses de Londres qu'ils traversaient. L'arête de son nez et ses joues étaient un peu rosées, et ses cheveux commençaient à s'échapper de sa coiffure soignée, quelques boucles encadrant son visage.

Elle avait l'air détendue et heureuse.

Cependant, dès que ces mots furent sortis de sa bouche, son visage changea en un instant. Elle se redressa sur son siège.

— La vérité, répéta-t-elle lentement, ses yeux bruns rivés sur son visage avec une lueur qu'il n'arrivait pas à déchiffrer. De quelle vérité parlez-vous, précisément ?

— Eh bien, votre sœur semble croire que nous ne nous sommes pas mariés *à cause de moi*.

— Quelle sœur ?

— Maria.

— Ah. J'ai trouvé que vous aviez l'air très intimes pendant que nous jouions.

— « Intime » n'est pas exactement le mot que j'utiliserais pour décrire notre conversation. Avez-vous dit à votre famille que j'ai rompu avec vous ?

La question était sortie un peu plus brutalement qu'il ne l'avait prévu.

— Comme nous n'étions pas fiancés, il est impossible que vous ayez rompu, répliqua-t-elle froidement. Quant à ma famille, tout ce que je leur ai dit à l'époque, c'est que les choses ne pouvaient pas fonctionner entre nous, et que c'était pour cela que j'épousais Fitz à la place. Je pense qu'ils ont supposé que cela avait quelque chose à voir avec votre accident – peut-être ont-ils cru que vous ne vouliez plus m'épouser, après ce qui s'était passé. Ou peut-être que je craignais de vous servir d'infirmière.

Elle marqua une pause.

— Je n'étais pas très préoccupée par ce qu'ils pensaient, ni par le fait qu'ils puissent avoir une mauvaise opinion de moi ou de vous. Je n'étais pas préoccupée par beaucoup de choses, à l'époque.

Sa voix était affaiblie, teintée de souvenirs douloureux.

— Mais je ne leur ai jamais donné de détails. Donc, ce qu'ils ont pu supposer n'était pas fondé sur des éléments qu'ils avaient obtenus de moi, je vous l'assure.

Cette réponse, pensa West, omettait autant d'informations qu'elle en donnait. Entre deux mots, il y en avait deux douzaines d'autres qui restaient inexprimés, et il ne se sentait pas plus éclairé qu'il ne l'était au départ. D'un seul coup, il commença à se sentir... en colère. Or West n'était jamais en colère ; les hommes de sa position n'avaient pas le luxe de perdre leur sang-froid, de succomber aux émotions. Ou du moins, ils ne devraient pas se le permettre, et West avait toujours eu un certain mépris pour les hommes puissants qui utilisaient la colère pour intimider ceux qui les entouraient et les forcer à faire ce qu'ils voulaient.

Mais il avait apparemment ses limites, et ce n'était peut-être pas si surprenant que Sophie soit celle qui l'amène à les trouver.

— Ils ne savent donc pas que vous avez agi en martyre pour Maria ?

Sa voix était prudente, égale, mais une pointe de fureur transparaissait, et un bref éclair de rage dans les yeux de Sophie lui fit savoir qu'elle l'avait perçue.

— Que vous avez pris sur vous de sacrifier votre bonheur pour le sien ?

Elle inspira brusquement.

— C'était plus compliqué que ça.

— Vraiment ? Je me souviens de notre discussion lors de ce bal avec une clarté regrettable.

Elle pressa ses lèvres l'une contre l'autre.

— Il y a des choses que vous ne comprenez pas.

— Ah. Et je suppose que ce serait trop espérer que vous me les expliquiez, alors ?

Elle plongea son regard dans le sien et ne cilla pas.

— Je crois que vous connaissez déjà l'essentiel. Fitz vous l'a dit.

West ressentit une douleur à l'évocation de ce nom, comme toujours. Bridewell et lui se connaissaient depuis l'enfance et s'étaient bien entendus. West appréciait ce fils cadet d'un marquis qui avait plus de pedigree que de fortune. Ses espérances dans la vie avaient été différentes de celles de West, mais ils avaient partagé un verre ou une partie de cartes chez White chaque fois que Bridewell était en permission. Il le considérait comme un ami.

La trahison de cet homme, quand il avait épousé la seule femme avec laquelle West avait sérieusement envisagé de se marier, avait été profonde.

Ils n'en avaient parlé qu'une seule fois, un soir chez White, plusieurs mois après que West fut suffisamment remis de son accident pour réapparaître en société. Sa jambe le faisait terriblement souffrir, car elle était encore faible. Il restait plongé dans le chagrin et la colère – il avait perdu Sophie, mais aussi David. Il n'oublierait jamais le matin où il s'était réveillé dans son lit de malade pour trouver son frère à son chevet, le visage blême. C'était James qui lui avait annoncé la mort de David, et il se souvenait à peine des jours qui avaient suivi. Le sombre puits de tristesse dans lequel il avait été aspiré, privé des deux personnes les plus proches de lui. Ces pensées, combinées à la douleur persistante dans sa jambe, l'avaient conduit à devenir très friand d'un brandy – ou de trois – le soir pour se calmer. Il en avait certainement bu pas mal le soir en question, lorsqu'il avait rencontré Bridewell à leur club.

La conversation avait été brève, maladroite. West, souffrant, encore plus mal en point après quelques verres et ne se sentant pas du tout charitablement disposé à l'égard de Bridewell, n'avait pas voulu entendre les explications de celui-ci.

— Il m'a dit que mon père vous avait parlé après l'accident, répondit West en regardant fixement la jeune femme. Il vous avait convaincue que nous ne devions pas nous marier. Il avait renouvelé la menace contre votre sœur – menace, si ma mémoire est bonne, dont je vous avais dit que je lui parlerais. Si j'en avais eu l'occasion.

Sa voix était tranchante, mais elle ne broncha pas.

— C'est vrai, admit-elle simplement, mais ce que Fitz ne vous a pas dit – parce que je lui ai fait jurer de garder le secret –, c'est que je n'essayais pas seulement d'épargner Maria. Je cherchais à vous épargner, vous.

— À m'épargner ? répéta-t-il platement. À m'épargner d'entendre que je représentais trop de contraintes, vous voulez dire ? Que mon titre, ma famille, tout cela, c'était trop ? Que vous ne me faisiez pas confiance pour arranger les choses, pour vous rendre heureuse sans sacrifier la réputation de votre sœur ?

— Pour vous épargner de souffrir, idiot, dit-elle brusquement, et quelque chose en lui se réjouit de voir ses joues rougies, ses yeux pétillants de colère.

Au moins, elle le regardait. Au moins, elle discutait enfin avec lui.

— Oui, fit-il, sarcastique. Dieu m'a préservé de toute souffrance, quand mon meilleur ami...

Il s'interrompit, de peur que sa voix ne se brise. Il évitait de prononcer le nom de David, au cas où cela ferait resurgir les souvenirs qu'il avait essayé tant bien que mal d'étouffer : la vitesse imprudente de leurs voitures, le moment où leurs roues s'étaient heurtées, les faisant basculer. Le bruit terrible de l'accident. La douleur fulgurante de sa jambe. Ses hurlements d'agonie. Et le silence terrible et inquiétant de David.

Sophie le dévisagea un long moment, quelque chose dans son regard s'adoucissant, mais elle ne parla pas, ne fit aucun geste vers lui, sentant d'une certaine façon qu'il ne l'accepterait pas – qu'il ne supporterait pas d'être réconforté, dans ces moments où sa culpabilité était si forte qu'il avait l'impression de s'y noyer.

À cet instant, les mots de Sophie lui revinrent en mémoire : « Je ne pense pas que David souhaiterait que vous vous accusiez de votre accident. »

Et il pensa à son ami – son meilleur ami rieur, téméraire et loyal, qu'il avait aimé férocement et qui l'avait aimé tout aussi férocement en retour, même s'ils ne se l'étaient jamais dit.

Et il commença à croire, pour la première fois, qu'elle avait raison. Cette prise de conscience n'effaçait pas sa culpabilité – rien, il s'en doutait, ne le ferait jamais. Mais cela lui donnait l'impression... qu'elle était moins envahissante, d'une certaine façon. Moins dévorante.

Il savait que d'autres lui auraient dit la même chose si le sujet avait été abordé, mais il ne l'avait jamais été. En fait, il se donnait beaucoup de mal pour éviter d'en parler avec qui que ce soit, et il ne savait pas ce qu'il devait penser du fait qu'il se sentait à l'aise d'en discuter avec elle.

Il expira un souffle lent et irrégulier.

— Votre père aurait fait de notre mariage un calvaire, ajouta-t-elle enfin avec douceur. Il me l'a dit quand j'ai essayé de vous rendre visite.

Il reçut ces mots comme un coup.

— Quand vous avez essayé de me rendre visite, répéta-t-il lentement, et son regard se riva au sien avec une intensité que d'autres femmes auraient fuie, mais qu'elle affronta avec fermeté. Vous ne m'avez pas rendu visite...

Mais même lui pouvait entendre la note interrogative dans sa propre voix, le désir à peine dissimulé.

Il voulait désespérément que ce soit vrai, et il devinait qu'elle le comprenait parfaitement.

Puis il prit conscience de l'absurdité de tout cela. Lorsque Fitz lui avait raconté l'histoire, il avait eu l'impression que c'était son père qui était allé voir Sophie – c'était ridicule, maintenant qu'il y réfléchissait pendant trois secondes.

Mais à l'époque, plongé dans le chagrin et la douleur, ayant perdu à la fois son meilleur ami et la femme qu'il avait prévu d'épouser, il n'avait pas eu les idées claires.

— Si, je vous ai rendu visite. Et c'est à ce moment-là que votre père est intervenu.

West la regarda un long moment.

— Dites-moi, murmura-t-il enfin.

Et c'est ce qu'elle fit.

9

Sept ans plus tôt

Sophie n'oublierait jamais ce matin-là, à la table du petit déjeuner. Elle n'avait jamais vu les visages de ses parents aussi sombres. Dans l'ensemble, la maison Wexham était un lieu de rires et de joie. Il y avait des querelles, bien sûr, comme il fallait s'y attendre dans un foyer de cinq filles, mais elles se résolvaient assez facilement sans causer de dommages durables. Voilà pourquoi, lorsqu'elle avait pénétré dans la pièce après une deuxième nuit de sommeil agité, ses pensées étant occupées par sa conversation avec le duc de Dovington au bal des Haverford, la vue des expressions solennelles et sinistres de ses parents l'avait arrêtée dans son élan.

Elle ne se rappelait pas précisément les mots qu'ils avaient utilisés pour lui annoncer la nouvelle. Ses souvenirs resteraient toujours fragmentés. *Accident de cabriolet. Willingham tué. West blessé.* Tout ce dont elle se souviendrait par la suite, c'est de l'étau qui avait compressé sa poitrine. Elle avait eu l'impression qu'un poids s'était installé là, un poids qu'elle n'arrivait pas à déloger.

Son père lui avait dit qu'il enverrait un mot au duc de Dovington dans l'espoir d'obtenir d'autres nouvelles, et sa mère l'avait serrée contre elle dans une étreinte étouffante. Mais Sophie n'avait rien dit, se contentant de hocher la tête. Elle n'avait pas manqué le regard inquiet que ses parents échangeaient lorsqu'elle était sortie de la pièce.

Les jours suivants, elle dériva comme un fantôme, incapable de s'atteler à la moindre tâche et pleine d'une énergie fébrile au point que rester assise lui paraissait une épreuve. Son père reçut une brève réponse du duc, l'informant que son fils était pris d'une fièvre inquiétante, mais il n'y eut pas d'autres nouvelles, ni d'invitation à lui rendre visite – et Sophie ne s'y attendait pas, étant donné les sentiments du duc quant à sa relation avec son fils.

Son esprit était occupé par les pensées de West étendu dans son lit, fiévreux, inconscient, avec seulement son père froid et sévère pour veiller sur lui. Elle songeait aussi à Willingham, l'homme rieur et jovial qu'elle avait vu quelques jours auparavant, et ne pouvait concilier ses souvenirs de lui avec le fait qu'il était mort. Lorsqu'elle pensa à l'impact que cette nouvelle aurait sur West, si toutefois celui-ci se réveillait, elle sentit un déferlement de chagrin gonfler sa poitrine et se loger dans sa gorge. Elle avait l'impression de suffoquer.

Le quatrième jour, elle n'en pouvait plus.

Il était assez facile, en fin de compte, de s'habiller discrètement, de se faufiler dans l'escalier des domestiques et de se rendre dans la cour. Le cocher de la famille l'avait toujours appréciée, et elle n'eut pas grand mal à le convaincre de l'emmener en voiture, après avoir menacé de partir seule à pied et de héler un fiacre. Surtout après qu'elle lui eut annoncé sa destination et que son visage se fut adouci – les domestiques, après tout, n'ignoraient guère les préoccupations des familles qu'ils servaient.

Le duc de Dovington vivait dans un imposant manoir à Berkeley Square. Sophie était déjà passée devant, mais n'avait jamais eu l'occasion de frapper à la porte. Elle fut accueillie par le majordome le plus majestueux qu'elle ait jamais vu. Malgré l'heure matinale, ses cheveux étaient impeccablement plaqués en arrière.

— J'espérais avoir des nouvelles de West… de lord Weston, se reprit-elle, détestant l'incertitude qui perçait dans sa voix.

Elle redressa les épaules, prit une inspiration et ajouta :

— Je suis consciente que c'est un moment difficile pour la famille, mais si vous vouliez bien donner ma carte au duc…

Elle tendit la carte de visite gravée qu'elle avait soigneusement rangée dans son réticule une demi-heure plus tôt.

— … et l'informer que je ne partirai pas avant de lui avoir parlé, je vous en serais très reconnaissante.

Après une pause, le majordome recula, la laissant dans le hall d'entrée pendant qu'il se retirait, sans doute pour informer son employeur qu'une jeune femme d'une inconvenance choquante refusait de quitter la maison. Le délai fut suffisamment long pour que Sophie commence à se demander si elle allait vraiment devoir refuser de partir – et pour qu'elle regrette, une nouvelle fois, que le frère de West ne soit pas en ville. Lord James était à une fête à la campagne lorsqu'il avait appris la nouvelle de l'accident et était probablement en train de rentrer à Londres en toute hâte, mais il n'était pas encore arrivé.

Le claquement régulier de pas sur les marches de marbre attira son attention vers l'étage, et le duc de Dovington descendit vers elle.

Malgré l'heure matinale, alors que son fils aîné était terriblement malade, il arborait un air tout à fait ducal et sa tenue était immaculée. Les cernes sous ses yeux constituaient le seul signe que ses dernières nuits avaient été aussi peu reposantes que celles de Sophie.

— Mademoiselle Wexham, la salua-t-il d'une voix légèrement cassée qui trahissait son épuisement. C'est inattendu.

— Je sais que ce n'est pas très orthodoxe, mais j'attendais désespérément des nouvelles de West, expliqua-t-elle en joignant les mains devant elle, ne prenant conscience qu'à cet instant qu'elle s'était habillée avec une telle précipitation, sans sa gouvernante, qu'elle avait négligé de mettre des gants.

Les yeux du duc tombèrent sur ses mains nues, puis remontèrent vers son visage, mais son expression demeura figée.

Il inclina la tête vers la droite.

— Allons dans mon bureau.

Sophie eut l'impression que son estomac tombait et elle suivit le duc jusqu'à la porte qu'il lui indiquait, ne prêtant guère attention à ce qui l'entourait. L'état de West s'était-il aggravé ? Était-il…

Elle n'arrivait pas à formuler le mot, même dans ses pensées. Son anxiété dut se lire sur son visage, alors qu'elle s'efforçait de garder son sang-froid devant cet homme qu'elle n'aimait pas et en qui elle n'avait aucune confiance, car il déclara dès que la porte fut refermée derrière lui :

— La fièvre a baissé pendant la nuit.

Sophie se sentit si soulagée qu'elle éprouva une soudaine faiblesse. Elle tendit la main pour s'agripper au bras d'un fauteuil en cuir, doutant de la capacité de ses jambes à la soutenir.

— Le médecin est parti il y a une heure environ, poursuivit le duc. West n'a pas encore repris conscience, mais nous espérons que cela arrivera aujourd'hui. Le Dr Worth a dit de le laisser dormir autant que possible. Nous n'avons donc pas essayé de le réveiller.

— Puis-je le voir ? demanda Sophie, avec l'impression qu'elle était sur le point de fondre en larmes, ce qui était hors de question devant le duc.

Il secoua la tête.

— Je ne veux pas qu'on le dérange.

Un éclair d'irritation mit fin au soulagement étourdissant qu'elle éprouvait.

— Je n'ai pas l'intention de le déranger. Je veux juste le *voir*.

Il haussa un sourcil, une mimique qui lui rappela étrangement son fils.

— Pensez-vous que je vous mens, mademoiselle Wexham ? Que mon fils est mort et que j'essaie de le cacher ? Ou que j'ai un autre objectif sinistre à l'esprit ?

— Bien sûr que non, répondit Sophie avec impatience, même si, à bien y réfléchir, elle n'était pas tout à fait certaine de le croire. C'est juste que je suis très attachée à West, et je me suis tellement inquiétée…

— Oui. Eh bien…

Le duc se racla la gorge.

— En fait, mademoiselle Wexham, je suis heureux que vous soyez venue ce matin, même si cette visite n'était pas annoncée. J'espérais poursuivre notre conversation de l'autre soir.

L'espace d'un instant, distraite par ses pensées concernant la santé de West, Sophie ne comprit pas ce que le duc voulait dire. Le bal des Haverford lui semblait remonter à une éternité, alors qu'il avait eu lieu moins d'une semaine auparavant. Tout à coup cependant, les souvenirs affluèrent, les menaces de l'homme résonnant dans son esprit : « Vous avez des sœurs plus jeunes, n'est-ce pas, mademoiselle Wexham ? »

Elle s'immobilisa brusquement. Puis, d'un ton froid, elle déclara :

— Je vous écoute, Votre Grâce.

— Je pensais avoir été parfaitement clair sur ma position vis-à-vis de votre relation avec mon fils, mais votre présence ici semble indiquer le contraire. Il semble donc que je doive clarifier la situation.

— En effet, acquiesça-t-elle, le cœur battant la chamade dans sa poitrine. Vous devriez peut-être le faire.

— Très bien. Si vous ne voulez pas que je raconte que j'ai personnellement vu Mlle Maria Wexham s'éclipser d'une salle de bal en compagnie du marquis de Sandworth il y a quelques semaines, sans aucun chaperon en vue, j'apprécierai beaucoup que vous restiez éloignée de mon fils.

Sophie croisa son regard, résistant au frisson qui courait sur sa peau. Sandworth était un dépravé, de quinze ans plus âgé que Maria, beau et séducteur mais sans grand sens moral, d'après ce que Sophie avait entendu dire.

West, qui était habituellement assez mesuré dans ses propos, avait clairement fait savoir qu'il n'aimait pas cet homme – et cela avant que Sophie et lui découvrent Sandworth et Maria blottis l'un contre l'autre dans un coin sombre de Vauxhall

Gardens, quinze jours plus tôt. Sur le moment, Sophie avait été terrifiée à l'idée que quelqu'un ait remarqué que Maria et Sandworth s'étaient éclipsés ensemble mais, après une semaine passée sans qu'aucun ragot émerge, elle avait commencé à se détendre, pensant qu'ils s'en sortiraient indemnes.

Sandworth était un affreux snob. Sa lignée familiale était presque aussi ancienne que celle de West, et elle savait qu'il n'épouserait jamais Maria, un fait qu'il avait parfaitement établi lorsqu'il avait presque ri au nez de West à cette suggestion, ce soir-là à Vauxhall – réaction particulièrement audacieuse de sa part, compte tenu du fait que West l'avait pris à la gorge et plaqué contre une haie.

Maria, bien sûr, était jeune, sotte et trop obsédée par les titres. Elle n'avait pas écouté les avertissements de Sophie après que celle-ci les avait vus danser ensemble lors d'un bal, une semaine ou deux avant la soirée en question. Probablement le bal au cours duquel le duc avait assisté à la scène, pensa Sophie d'un air maussade. Maria avait manifestement nourri l'espoir romantique d'un mariage avec Sandworth, mais la réaction de l'homme à Vauxhall – et sa retraite précipitée, sans même un regard dans sa direction – l'avait détrompée.

Les parents Wexham avaient été terriblement fâchés lorsque West leur avait ramené leur fille rouge de honte. La querelle qui avait éclaté ce soir-là avait tiré de leur lit les trois plus jeunes sœurs, qui avaient tout écouté sans vergogne cachées sur le palier. Maria avait passé les deux jours suivants enfermée dans sa chambre.

Elle avait fini par reprendre ses activités normales lorsque lady Wexham, préoccupée par l'état de santé de Maria, avait commencé à parler d'appeler un médecin. Sophie savait que sa sœur était embarrassée d'avoir si mal jugé Sandworth ; elle était simplement soulagée d'avoir évité la catastrophe et que la réputation de Maria soit intacte.

À présent, tous leurs espoirs risquaient d'être réduits à néant si le duc parlait de cette affaire à quelqu'un. Il le ferait, elle n'en doutait pas un instant. C'était un duc, un homme habitué à obtenir précisément ce qu'il voulait. Et ce qu'il voulait en cet instant, c'était que son fils épouse un meilleur parti que la fille d'un vicomte parvenu.

— Ne croyez-vous pas que West s'y opposera lorsqu'il le découvrira ? demanda-t-elle pourtant, décidée à jouer la carte du culot. Ne croyez-vous pas qu'il s'opposerait à ce que vous ruiniez la réputation de la sœur de la femme qu'il souhaite épouser ?

Une lueur d'incertitude brilla dans le regard du duc. Il craignait le lien qu'elle partageait avec son fils, comprit-elle, le pouvoir qu'elle avait sur lui. Peut-être allait-il finir par se retirer, par admettre que la vie de West lui appartenait et que ce dernier pouvait en faire ce qu'il voulait.

Mais non, elle aurait dû s'en douter.

Il pencha la tête.

— C'est juste, mademoiselle Wexham.

Une pause subtile.

— Avez-vous pensé, dans ce cas, à ce que West lui-même sacrifierait s'il vous épousait ?

— Je pense que vous découvririez que certains membres de la haute société considèrent les mariages d'amour avec un œil plus bienveillant que le vôtre, Votre Grâce. Et quiconque le désapprouverait ne prendrait pas le risque de s'attirer les foudres d'un futur duc en se montrant moins que poli à mon égard.

Il esquissa un mince sourire.

— À moins qu'on sache qu'on s'attirerait les foudres d'un duc en titre en vous adressant la parole en public.

— Et pensez-vous que West voudrait encore avoir affaire à vous, si vous faisiez de ma vie un tel calvaire ?

— Non, je ne le pense pas, concéda le duc. Peut-être pourrait-il même envisager de vivre tranquillement à la campagne, loin des ragots, en accueillant ses amis qui sont trop loyaux pour le fuir – ou pour vous fuir, vous.

Il y eut une brève pause, qui semblait décidément menaçante – une impression qui fut confirmée un instant plus tard lorsque le duc ajouta :

— Il serait cependant malheureux qu'il n'ait plus Rosemere pour s'y retirer.

Sophie fronça les sourcils. Rosemere, elle le savait, était la propriété de campagne que la mère de West préférait, dont ce dernier avait la charge depuis quelques années. Il avait parlé de l'emmener la visiter.

— Rosemere appartient à West.

Le duc secoua la tête.

— Non, ce n'est pas le cas. Rosemere *m'appartient* – le domaine fait partie intégrante du duché, et ce depuis que sa mère l'a apporté lors de notre mariage comme part de sa dot. Je l'ai confié à West, sachant qu'il adore cet endroit, qui était la propriété préférée de sa mère…

Le duc s'interrompit, comme pour permettre à Sophie d'apprécier la valeur que West accordait à Rosemere – bien qu'elle n'ait pas besoin qu'on le lui rappelle. Elle l'avait entendu en parler assez souvent, elle avait perçu l'affection sincère dans sa voix lorsqu'il décrivait le temps qu'il y passait, le travail qu'il y faisait, les relations qu'il avait nouées avec les métayers. Elle savait combien d'efforts il y avait consacrés, au cours des années qui avaient suivi son départ d'Oxford.

Il aimait cette maison et les terres environnantes, tout comme sa mère les avait aimées.

— Rosemere ne fait pas partie de l'héritage lié au titre, précisa le duc. Il serait assez facile de le vendre.

— Vous n'oseriez pas, dit Sophie doucement, mais elle savait que si.

C'était la preuve formelle qu'il était prêt à *tout* pour empêcher West de l'épouser.

— Vous vous trompez, confirma le duc. Mon fils est jeune, mademoiselle Wexham. Il ne sait pas ce qui est bon pour lui. Il ne sait pas ce qu'il veut vraiment. Et si je dois le rendre malheureux pour lui donner cette leçon, je le ferai.

Il s'approcha d'elle d'un pas ferme.

— Partez, maintenant. Trouvez un autre gentleman à la recherche d'une dot conséquente et laissez mon fils tranquille, ou je lui ferai regretter, ainsi qu'à vous, chaque jour à venir.

— Avez-vous informé West de tout cela ? demanda-t-elle.

— Non.

La voix du duc était sèche.

— Mon fils est têtu, il se croit amoureux, et je sais parfaitement qu'il essaierait de me convaincre qu'il est prêt à faire ces sacrifices. *Par amour*.

La voix du duc dégoulinait de mépris, et Sophie éprouva une vive compassion pour la défunte duchesse.

— Si vous aimez mon fils, mademoiselle Wexham... eh bien, je vous le demande : à quel point êtes-vous prête à le voir souffrir pour vous ?

Il passa devant elle et ouvrit la porte avant de s'effacer pour la laisser sortir. Il lui fit une courte révérence dans l'entrée, puis remonta sans un mot de plus, confiant dans le fait qu'il en avait assez dit.

*

* *

Plus tard dans l'après-midi, la nouvelle circula dans Londres que le jeune marquis de Weston était hors de danger, bien qu'encore alité. Un toast à sa santé fut porté lors d'un bal ce soir-là.

Sophie n'était pas présente.

Dans les jours qui suivirent, elle se tint à l'écart ; une lettre de West, écrite de la main de son valet de chambre, lui parvint. Elle ne l'ouvrit pas et n'y répondit pas. Elle avait besoin de temps pour réfléchir. De temps pour imaginer un plan afin de s'extraire de l'engagement qu'elle avait pratiquement pris avec lui. Comment convaincre West qu'elle ne l'aimait pas, que tout cela n'était qu'une énorme erreur, alors que tout en elle criait le contraire ?

Finalement, la solution se présenta d'elle-même. Au cours d'une promenade dans le parc, quelques jours après sa rencontre avec le duc, elle tomba sur lord Fitzwilliam Bridewell. Il avait l'air franchement abattu, regardant une dame qui s'éloignait à cheval avec une expression d'amoureux transi.

Ils entamèrent une conversation tout en faisant une longue boucle autour du parc. Elle découvrit sa situation : il avait été rejeté par la fille d'un comte, dont il était amoureux, à cause du manque de perspectives qu'il offrait – il avait en fait surtout besoin d'une dot. Elle lui parla de sa situation à son tour : elle avait désespérément besoin d'un mari, ne serait-ce que pour sauver West de lui-même – et elle possédait une très belle dot.

Il fut d'abord hésitant, étant donné qu'il était un vieil ami de West, mais elle réussit à le persuader qu'un mariage entre elle et West ne mènerait à rien d'autre qu'au malheur de ce dernier, étant donné les menaces du duc. Fitz, en fin de compte, ne fut pas si difficile à convaincre. Il avait le cœur brisé par le rejet de la dame qu'il avait courtisée toute la saison, et il était si alarmé par les menaces de son père de lui couper les vivres qu'il comprenait aisément les avantages d'une union cordiale et totalement dépourvue d'amour.

Les fiançailles furent annoncées dans la semaine, à la grande stupéfaction de tous. Les bans furent publiés et ils se marièrent dans le mois qui suivit : lorsque West serait suffisamment remis pour réapparaître en public, Sophie serait devenue la femme d'un autre.

Ce n'est qu'au cours de la nuit de noces, après que son nouveau mari eut regagné sa propre chambre et que Sophie se fut allongée seule dans son immense lit, contemplant le plafond dans l'obscurité, qu'elle se laissa finalement aller à pleurer.

10

Quand Sophie eut fini de parler, le carrosse s'était déjà arrêté à trois reprises. Chaque fois, West avait donné un coup de canne sur le toit, signalant à son cocher de continuer à tourner. La troisième fois, il avait échangé quelques mots avec l'homme. À part cela, pas un instant il n'interrompit Sophie lorsqu'elle lui raconta ce qu'il s'était passé sept ans plus tôt.

Au bout d'un moment, elle se tut. Presque au même instant, la voiture s'immobilisa à nouveau. Elle jeta un coup d'œil par la fenêtre, puis cligna des yeux, étonnée. Elle n'avait pas prêté attention à leur destination, tant elle était absorbée par son récit, et ne comprenait que maintenant qu'ils se trouvaient devant la maison de West, et non chez elle.

Elle l'observa avec curiosité.

— Voulez-vous entrer ? proposa-t-il.

— Je suis surprise que votre sens des convenances permette une telle chose.

Elle avait voulu utiliser un ton léger, mais il était plus tendu qu'elle ne l'avait espéré.

— Vous êtes déjà venue me rendre visite une fois. Ma vertu est donc définitivement compromise.

Il l'aida à descendre de la voiture et la guida vers la maison, hésitant une brève seconde dans l'entrée, visiblement pour choisir la pièce la plus appropriée. Le bureau ? Le salon ? Sophie s'amusa à imaginer le déroulement de ses pensées : le salon était plus spacieux, avec des fauteuils plus confortables, mais le nombre de surfaces offrant la possibilité de s'allonger n'était-il pas de mauvais goût ? Le bureau était plus adapté, plus sobre, mais un siège de bureau n'était certainement pas aussi agréable qu'un canapé, surtout après une longue journée de voyage en voiture et en bateau – et sa jambe devait lui faire mal, à présent.

S'agissant de West, cependant, elle n'avait aucun doute quant à la considération qui l'emporterait.

— Briar, nous serons dans le bureau, dit-il au majordome, la conduisant dans le couloir avec une légère pression de la main au creux de ses reins.

— Ah ! souffla-t-elle. Je me dois un shilling.

— Je vous demande pardon ?

Il referma la porte derrière eux.

— Je savais que vous choisiriez le bureau, plutôt que le salon.

Il s'adossa à la porte, l'observant tandis qu'elle faisait lentement le tour de la pièce. Son bureau était impeccable et ne comportait rien d'autre qu'une pile de papiers bien rangés, une plume et un encrier, ainsi que quelques livres posés sur le côté, leurs dos parfaitement alignés.

Elle sentait le poids de son regard sur elle, et cette sensation faisait courir des frissons sur sa nuque. Elle l'ignora résolument – elle savait qu'il n'était pas intéressé par une liaison avec elle. Et il comprenait sans doute mieux à présent pourquoi elle ne considérait pas le mariage comme une option.

— Et comment pouviez-vous en être si sûre ?

Elle tira un livre de l'étagère, plissant les yeux. C'était un livre de comptes de Rosemere datant de deux ans. Le dos était craquelé, le cuir poli à force d'avoir été manipulé, et aucune trace de poussière n'était visible sur la couverture. Il s'agissait manifestement d'un document qu'il consultait souvent. Elle déglutit pour chasser une boule qui s'était soudain formée dans sa gorge et replaça soigneusement l'ouvrage sur l'étagère avant de se tourner vers West.

— Parce que le bureau est une pièce plus appropriée, évidemment. Moins propice à l'ardeur amoureuse.

— N'importe quelle pièce peut être propice à l'ardeur amoureuse, Sophie.

Sa voix était grave, comme une caresse.

Ses yeux plongèrent dans les siens et, de nouveau, elle sentit le rouge lui monter aux joues. Il soutint son regard sans ciller.

— Je m'en souviendrai, merci, répondit-elle, déconcertée.

Elle savait – grâce à une conversation survenue quelques années plus tôt, dont elle se souvenait encore avec clarté – qu'il n'était pas intéressé par une liaison. Comment osait-il maintenant la faire rougir ?

En même temps, il avait toujours été capable de le faire, sans même donner l'impression de le vouloir. Elle s'était montrée étonnamment froide face aux belles paroles des autres hommes. Elle avait fréquenté Jeremy deux mois sans que ses joues rosissent une seule fois, pour autant qu'elle s'en souvienne. Mais West était une exception, comme il l'était pour tant d'autres choses. Elle avait passé la majeure partie des sept dernières années à essayer de ne plus réagir à sa présence.

Elle prit place sur l'une des chaises devant le bureau, dans l'espoir qu'il s'asseye à son tour, mais il ne bougea pas pendant un long moment, continuant à l'observer de son poste contre la porte. Il avait desserré sa cravate et elle pouvait entrapercevoir sa peau au niveau de sa gorge. Enfin, il s'éloigna de la porte et s'approcha, mais au lieu de s'installer derrière son bureau, il choisit le fauteuil voisin du sien. Sans la barrière du meuble entre eux, la pièce semblait beaucoup plus intime.

N'importe quelle pièce peut être propice à l'ardeur amoureuse, Sophie.

Les pensées de West étaient cependant tout autres, car après un moment il déclara :

— Mon père et moi nous sommes disputés, vous savez.

— Ah oui ? Quand ça ?

— Il y a sept ans, après que j'ai croisé Bridewell. Je me suis présenté devant sa porte à minuit, un peu saoul. Cela ne l'a pas du tout amusé, comme vous pouvez le deviner.

— J'imagine.

Sophie détestait penser à West dans cet état - abattu par le chagrin et la douleur qu'il avait essayé de noyer dans le cognac.

— Je lui ai dit que je savais qu'il avait quelque chose à voir avec le fait que vous aviez pris peur, qu'il était la raison pour laquelle je ne pourrais avoir un mariage heureux.

— A-t-il nié ? demanda Sophie d'un ton égal.

— Non, répondit West en prenant appui contre le dossier du siège, la mâchoire tendue. Et je pense que cela m'a rendu presque aussi furieux que le fait qu'il soit intervenu. Il l'a admis sans la moindre vergogne. Il n'éprouvait ni scrupule ni regret. Il m'a simplement dit que je lui serais reconnaissant plus tard.

— L'avez-vous été ?

Les mots lui avaient échappé avant qu'elle puisse y réfléchir. Elle regretta aussitôt de les avoir prononcés, et pourtant elle souhaitait désespérément connaître la réponse.

Il tourna lentement la tête pour lui faire face. Ses joues étaient un peu roses après ce long après-midi au soleil, et ses cheveux noirs étaient ébouriffés à cause de la brise sur le fleuve.

— Pas un seul instant.

Il soutint son regard pendant un moment qui s'étira entre eux.

Elle aurait voulu le toucher, poser sa paume sur les lignes acérées de son visage, le laisser se détendre à son contact, juste une fois. Au lieu de cela, elle noua soigneusement les mains sur ses genoux.

— J'ai eu ma revanche, cependant, ajouta-t-il sur le ton de la conversation, rompant la tension qui grimpait à chaque seconde de silence.

— Vraiment ?

— Je lui ai dit que les séquelles de mon accident m'empêcheraient d'avoir des enfants.

Il avait lancé cela d'une voix joyeuse, et elle manqua de s'étouffer à cette révélation.

— Vous allez bien ? s'enquit-il avec sollicitude, tandis qu'elle toussait.

Avant qu'elle ait pu reprendre ses esprits, on frappa à la porte, qui s'ouvrit un instant plus tard, révélant quelqu'un portant un plateau de thé. Deux personnes, en fait. Pas des servantes, mais...

— Hawthorne. Briar.

West semblait légèrement amusé.

— C'est… peu orthodoxe.

Briar, le majordome, devait avoir une trentaine d'années. Il était brun et avait un front sévère.

L'autre homme était petit et râblé, avec des cheveux d'un blond foncé et un visage vif et intelligent. Après un moment, le nom fit écho dans l'esprit de la jeune femme.

— Vous êtes le valet de West ! s'écria-t-elle, ravie.

Elle se souvenait que West avait parlé de lui, des années auparavant, lorsqu'il lui faisait la cour. Si sa mémoire était bonne, ils étaient originaires du même village du Kent et se connaissaient depuis l'enfance.

Hawthorne lui fit une révérence étonnamment galante, tandis que Briar déposait soigneusement le plateau de thé.

— Ma réputation me précède-t-elle, madame ? Comme c'est excitant !

Il la regarda en battant des cils, et Sophie réprima un rire. Elle avait la nette impression que Briar, à côté de lui, se retenait avec peine de lever les yeux au ciel – une réaction très peu digne d'un majordome.

— Comment faites-vous pour nouer ses cravates avec autant de précision ? demanda-t-elle, curieuse. Cela met si bien en valeur son visage.

— Je pense à toutes les fois où j'aimerais l'étrangler, et je concentre toute cette énergie débordante dans ma tâche, déclara Hawthorne, le visage impassible.

Sophie rit tandis que Briar, décrétant visiblement que les choses étaient allées assez loin, posait une main ferme sur le bras de Hawthorne.

— Nous avons pensé que vous auriez besoin d'un rafraîchissement, madame, dit-il très poliment.

— Et aucune gouvernante n'était disponible pour remplir ces fonctions ? demanda West, sceptique.

— Je ne voudrais pas qu'elles s'agitent à la vue d'une dame de bonne famille, argumenta Briar.

— Bien sûr, marmonna West. C'est étrange, cependant, que cela n'ait jamais été votre préoccupation lors des nombreuses occasions où Violet est venue me voir.

— Je l'ai surpris en train d'écouter aux portes. Je lui ai dit d'aller chercher un plateau de thé pour préserver sa dignité, expliqua Hawthorne.

— Un cheval de Troie, en quelque sorte, approuva joyeusement Sophie tandis que Briar affichait un air mortifié.

— Sans effusion de sang, j'espère, ajouta West.

Il marqua une pause, puis se tourna vers ses domestiques.

— Autre chose, messieurs ?

— Bien sûr que non, répondit Briar en battant précipitamment en retraite, sa main toujours fermement agrippée à l'avant-bras de Hawthorne. Nous vous laissons, milord.

Avisant Hawthorne qui adressait à West un mouvement suggestif des sourcils, il le poussa sévèrement hors de la pièce.

Sophie pivota vers West dès que la porte se fut refermée.

— Vous avez un personnel très sympathique.

West se racla la gorge, l'air un peu gêné – un fait rare chez lui, que Sophie prit le temps de savourer comme un petit plaisir.

— Ils sont assez intrigués par nos fiançailles.

Il souleva un pot à lait dans sa direction.

— Vous prenez toujours votre thé noir ?

— Une pointe de brandy ne serait pas de refus, si vous en avez, déclara-t-elle avec audace, ce qui lui valut un haussement de sourcils.

West ne formula pas de commentaire, toutefois. Il se leva pour contourner le bureau et ouvrir un placard, dont il sortit une carafe aux trois quarts pleine. Il versa un peu de cognac dans le thé de Sophie, puis la regarda d'un air interrogateur. Elle pencha la tête sur le côté, et il ajouta une autre lichette. Après réflexion, il en versa un peu dans son thé également.

Elle se pencha en avant pour faire tinter sa tasse contre la sienne.

— Santé.

Il y eut un moment de silence pendant qu'ils sirotaient tous les deux leur thé.

— Mon père est la raison pour laquelle j'ai accepté ces fausses fiançailles, vous savez, déclara West.

Sophie, qui avait porté la tasse à sa bouche, l'abaissa de nouveau, un frisson la parcourant.

— Que voulez-vous dire ?

— Quand je l'ai... trompé sur ma capacité à engendrer un héritier, disons... qu'il a cessé de me chercher une épouse convenable et a concentré toute son énergie sur James, puisqu'il serait désormais celui sur qui reposerait l'avenir du duché.

Une note amère s'était insinuée dans sa voix.

— J'ai eu l'occasion de le regretter plus tard.

— Je n'en doute pas.

L'ingérence du duc avait conduit au mariage de Violet et James, puis à leur séparation provisoire, bien qu'ils aient maintenant tourné la page et semblent très heureux.

— Cependant, il a récemment compris que je n'avais pas été honnête avec lui et il est venu me voir l'autre jour – le même jour que vous, en fait. Il m'a laissé entendre qu'il serait heureux de vendre Rosemere puisque je n'avais pas besoin d'une propriété à la campagne, faute de femme et d'enfants.

Sophie ressentit une bouffée de rage à ces mots. En sept ans, le duc n'avait pas eu la décence de trouver une meilleure façon de menacer son fils et ceux qui l'aimaient. Ce n'était qu'une propriété. Un tas de pierres dans le Derbyshire, pour l'amour du ciel ! Elle était vraiment en colère. Contre West, qui se souciait tant d'une stupide maison ; contre la mère de West, qui avait adoré cet endroit ; contre elle-même, qui se sentait furieuse, impuissante et accablée, et une douzaine d'autres choses qu'elle ne savait pas nommer.

Et surtout, contre le duc de Dovington. Elle espérait vivement le rencontrer dans un avenir proche car, en cet instant, elle aurait été capable de le tuer. Et bien que le meurtre d'un duc soit un crime passible de pendaison, elle commençait à se demander s'il n'existait pas un moyen d'y réchapper – après tout, à qui manquerait-il ?

— Je constate que sa tactique n'a pas changé depuis sept ans, commenta-t-elle froidement.

— C'est ma faute, répliqua West en se passant la main sur le visage. J'ai commis l'erreur de lui faire comprendre à quel point j'aimais cette propriété, à quel point elle comptait pour moi. Pas avec des mots, bien sûr...

— Bien sûr que non, commenta Sophie, amusée malgré elle.

— Mais je ne l'ai pas assez bien caché. Et maintenant, il n'y voit rien d'autre qu'une faiblesse à exploiter.

Sophie pensa à son propre père – il n'était pas parfait, mais il aimait farouchement ses filles et ne voulait que le meilleur pour elles. Il souhaitait leur bonheur par-dessus tout. Il en était de même pour sa mère ; bien que Sophie ait été particulièrement agacée par son obsession de lui chercher un époux lorsqu'elle était jeune fille, elle savait que sa mère voulait qu'elle trouve l'amour, et pas seulement un titre impressionnant.

— Vous méritez mieux qu'un père qui considère tout ce que vous aimez comme une faille à exploiter, observa-t-elle doucement.

Il baissa les yeux sur sa tasse de thé, et elle fronça les sourcils. Personne d'autre ne lui avait-il jamais dit cela ?

— Vous êtes un homme bien, West, ajouta-t-elle.

Les mots étaient simples, mais sincères.

— Et votre père le sait. Il en profite, parce que c'est un salaud.

Ce mot lui arracha un petit rire. Entendre son rire apparaissait toujours à la jeune femme comme un cadeau précieux, tant il était rare. Il leva de nouveau les yeux vers elle. Ils brillaient d'une lueur qu'elle n'arrivait pas à déchiffrer.

— Vous méritiez mieux aussi, dit-il. Ce que mon père vous a fait, la façon dont il a cherché à vous manipuler…

Une note d'amertume s'insinua dans sa voix, et la poitrine de Sophie se serra en l'entendant.

— Vous vous souciiez de vos sœurs, et de moi. Mon père le savait et il en a profité. Vous ne méritiez pas cela.

— Ce n'était pas votre faute, assura-t-elle, prenant conscience que le sentiment qu'elle avait lu dans ses yeux un instant auparavant était de la culpabilité.

En se montrant honnête avec lui, lui avait-elle donné une autre raison de se sentir coupable ? Les choses entre eux seraient-elles toujours ainsi, empreintes de douleur et de regrets au sujet de ce qui aurait pu être ? Des moments comme celui-ci étaient susceptibles de la convaincre qu'ils n'avaient pas d'avenir ensemble – ils étaient si embourbés dans le passé. Et son évocation de la paternité – son devoir de donner un héritier au duché – ne faisait que lui rappeler un autre obstacle à l'avenir qu'ils pourraient partager. Un obstacle qu'elle ne se sentait pas prête à divulguer, après toutes les confessions de l'après-midi.

— Merci, dit-il en la regardant fixement.

Puis il s'éclaircit la gorge, chassant la tension du moment.

— Il n'a pas parlé clairement d'une candidate particulière pour le mariage, alors j'ai pensé que nos fausses fiançailles pourraient lui donner une leçon – lui apprendre à renoncer. Il ne fait aucun doute qu'il sera soulagé lorsque nous... lorsqu'il deviendra évident que nous ne nous marierons pas, finalement...

Il se déplaça sur son siège tout en parlant, un signe de grande agitation pour cet homme. Il ne la regardait plus dans les yeux.

— Je pense qu'il sera tellement soulagé qu'il cessera de se préoccuper ensuite de la femme que j'épouserai.

Une idée traversa alors l'esprit de Sophie, une idée qui aurait sans doute dû lui venir bien plus tôt, avant qu'elle implique West dans ce projet fou.

— Avez-vous... quelqu'un en tête ? Pour un mariage, je veux dire ?

Elle essaya d'ignorer la vague d'effroi qui se formait en elle en attendant sa réponse. Elle n'avait pas entendu de rumeur selon laquelle il courtisait une jeune fille, mais il avait atteint l'âge où les hommes de sa condition commençaient à envisager sérieusement le mariage, et il était certainement l'un des célibataires les plus séduisants de la haute société – peut-être même plus encore à cause de son accident. La tragédie qui lui collait à la peau depuis lors semblait avoir renforcé son attrait, même si cela rendait les mères entremetteuses un peu plus prudentes. Mais s'il faisait comprendre qu'il était enfin prêt à se marier, eh bien, il serait obligé de repousser les prétendantes à coups de canne.

Elle refusait de s'attarder sur les émotions que lui procurait cette perspective.

— Non, je n'ai personne en tête.

Il n'y avait pas une once d'incertitude dans ses paroles.

Elle ouvrit la bouche, la referma. Tout ce qu'il s'était passé au cours de l'heure écoulée – toutes les confidences qu'ils avaient partagées – était une raison suffisante pour qu'elle se lève à présent et sorte de cette pièce. Elle ferait mieux de rentrer chez elle, là où elle serait en sécurité, là où elle ne prononcerait pas des mots qu'elle risquait de regretter. Là où elle ne lui poserait plus de questions auxquelles elle ne voulait pas de réponse.

Au lieu de cela, elle le regarda dans les yeux et dit :

— Mais vous aurez besoin d'un héritier.

Il haussa un sourcil arrogant, comme il avait l'habitude de le faire – apprenait-on cela à l'école des ducs ?

— Je crois que, techniquement, j'en ai déjà un, dit-il avant de poursuivre d'un ton plat : N'est-il pas merveilleux d'être béni par le baume apaisant de l'affection fraternelle ?

Sophie rit malgré elle.

— C'est votre plan ? Laisser Audley et Violet fournir un héritier au titre, tandis que vous serez occupé à... à quoi ? Courir les jupons en ville ?

Cela ne lui ressemblait pas du tout, mais elle bluffait, comme elle l'avait fait tout au long de cet échange, feignant une assurance et une audace qu'elle ne ressentait pas. C'était le seul moyen de lui parler de tout cela.

— Oui, dit sèchement West. C'est exactement ce à quoi j'ai occupé mon temps au cours des sept dernières années.

Il but une gorgée de son thé, puis se pencha en avant pour poser délicatement la tasse – encore à moitié pleine – sur le bord de son bureau. Il se déplaça légèrement sur son siège pour lui faire face.

— Je n'ai aucun intérêt à épouser une débutante fraîchement sortie de son cocon familial qui, aux yeux de mon père, aura le sang le plus bleu possible et les meilleures hanches pour enfanter. J'ai un frère qui est heureux en ménage, et s'il ne conçoit pas de fils, pour quelque raison que ce soit, j'ai beaucoup de cousins. Je suis allé à Oxford avec l'un d'entre eux, à peine plus jeune que James. Il triche aux cartes, mais c'est une bonne personne.

Sophie nota avec amusement que cette phrase avait été prononcée à contrecœur ; elle était presque certaine que West préférerait perdre l'usage de sa jambe valide plutôt que de tricher aux cartes.

— Le fait est que je ne me soucie plus de ce que mon père espère pour mon avenir, et j'aimerais beaucoup qu'il cesse de mettre son nez dans mes affaires.

Elle le regarda pensivement, réfléchissant aux questions qu'elle voulait lui poser, à l'autre discussion qu'elle espérait avoir avec lui.

Les mots restèrent cependant coincés dans sa gorge. Étrangement, malgré toutes ces confidences, elle ne pouvait se résoudre à prendre davantage de risques.

— Il semble donc, conclut-elle, que si nous voulons donner une bonne leçon à votre père, nous devrons nous assurer d'apparaître devant lui comme les fiancés les plus heureux de la planète.

— Vous avez quelque chose en tête ?

— Je crois que oui, confirma Sophie en se penchant en avant. Je pense qu'il faut préparer une petite scène.

Elle sentit un sourire étirer sa bouche. Tout à coup, elle était décidée à s'amuser, à tirer parti de cette ruse, de cette parodie de l'existence qu'elle aurait pu vivre. Elle pouvait parader devant le duc comme sa future belle-fille, même si elle ne tiendrait jamais ce rôle en vérité. Elle prit conscience qu'elle était aussi certaine de cela qu'elle l'avait été sept ans auparavant. Et quatre ans plus tôt aussi, la dernière fois qu'elle avait eu l'occasion d'envisager de devenir la marquise de Weston.

Elle s'efforça d'ignorer la petite voix qui chuchotait dans un coin de son esprit : *Et si aujourd'hui c'était possible ?*

11

Quatre ans plus tôt

Sophie n'aurait pas dit qu'un cimetière était l'endroit idéal pour entamer une liaison, mais elle supposait qu'il devait exister des lieux plus étranges pour cela. Non pas qu'elle le sache par expérience personnelle – l'un des inconvénients d'être une dame de bonne famille, la fille d'un pair du royaume, était qu'elle s'était toujours comportée de manière aussi exemplaire qu'inintéressante.

Le soleil de juin dessinait des taches d'ombre sur la pelouse du paisible cimetière, et Sophie sentait la transpiration perler sur sa nuque sous le lourd tissu noir de sa robe. Elle eut une pensée mélancolique pour l'armoire pleine de jolies tenues d'été qui ne seraient pas portées cette année, mises de côté au profit de la panoplie de robes de deuil qui avaient fait leur apparition dans son dressing quelques jours après la mort de Fitz. Cet après-midi, elle portait un chapeau et un voile particulièrement élaborés et, après avoir jeté un coup d'œil furtif autour d'elle, Sophie le souleva pour savourer un soupçon de brise sur son visage.

C'est alors qu'elle perçut un mouvement du coin de l'œil. Elle tourna vivement la tête. Son corps semblait l'avoir reconnu avant ses yeux et un frisson courut sur son dos, lui donnant la chair de poule. Même après trois ans, il avait encore cet effet sur elle.

Elle pencha la tête en arrière pour l'observer : ces yeux vifs et saisissants, ces pommettes qui semblaient avoir été taillées par un sculpteur. Il était vêtu de tout ce qu'il y avait de plus beau, un costume taillé à la perfection, des bottes cirées jusqu'à étinceler. Il s'appuya légèrement sur sa canne pour s'adresser à elle.

— Lady Fitzwilliam.

— Lord Weston.

Sa bouche se pinça légèrement lorsqu'il entendit son titre sur les lèvres de Sophie. Il lui avait dit de l'appeler West, le soir où ils s'étaient rencontrés.

— Je voulais vous présenter mes condoléances.

— Je... Oui. Je vous remercie. J'ai reçu votre message.

La note en question avait été écrite de sa propre main, son écriture immédiatement reconnaissable pour elle, même si cela faisait des années qu'elle n'avait pas reçu une lettre de sa part. Elle l'avait lue deux fois, puis l'avait soigneusement rangée dans le tiroir de son bureau où elle gardait tous les messages de condoléances qu'elle avait reçus, comme un trésor sinistre qu'elle pourrait redécouvrir chaque fois qu'elle se sentait triste.

Elle éprouvait un vague dégoût pour elle-même. Si ceci était l'effet du veuvage, elle ne pouvait pas, en toute honnêteté, souhaiter cette condition à quelqu'un d'autre. On aurait pu penser que cet état d'esprit était normal, sauf que Sophie avait vu un certain nombre de femmes qui semblaient d'une gaieté suspecte après la mort de leur mari.

Sans doute ces femmes ne gardaient-elles pas dans leur salon des tiroirs remplis de sombres souvenirs.

Pendant qu'elle était occupée par ces pensées, un silence étrange et tendu s'était installé. West – quel que soit le nom qu'elle lui donnait à haute voix, dans son esprit, il serait toujours West – avait l'air de ne pas savoir comment procéder. C'était en soi une nouveauté. Il n'avait jamais été aussi proche d'être mal à l'aise qu'en cet instant.

Enfin, il déclara :

— Je ne suis pas venu ici pour vous voir. Je ne voudrais pas vous importuner alors que vous êtes en deuil.

Elle ressentit ces mots comme une attaque, comme chaque fois que quelqu'un faisait allusion à son supposé chagrin. Pourtant, elle *était* en deuil – elle avait apprécié Fitz et ils s'étaient bien entendus, même s'il était devenu évident, un mois après leur mariage, qu'ils n'étaient vraiment pas faits l'un pour l'autre. Toutefois, bien qu'elle soit profondément désolée qu'il soit mort au combat quelques jours avant la fin de la guerre – tout cela n'était qu'un horrible gâchis –, elle n'éprouvait pas le deuil comme une épouse digne de ce nom. Peut-être même ne l'éprouvait-elle pas autant que West. Même si Fitz et lui avaient eu très peu de choses à se dire au cours des trois dernières années, ils se connaissaient depuis l'enfance et elle était certaine que son décès avait été douloureux pour West.

— Vous ne m'importunez pas, dit-elle en se forçant à rencontrer ses yeux, le laissant lire ce qu'il voulait dans les siens. J'avais simplement besoin de sortir de la maison, mais ma gouvernante a piqué une crise à l'idée que je puisse me promener en vêtements de deuil. Il m'a semblé que cet endroit était l'un des seuls acceptables, si je ne voulais pas être accusée de trop me distraire.

West observa le petit cimetière, rempli de stèles anciennes. Celle qui se trouvait devant eux était en marbre et récente. Il n'y avait pas d'autres visiteurs, simplement une collection de pierres tombales et de l'herbe parsemée de quelques fleurs sauvages.

— Je suppose qu'un cimetière est un endroit suffisamment maussade, commenta-t-il. Il y a peu de chances que vous souleviez vos jupes et dansiez la gigue sur l'une de ces tombes, après tout.

— Je suis pourtant prête à parier que la plupart des cimetières ont été témoins de telles scènes plus d'une fois, répondit-elle.

La bouche de Weston frémit, souvenir fugace de leurs conversations passées durant lesquelles elle avait toujours eu le don d'offrir la bonne repartie pour percer sa façade sévère et lui arracher un soupçon de sourire.

— Mais vous ne le ferez pas ?

La question était posée d'un ton plat, mais elle y décelait une trace d'incertitude, ce qui n'était pas caractéristique de cet homme qui semblait toujours terriblement sûr de tout. Derrière cette question, elle entendait toutes les autres non exprimées : Étiez-vous heureuse avec lui ? Regrettez-vous sa mort ?

Et puis, la plus inavouable de toutes : Regrettez-vous votre mariage ?

Et elle ne pouvait répondre à aucune d'entre elles – pas honnêtement, du moins. Pas avec une totale sincérité. Pas quand il n'y avait aucun intérêt à le faire, même maintenant.

Au lieu de cela, elle répliqua simplement :

— Non, je ne le ferai pas.

West se tourna pour regarder la pierre tombale toute simple devant eux, ses yeux suivant les mots fraîchement gravés : *Fitzwilliam Charles Bridewell, 2 février 1787 – 10 avril 1814. Fils, frère et époux bien-aimé.*

Certainement vrai sur deux points – et plutôt correct sur le troisième. Même si ce n'était pas ce que ressentait Sophie dans sa tenue noire, avec l'impression de faire la démonstration d'un chagrin qu'elle ne vivait pas pleinement.

Un silence s'installa entre eux, et elle ressentit une pointe de nostalgie pour la complicité qu'ils avaient partagée autrefois. Les mots qui tombaient, impatients et rapides, s'écrasant les uns sur les autres dans leur précipitation à sortir de sa bouche. Elle était si jeune à l'époque ; elle n'avait pas appris à être prudente, à faire attention à ce qu'elle disait – ou plutôt, elle avait *fait attention,* mais pas avec lui. Et lui qui avait appris cette leçon jeune – trop jeune – avait pourtant baissé sa garde face à elle. Cela avait fait naître en elle un sentiment de puissance, d'invincibilité, comme s'il n'y avait rien sur terre qu'elle ne puisse accomplir.

À présent, le passé était lourd entre eux, une part non négligeable de leur histoire étant centrée sur l'homme dont ils regardaient le nom gravé dans le marbre.

— Lorsque nous étions enfants, il m'a raconté qu'il lui manquait un orteil parce qu'un mouton le lui avait arraché, déclara West, rompant le silence.

C'était tellement inattendu que Sophie se mit à rire.

— Vous n'êtes pas sérieux.

— Mais si. Je me doutais qu'il mentait, mais j'ai passé des semaines à essayer de le surprendre sans ses chaussures pour pouvoir vérifier par moi-même.

Sophie lui lança un coup d'œil furtif et vit que son regard était toujours fixé sur la pierre tombale ; de profil, les angles de son visage étaient encore plus parfaitement ciselés que de face. Elle réprima un soupir. Un homme ne devrait tout simplement pas avoir le droit d'être aussi beau, pensa-t-elle.

— Et alors ?

— J'ai fini par l'attraper par surprise, et je me suis assis sur lui pour lui enlever sa chaussure et compter ses orteils.

Sophie avait du mal à imaginer que l'homme qui se tenait à côté d'elle puisse faire une telle chose – qu'il ait même pu être si jeune et si espiègle.

— Et puis, ajouta-t-il, mon père m'a pris sur le fait – Fitz était en visite à Brook Vale Park pendant les vacances – et il m'a battu. Apparemment, ce n'était pas un comportement digne d'un futur duc.

Cette phrase avait été prononcée sur un ton neutre, mais Sophie tressaillit comme si elle avait reçu un coup. Le père de West était la raison pour laquelle elle avait tant de mal à imaginer une version de lui si frivole. Si jeune. Le duc de Dovington avait fait de son mieux pour que son premier-né et héritier renonce à son insouciance le plus tôt possible, et avait ensuite continué à essayer d'orchestrer tous les détails de sa vie comme un joueur d'échecs.

Sophie le savait mieux que quiconque, après tout.

— Tout cela pour dire…, reprit West en pivotant pour lui faire face.

Le souffle de Sophie se bloqua dans sa gorge sous l'intensité de son regard.

— ... que pendant très longtemps il a été un bon ami à moi, et je suis plus désolé que je ne peux le dire qu'il soit mort.

— Merci, murmura-t-elle.

Et parce que la solitude, visiblement, ne lui convenait pas et lui avait embrouillé la tête – ou du moins c'était la seule explication qu'elle était prête à donner à la chose tout à fait inexplicable qu'elle fit alors –, elle lui prit la main.

Il se figea à son contact. Ses yeux tombèrent sur sa main.

Puis il plongea les yeux dans les siens et ne les détourna pas pendant un long, un très long moment.

Et Sophie se rappela soudain pourquoi, au cours des trois dernières années, elle ne s'était même pas autorisée à le regarder dans une salle de bal. Parce que, une fois qu'elle croisait son regard, les conséquences étaient inévitables.

*
* *

Observer une femme se brosser les cheveux n'avait jamais fait partie des fantasmes de West, mais il aurait pu contempler Sophie devant sa coiffeuse toute la nuit, pensa-t-il. Il en aurait même été très heureux.

Elle démêlait ses longues ondulations dorées, enveloppée dans une luxueuse robe de chambre qu'elle avait enfilée par-dessus sa chemise de nuit. Il détestait la voir dans sa robe noire. Il détestait savoir qu'elle porterait du noir toute une année.

Il boutonna son gilet, les yeux toujours rivés sur la main fine qui passait méthodiquement la brosse dans les cheveux qu'il avait ébouriffés de ses propres doigts moins d'une heure auparavant. Attrapant son manteau, il prit une inspiration – le manque d'assurance n'était pas un trait de caractère naturel chez lui, mais il n'avait jamais eu à demander à une femme qu'il souhaitait épouser comment il pourrait la courtiser, alors qu'elle pleurait encore le mari qu'elle lui avait préféré.

Il se contenta donc d'un simple :

— Comment voulez-vous procéder ?

La main de Sophie ralentit, et elle posa soigneusement sa brosse sur sa coiffeuse. Elle se tourna vers lui avec un regard interrogateur.

— Très discrètement, évidemment.

— Bien entendu, dit-il lentement, mais je voulais plutôt dire : allons-nous l'annoncer à qui que ce soit ? Ou attendre que votre deuil soit terminé et surprendre tout le monde ?

Elle fronça les sourcils.

— Ce n'est pas le genre de choses que j'aimerais annoncer à mes parents au cours d'un dîner un dimanche soir.

Ce fut au tour de West de froncer les sourcils.

— J'aurais pensé qu'ils seraient contents.

Sophie sembla très étonnée.

— Que leur fille, qui est veuve depuis quelques mois seulement, ait une liaison avec l'héritier célibataire d'un duché ?

West se renfrogna, ne sachant pas si elle plaisantait.

— Non, répondit-il prudemment. Que leur fille soit courtisée par l'héritier célibataire d'un duché, un homme dont elle était amoureuse à une époque, si mes souvenirs sont bons.

Il s'était efforcé d'atténuer la tension dans sa voix, ce qu'il faisait habituellement sans trop de difficultés, mais il n'y était pas tout à fait parvenu.

Sophie prit une inspiration, et aussitôt il sut qu'il n'allait pas apprécier ce qui allait suivre.

— Courtiser, répéta-t-elle. West, vous ne pouvez pas me faire la cour.

Elle agita les mains, semblant totalement perturbée tout à coup, une attitude rare de la part d'une femme qui, depuis leur première rencontre alors qu'elle n'avait que vingt ans, avait toujours fait preuve d'un sang-froid stupéfiant.

— Vous êtes veuve à présent, observa-t-il d'un ton égal tandis qu'une part sombre de lui prenait un plaisir mesquin à la voir tressaillir au mot « veuve ».

Peut-être était-ce la part de lui qui n'avait eu aucun scrupule – ou du moins, pas assez – à mettre dans son lit la veuve d'un homme qui avait été son ami alors que sa tombe était toute récente. Il pouvait ajouter cela à la liste – considérablement plus longue aujourd'hui qu'elle ne l'était quelques années plus tôt – des choses avec lesquelles il devait faire lorsqu'il se regardait dans le miroir chaque matin.

— Une fois votre période de deuil terminée, plus rien ne se dressera entre nous. À moins que…

Il s'interrompit, incapable de continuer. À moins que cela n'ait rien signifié pour elle, alors que cela comptait plus que tout pour lui, comme tout ce qui se rapportait à Sophie depuis toujours. C'était là le problème : lui qui contrôlait si soigneusement ses émotions lorsqu'il s'agissait d n'importe qui d'autre semblait curieusement incapable de le faire face à elle.

— Cela ne change rien à notre passé, fit-elle remarquer. Cela ne change rien aux raisons pour lesquelles nous ne pouvions pas nous marier à l'époque. À moins que votre père n'ait récemment changé d'avis et de philosophie ?

Les mots étaient amers, mais il ne pouvait pas lui en vouloir.

— Je vous ai déjà dit, et je le pense toujours, que l'approbation de mon père m'importe peu.

Il avait prononcé chaque mot très soigneusement, s'avançant vers elle avec une lenteur délibérée.

Elle se leva tandis qu'une rougeur montait à son cou, signe qu'elle se mettait en colère.

— Peut-être que cela n'a pas d'importance pour vous, mais cela en a beaucoup pour moi.

— Quel est le problème ? demanda-t-il, contrarié. Vos sœurs ont toutes des époux, il ne peut plus détruire leurs perspectives. Il n'y a aucune raison pour que nous ne puissions pas nous marier.

Sophie détourna le regard, une drôle d'expression sur le visage. Elle ne répondit pas à sa question, mais dit :

— Je croyais que nous avions déjà fait le tour de la question... Je croyais que nous pourrions nous montrer raisonnables ! Il est évident que nous sommes toujours...

Elle hésita brièvement, cherchant une façon délicate de décrire la façon dont l'air semblait se charger d'électricité à la seconde où ils se retrouvaient dans la même pièce. La façon dont un soupçon de son parfum suffisait à faire naître en lui le désir irrépressible de la plaquer contre le mur le plus proche – ses manières de gentleman, qui régissaient en temps normal son comportement, étant instantanément oubliées.

Il attendit, pris d'un amusement amer.

— ... attirés l'un par l'autre, compléta-t-elle prudemment en relevant le menton, mais je pensais que nous saurions nous comporter comme des adultes à ce sujet, en ayant une liaison discrète...

Il se pencha en avant.

— Je ne veux pas, et je n'ai jamais voulu avoir une *liaison* avec vous.

Elle le regarda dans les yeux, avec un air de défi.

— C'est tout ce que j'ai à vous offrir, car… nous ne pourrons jamais nous marier.

Elle avait lâché ces mots comme elle aurait jeté un gant, les joues empourprées.

Il recula d'un pas et lui tourna le dos, très lentement, pour récupérer sa cravate au montant du lit où il l'avait accrochée peu de temps auparavant.

Il la serra dans son poing. Puis il se retourna vers elle.

— Dans ce cas, je ne crois pas que nous ayons autre chose à nous dire.

Il lui fit la plus courte révérence que la courtoisie lui permettait.

— Lady Fitzwilliam.

Elle croisa les bras sur sa poitrine.

— Lord Weston.

Puis il quitta sa chambre, descendant l'escalier de service jusqu'à la cuisine, d'où il pouvait sortir à l'abri des regards indiscrets.

Ce ne fut qu'après avoir débouché dans l'impasse derrière la maison de Sophie qu'il s'autorisa un juron. Il abattit sa paume contre le mur de brique devant lui, posant brièvement le front contre son avant-bras, les yeux fermés au souvenir des mots que Sophie et lui venaient d'échanger.

Ensuite, il rouvrit les paupières, se redressa, posa son chapeau sur sa tête et se dirigea vers la rue à pas lents et mesurés pour héler un fiacre. Il était redevenu le marquis de Weston, un autre homme que celui qu'il était en compagnie de Sophie.

12

— Vous êtes sûr que votre jambe ne vous fera pas trop souffrir ? demanda Sophie pour la deuxième fois.

West secoua la tête.

— Pas plus que d'habitude.

Sophie serra les lèvres, se retenant manifestement de dire ce qu'elle avait sur le cœur. Au lieu de cela, elle se contenta de souffler :

— Cela ne répond pas à ma question.

Il lui lança un regard en biais, pesant ses mots. Rien dans les trente et une premières années de sa vie ne lui avait permis d'admettre facilement ne serait-ce qu'un soupçon de faiblesse, mais il s'agissait de Sophie. Il s'était senti à l'aise pour s'épancher auprès d'elle… une fois. Et la semaine écoulée n'avait fait que lui rappeler tout ce qui lui manquait de cette époque.

— Si nous chevauchons longtemps, ce sera douloureux plus tard, concéda-t-il, mais je peux le tolérer sur une courte distance – ce ne sera certainement pas pire que mes séances d'escrime hebdomadaires avec Hawthorne.

Il s'attendait à ce qu'elle insiste, à ce qu'elle fasse au moins une remarque désapprobatrice au sujet de l'escrime – un sport qu'aucun médecin n'aurait conseillé dans son état –, mais elle se contenta de secouer la tête.

— Très bien.

Surprenant son regard, elle ajouta :

— Si vous pensez que je vais perdre mon temps à discuter avec un homme qui considère la souffrance comme un art noble, vous devez avoir perdu la raison.

— Un *art noble ?*

Sophie acquiesça, le regard posé sur ce qui les entourait. À 17 heures, Rotten Row grouillait d'aristocrates.

— Vous avez été élevé dans l'idée que vous posséderiez un jour d'énormes richesses et responsabilités, et vous semblez avoir décidé que jouer les martyrs était le meilleur moyen d'expier les privilèges dont vous avez hérité le jour de votre naissance.

Elle ignora ses jurons indignés et salua joyeusement lady Wheezle, qui promenait l'un de ses chiens anormalement petits et qui considéra Sophie avec une légère suspicion face à cette démonstration d'enthousiasme. Son air méfiant fut vite chassé par une expression intriguée lorsqu'elle aperçut West à son côté. Il lui adressa un hochement de tête plus modéré en guise de salut lorsqu'ils passèrent devant elle.

— Que croyez-vous qu'elle fasse avec les autres chiens ? demanda-t-il à voix basse. Elle n'en promène toujours qu'un à la fois, mais elle doit en avoir une demi-douzaine.

— Comment diable pouvez-vous le savoir ? Ils se ressemblent tous ! On dirait des pommes de terre avec des perruques.

West ne put réprimer un grognement amusé, et Sophie lui jeta un regard en coin, un sourire se dessinant sur son visage.

— Ils sont de couleurs différentes, l'informa-t-il. Il y en a un noir, un beige, un blanc et un blanc cassé…

— Je ne savais pas que vous accordiez à lady Wheezle suffisamment d'attention pour pouvoir décrire ses chiens avec autant de détails. Elle est veuve, vous savez. Au cas où vous chercheriez une nouvelle *inamorata*, une fois notre supercherie terminée.

West lui lança un regard consterné.

— Elle doit avoir au moins soixante-dix ans.

Sophie ricana.

— Eh bien, elle a de l'expérience. J'aime penser que je pourrai attirer l'attention d'un jeune aristocrate fringant quand j'aurai soixante-dix ans.

— Je n'en doute pas, assura-t-il avec une sincérité totale.

Mais ces mots s'apparentaient trop à de la séduction, un terrain sur lequel il ne se sentait pas capable de s'aventurer avec elle – pas quand le fait d'être à son côté suffisait à chasser de son esprit toutes les femmes qu'il ait jamais embrassées.

Cela aurait été une charmante situation s'ils avaient été *réellement* fiancés.

— Violet et Audley, murmura Sophie, interrompant les pensées de West.

Il leva les yeux : son frère et sa belle-sœur approchaient à cheval. Violet, en particulier, avait l'air tout à fait ravie de les croiser.

— West ! Sophie ! appela-t-elle.

— Violet, répondit West. James.

— Nous étions en train de nous promener, déclara Sophie avec un sourire radieux, tandis qu'elle essayait de rapprocher son cheval de celui de West.

Il tendit une main pour la saisir par le coude et la stabiliser au moment où elle faillit perdre l'équilibre.

— C'est ce qu'il semble, dit James lentement en observant Sophie avec une certaine perplexité.

— C'est une belle journée pour une promenade, ajouta West.

Violet les dévisageait étrangement, elle aussi, mais semblait décidée à ignorer le fait que West et Sophie avaient l'air de deux personnes n'ayant jamais tenu une discussion intéressante de leur vie.

— Nous avons croisé votre père il y a quelques minutes, West, lui apprit-elle. Il était un peu en colère. Je pense que…

Elle s'interrompit avant d'ajouter délicatement :

— Je suppose qu'il n'a pas été très heureux d'être informé de vos fiançailles par courrier.

Elle semblait partagée entre la désapprobation et l'amusement.

— Je partage votre avis, répliqua West. Je ne pense pas qu'il ait été ravi, mais si je devais énumérer le nombre de choses qu'il a faites au fil des ans et que je n'ai pas appréciées, nous serions encore là à minuit. Alors j'imagine qu'il apprendra à gérer sa déception.

James, Violet et Sophie le regardaient étrangement.

— West, tu te sens bien ? demanda James, une réelle inquiétude transparaissant dans sa voix.

— *Mon chéri*, dit Sophie en souriant, je pensais que vous l'informeriez de vive voix.

— C'est ce que je comptais faire, ma…

Il s'interrompit. Il ne pourrait jamais plus prononcer devant elle le mot qui avait manqué de jaillir naturellement de sa bouche. Elle n'était pas sa chérie, ni son amour – elle n'était rien du tout pour lui, à présent. Pas en vérité, du moins. Son père y avait veillé sept ans plus tôt.

— ... pomme de terre, termina-t-il faiblement, les chiens de lady Wheezle hantant visiblement encore son esprit.

Les sourcils de James étaient si haut sur son front qu'ils touchaient presque la racine de ses cheveux.

— Pomme de terre ? répéta-t-il, comme s'il était sur le point d'appeler un médecin.

— Vous savez ce que c'est, intervint Sophie en parvenant à réprimer son sourire, malgré le frémissement révélateur de ses lèvres. Lorsqu'on retrouve un amour perdu depuis longtemps, on a l'impression de vivre une toute nouvelle histoire et les surnoms jaillissent tout seuls.

— Oui, mais pourquoi « pomme de terre » ? insista James.

— James, dois-je te rappeler que j'ai moi-même utilisé le terme « aubergine » à plusieurs reprises ces derniers temps ? intervint Violet en toute innocence. Les légumes sont vraiment le summum du romantisme.

West et Sophie clignèrent des yeux. West se pencha légèrement en avant sur sa selle pour voir si son frère rougissait comme un écolier.

— Je ne pense pas que ce soit le moment d'en parler, Violet, déclara James.

West était impressionné qu'il ait réussi à articuler en ayant la mâchoire aussi serrée.

— Quoi qu'il en soit, reprit Sophie, interrompant heureusement la tournure inquiétante que prenait la conversation, ma... pomme de terre et moi sommes très heureux. Je suis désolée d'apprendre que le duc ne partage pas notre joie. Peut-être devrions-nous aller nous entretenir avec lui ?

Elle pressa les doigts de West, un geste qui paraissait plus affectueux qu'il ne l'était, étant donné qu'elle serrait sa main si fortement qu'il craignait de la perdre à tout moment.

Violet et James semblèrent tous deux légèrement perplexes face à cette suggestion – il n'était pas fréquent qu'une personne de leur entourage annonce son intention de parler au duc de Dovington de son plein gré –, mais West pouvait difficilement leur expliquer qu'ils essayaient de mettre sous le nez de son père des fiançailles entièrement feintes. Au lieu de cela, il se contenta d'acquiescer et porta la main de Sophie à ses lèvres pour l'embrasser – ce qui, à l'évidence, était une erreur. Le baiser fut fugace, mais son odeur lui était si familière qu'il fut instantanément submergé par les souvenirs – la sensation de ses lèvres contre les siennes, le goût de sa peau, le poids de ses cheveux soyeux dans ses mains.

Il relâcha ses doigts comme s'il avait été brûlé.

Sophie ne le regarda pas, mais lança d'un ton vif :

— Eh bien, nous ferions mieux d'y aller. C'était un plaisir de vous voir !

West mit son cheval au trot, n'osant pas se retourner alors que Sophie et lui s'éloignaient. Il était prêt à parier que James et Violet les observaient avec la plus grande confusion.

— Ça s'est plutôt bien passé, commenta Sophie, la voix empreinte de sarcasme.

— C'était un entraînement, dit-il un peu raide, les yeux toujours rivés sur le chemin. Nous ferons mieux la prochaine fois, quand nous verrons mon père.

— Vous croyez ? demanda-t-elle avec scepticisme. Vous venez de m'affubler d'un surnom de légume !

— Ils m'ont pris de court !

— Si vous n'êtes même pas capable de trouver un terme affectueux crédible sans trop réfléchir, ce plan est voué à l'échec !

— Puis-je vous rappeler que c'était *votre* idée ? dit-il en tirant sur les rênes plus fort qu'il n'en avait l'intention, ce qui incita son cheval à s'arrêter en tremblant.

— Une idée que *vous* avez acceptée ! siffla-t-elle en faisant ralentir sa monture elle aussi. Si vous ne vous sentiez pas en mesure de jouer ce rôle de manière convaincante, vous auriez dû me le dire dès le départ, plutôt que de me laisser perdre du temps et de l'énergie au lieu de chercher une autre option.

— Comme si c'était agréable pour moi !

Il était de plus en plus irrité. Il prit une grande inspiration, essayant de maîtriser sa colère. Ce n'était pas une tâche qu'il jugeait habituellement difficile – au contraire, il s'était toujours enorgueilli de son sang-froid –, mais elle avait un don pour le mettre hors de lui comme personne d'autre n'arrivait à le faire.

— Personne ne vous a forcé à accepter.

— Peut-être avez-vous remarqué que j'ai de grandes difficultés à vous dire non, rétorqua-t-il.

— Comment expliquez-vous, alors, que vous n'ayez eu aucun mal à me repousser il y a quatre ans ?

Il pouvait lire sur son visage qu'elle n'avait pas eu l'intention de prononcer ces paroles, qui lui avaient échappé dans le feu de l'action. Un gentleman aurait ignoré cette remarque et tenté d'orienter la discussion sur un terrain plus stable.

Au lieu de cela, il répondit :

— Bizarre, ce n'est pas exactement la façon dont je m'en souviens. Je vous ai pratiquement demandé de m'épouser, et vous vous êtes empressée de m'exposer toutes les raisons pour lesquelles cela n'arriverait jamais.

— Des raisons que je pensais que vous comprendriez mieux à présent, étant donné que je vous les ai expliquées il n'y a pas deux jours, dit-elle en serrant les dents.

Elle avait dû enfoncer le talon dans le flanc de son cheval, car celui-ci se cabra légèrement – Sophie aurait pu le stabiliser elle-même mais, avant qu'elle en ait l'occasion, le bras de West jaillit, saisit ses rênes et ramena l'animal sous contrôle. Sous ses doigts, l'une des mains de Sophie tenait toujours les rênes. Il pouvait sentir la chaleur de sa peau à travers son gant.

Elle leva les yeux vers lui et poussa un soupir tremblant.

Ce fut à ce moment précis qu'il entendit la voix de son père qui l'appelait, moins bienvenue à cet instant qu'elle ne l'avait jamais été dans toute sa vie.

— West !

Il détacha son regard du visage de Sophie pour voir son père approcher à cheval. Le duc aimait les chevaux et il montait admirablement, sa posture aussi impeccable qu'elle devait l'être trente ans auparavant. West desserra son étreinte sur la main de Sophie à l'approche du duc, mais ne la lâcha pas.

— Père, fit-il en inclinant la tête. Je crois que vous vous souvenez de lady Fitzwilliam ?

Sophie offrit au duc un sourire serein. Elle portait un habit d'équitation vert forêt et un chapeau assorti sur ses cheveux dorés étincelants, qui étaient coiffés en une natte élaborée sur la nuque. Son dos était bien droit, et elle avait relâché sa prise sur les rênes qui reposaient délicatement entre ses mains. Elle n'était peut-être pas une cavalière née mais, en tant que fille de vicomte, on lui avait appris à monter à cheval et sa posture était irréprochable. Elle avait tout d'une future duchesse, même si West savait que cela n'avait aucune importance pour son père. Cette pensée suffit à faire enfler la colère en lui, un sentiment qu'il combattait depuis sept ans et qu'il avait de moins en moins envie d'étouffer, maintenant qu'il connaissait toute la vérité sur ce qui s'était passé.

— En effet.

Le duc observa West et Sophie tour à tour.

— J'ai été intrigué de recevoir une note de ta part, West.

— Ah oui.

Le ton de West était insouciant, bien que l'étau de ses doigts se referme de nouveau sur la main de Sophie.

— J'ai pensé que vous voudriez connaître les derniers développements, expliqua-t-il. Notre discussion de la semaine dernière m'a tellement inspiré que j'ai pensé qu'il valait mieux mettre vos conseils en pratique immédiatement.

— Je vois.

La mâchoire du duc tressautait. West commençait à apprécier ce moment et continua donc :

— Je suis certain que vous n'aviez pas *vraiment* l'intention de me menacer, mais je me suis mis à réfléchir à vos paroles et, tout à coup, j'ai pris conscience que Rosemere avait grandement besoin d'une maîtresse de maison et de rires d'enfants.

Il avait réussi à prononcer ces derniers mots sans éclater de rire. Il s'en était fallu de peu. Il n'osait pas regarder Sophie, mais il la sentit se raidir.

— Tu n'as donc pas perdu de temps pour t'occuper de cette affaire.

— Exactement.

West offrit à son père un mince sourire, que le duc ne lui rendit pas.

— Nous sommes bien sûr ravis, déclara Sophie d'un ton si mielleux que West fut surpris de ne pas voir des abeilles bourdonner autour d'elle. Ma sœur vient également de se fiancer au comte de Blackford, vous en avez peut-être entendu parler, et nous envisageons un double mariage.

Ces derniers mots furent prononcés avec tant d'enthousiasme que West s'attendait à voir des larmes briller dans ses yeux.

— Ne serait-ce pas charmant, Votre Grâce ?

Son père avait l'air d'avoir vu un fantôme.

— Ce serait… un événement, réussit-il à prononcer.

— L'événement de la saison, renchérit Sophie. Vous imaginez ? Deux des célibataires les plus convoités de la ville, considérés par toutes les mères entremetteuses comme les veaux les plus gras de la foire du comté, qui se marient enfin, et tous deux avec les filles d'un simple *vicomte*.

Elle offrit au duc un sourire forcé, et West se rendit compte que, même si elle s'amusait sans aucun doute beaucoup en cet instant, elle était aussi très, très en colère. Cette prise de conscience était un soulagement. Il voulait qu'elle soit en colère. Elle *méritait* d'être en colère. Et peut-être que si elle était dans cet état…

Cela signifiait qu'elle était toujours aussi peinée que lui par ce qui s'était passé des années plus tôt.

Elle lui avait expliqué toute l'histoire d'un ton égal, sans laisser l'émotion s'insinuer dans sa voix, comme s'il s'agissait d'un spectacle qu'elle avait vu au théâtre, les personnages n'étant que de simples acteurs sur une scène. Mais cette fine et constante pointe de rage qui perçait dans sa voix prouvait qu'elle n'était pas si indifférente.

Qu'elle tenait peut-être encore à lui, au-delà de l'attirance évidente qui crépitait entre eux comme des étincelles.

Il ne put réprimer le rapide élan d'espoir qui le traversa à cette pensée.

— C'est un récit très inspirant, lady Fitzwilliam, commenta le duc. Il ne fait aucun doute que les révolutionnaires français auraient applaudi à cette histoire de triomphe paysan.

West jeta un coup d'œil à Sophie, dont le sourire avait légèrement faibli sous l'effort qu'elle déployait pour ne pas rire, il en était presque certain.

— Pas de guillotine à l'horizon pour vous, Votre Grâce ! Quel soulagement !

Elle laissa échapper un petit rire étincelant, et West assista à la scène la plus stupéfiante à laquelle il eût jamais assisté au cours de ses trente et une années d'existence : les lèvres de son père tressaillirent, comme s'il était amusé.

Naturellement, il se maîtrisa rapidement. Mais Sophie n'en avait pas fini.

— Je suis certaine que mes parents voudront organiser un bal de fiançailles pour Alexandra et moi – il faut absolument que vous soyez là. Je suis sûre que papa sera *enchanté* de vous voir.

— Bien sûr.

Le duc observait maintenant Sophie avec circonspection, comme un homme qui serait allé au combat en pensant que son adversaire n'était armé que de couteaux et qui se retrouverait face à un canon.

— J'attendrai mon courrier chaque jour avec impatience.

Son regard se porta sur West.

— West. Tu me rejoindras pour dîner à mon club dimanche soir, comme d'habitude ?

West inclina la tête.

— Je ne voudrais pas manquer ça, père.

— Après tout, tu as été si obéissant, ces derniers temps.

Le duc rassembla ses rênes dans ses mains et les salua d'un signe de tête.

— Au revoir !

Puis il mit son cheval au trot et s'éloigna.

— J'ai vraiment apprécié ce moment, dit Sophie pensivement.

13

West adorait son frère, mais lorsque, le soir de sa rencontre avec James et Violet à Hyde Park, il se souvint qu'il avait invité James pour une soirée cartes et cognac, il ne put nier un certain sentiment d'inquiétude.

West et Hawthorne étaient déjà installés dans la bibliothèque, leurs verres à la main, quand James apparut, annoncé par Briar. Il cilla à peine à la vue de West buvant avec son valet.

— Vous savez, je pense que Briar a peut-être enfin un cheveu gris, déclara-t-il dès que la porte se fut refermée derrière le majordome, ce dernier ayant lancé un regard critique à la posture vautrée de Hawthorne – regard que Hawthorne avait bien sûr totalement ignoré.

— Il est plus âgé que moi, dit patiemment West, habitué aux plaisanteries récurrentes de ses amis sur l'âge de son majordome.

— À peine.

James s'approcha du buffet sans y être invité. Il jeta un coup d'œil à Hawthorne par-dessus son épaule et lui lança :

— Est-ce qu'il te désapprouve ?

Hawthorne haussa paresseusement les épaules en buvant une gorgée de brandy.

— Probablement. Il semble désapprouver la plupart des choses.

Un sourire rapide et discret se dessina sur son visage.

James haussa un sourcil, mais s'abstint de tout commentaire tandis qu'il traversait la pièce pour s'asseoir à côté de West, posant son verre à moitié plein sur la table de jeu. Il était parfaitement conscient des raisons pour lesquelles Hawthorne – qui avait grandi sur le domaine ducal dans le Kent, fils du maître d'écurie – avait tant souhaité fuir le village de sa jeunesse, ce qui expliquait qu'il ait sauté sur l'occasion de servir de valet à son ami d'enfance.

West, qui avait ses propres soupçons quant à la manière dont son valet et son majordome s'occupaient, ne regarda pas son frère. Tant que la maison tournait rond, il n'avait aucun motif de se plaindre.

— Violet et moi avons eu la chance d'assister à une scène tout à fait divertissante cet après-midi, lorsque nous avons rencontré West et sa fiancée sur Rotten Row.

West se racla la gorge.

— Oui. Eh bien, nous avons été ravis de vous voir.

Hawthorne et James haussèrent les sourcils.

— C'était une belle journée pour se promener, ajouta West, ne faisant que renforcer la perplexité des deux autres. J'ai peut-être eu une insolation, suggéra-t-il faiblement.

— Cela expliquerait en grande partie la situation, acquiesça James joyeusement.

Hawthorne affichait un air contrarié.

— Qu'est-ce que j'ai bien pu manquer, pendant que je passais mon après-midi à cirer les bottes d'équitation de Sa Seigneurie ?

— Je portais mes bottes d'équitation cet après-midi, lui fit remarquer West d'un ton sévère. Et ne crois pas que je n'ai pas remarqué que ma veste de ce soir n'a pas été repassée.

— Inacceptable, admit Hawthorne en s'inclinant sur son siège avec l'insouciance d'un homme qui sait que son employeur est aussi l'un de ses meilleurs amis.

Le père de West désapprouvait cet arrangement depuis le début et, dans des moments comme celui-ci, West aurait presque pensé qu'il n'avait pas tort.

Presque.

— West et lady Fitzwilliam sont allés faire un tour dans le parc et ont donné une représentation très convaincante de deux enfants imitant la façon dont un couple de fiancés devrait se comporter, expliqua James à l'intention de Hawthorne.

Hawthorne fixa son regard brun foncé sur West.

— Fascinant.

Il étira le mot en allongeant à l'excès chacune des syllabes.

— N'est-ce pas ? approuva James. Violet et moi en avons discuté, et elle n'a pas pu s'empêcher de remarquer que quelque chose semblait décidément étrange.

— Elle t'a donc ordonné de m'interroger ? en conclut West.

— Pas en autant de mots.

James but une gorgée de sa boisson et s'installa plus confortablement dans son fauteuil.

— Elle m'a simplement incité à profiter de l'invitation que mon frère bien-aimé m'avait déjà faite pour mener une enquête… subtile.

— Si c'est là ton idée d'une enquête subtile, tu as un bel avenir en tant que détective privé, déclara West d'un ton sombre.

James affichait un sourire satisfait.

— C'est pourquoi je préfère opter pour une autre solution : que diable se passe-t-il entre Sophie et toi ?

— C'est exactement la question que je me pose, renchérit Hawthorne en levant son verre pour porter un toast.

Il adopta un air d'innocence angélique.

— Mais, naturellement, je n'aurais jamais la prétention de mettre en cause les affaires personnelles de Sa Seigneurie.

— Ah oui ? s'enquit West. Quand as-tu opéré cet admirable changement de politique, Hawthorne ?

James laissa échapper un petit rire, et Hawthorne offrit à West un sourire insolent. West posa les coudes sur la table de jeu, se frottant les tempes. Était-ce le début d'une migraine ? Ou un simple effet secondaire de s'être retrouvé à devoir mimer l'affection d'un futur époux pour sa fausse fiancée devant sa famille et ses amis ?

Malgré ses efforts pour paraître de mauvaise humeur, il n'y arrivait pas. Et puis, il prenait soudain conscience qu'il avait désespérément envie de se confier à quelqu'un. Il n'avait pas mesuré à quel point cette supercherie pourrait devenir un fardeau.

Il ouvrit la bouche, puis la referma, réfléchissant à la meilleure façon d'expliquer l'imbroglio dans lequel il se trouvait. Il opta alors pour la vérité.

— Sophie m'a demandé de feindre des fiançailles pour que sa sœur accepte d'épouser Blackford.

Manifestement, James et Hawthorne ne s'attendaient pas à cela. Ils affichaient la même expression de stupéfaction.

Finalement, James lança un juron.

— Violet va être d'une suffisance insupportable.

— Elle savait ?

— Pas dans les détails.

James fit un geste dédaigneux de la main.

— Mais elle était convaincue que quelque chose clochait.

— Eh bien, tu peux rentrer chez toi et féliciter Violet d'être une fine observatrice de la nature humaine.

James prit un air consterné.

— Je ne ferai rien de tel. Cela l'encouragerait. Oh, je ne lui mentirai pas, ajouta-t-il en voyant le regard sévère de West, mais je ne vais certainement pas la féliciter. J'aurai déjà fort à faire à l'empêcher d'échafauder un plan détraqué pour que Sophie et toi finissiez par vous marier malgré tout.

— Sophie a dit à père que nous allions organiser un double mariage, déclara West. Nous verrons si son désir de l'obliger à assister à la cérémonie l'emporte sur son souhait de ne jamais, sous aucun prétexte, m'épouser.

Hawthorne fronça les sourcils.

— Elle t'a dit ça ?

— Elle m'a dit cela explicitement la dernière fois que nous en avons discuté, il y a quatre ans. Et elle ne m'a donné aucune raison de croire que ses sentiments ont changé entre-temps.

James faillit tomber de sa chaise.

— Tu as demandé à Sophie de t'épouser il y a seulement quatre ans ?

West se renfrogna. Il désapprouvait un tel usage de l'emphase, à la limite de l'hystérie.

— Nos chemins se sont croisés peu après la mort de son époux. Nous avons... parlé, indiqua-t-il avec précaution.

James et Hawthorne, qui n'étaient pas dupes, comprirent immédiatement qu'ils n'avaient pas fait que se parler. Ils haussèrent de nouveau les sourcils à l'unisson, mais West les ignora.

— J'ai bêtement pensé que son statut de veuve nous laissait la voie libre pour nous marier, une fois qu'elle ne serait plus en deuil. Elle n'était pas de cet avis.

Un silence s'installa, comme si les deux autres attendaient la suite. West regarda son frère et son valet, qui le considéraient tous deux avec une vive attention.

— Quoi ? lâcha-t-il, sur la défensive.

— C'est *tout* ?

James semblait abasourdi – ce qui n'était pas peu dire, car son frère n'avait pas l'habitude d'exprimer des émotions fortes. Ils avaient, sur ce point, tous les deux été bien instruits par leur père.

— Je crois que lorsqu'une dame vous indique clairement qu'elle ne vous épousera jamais, vous n'avez plus qu'à vous retirer, comme tout bon gentleman qui se respecte.

— West, reprit James patiemment, t'a-t-elle dit pourquoi elle ne t'épouserait jamais ?

— Nous ne sommes pas allés aussi loin dans la conversation.

— Bien sûr que non, marmonna James. Est-ce une malédiction familiale ? Est-ce que l'un de nos ancêtres a offensé une sorcière il y a plusieurs générations ? L'incapacité à communiquer semble être une tare étrangement développée au sein de notre lignée.

Cela n'amusa pas West.

— Je crois que je te préférais avant que tu te réconcilies avec Violet, observa-t-il d'un ton sombre. Tu ne plaisantais jamais, à l'époque.

— Pour l'amour de Dieu ! Tu es amoureux de Sophie depuis des années, et tu n'as même pas pensé à lui demander *pourquoi* elle était déterminée à ne pas t'épouser ?

— Cela n'a pas d'importance, puisque je le sais maintenant, répondit West froidement. Je pensais avoir compris toute la portée des choses à l'époque, mais il se trouve que j'avais tort.

Il informa James et Hawthorne, le plus lapidairement possible, de l'intervention du duc, d'abord menaçant à l'endroit de Maria, puis le menaçant, lui.

— Eh bien, commenta Hawthorne, je ne peux pas dire que je la blâme. Es-tu certain d'en valoir la chandelle ?

West lui lança un regard noir.

— Elle est proche de sa famille et ils ont été très gentils avec moi. Je ne pense pas qu'elle puisse envisager de m'épouser si cela implique que je coupe définitivement les ponts avec mon père, que je perde Rosemere… et je ne sais pas comment lui faire comprendre qu'elle vaut plus que tout cela à mes yeux.

— Eh bien, dit James, je ne sais pas si je suis en position de donner des conseils en amour, étant donné, euh… les événements récents.

West lutta contre l'envie de sourire.

— Mais il me semble que cette supercherie dans laquelle tu t'es empêtré est une occasion parfaite.

West fronça les sourcils.

— Qu'est-ce que tu veux dire ?

— Tout le monde pense que vous êtes fiancés. Vous allez donc devoir passer beaucoup de temps ensemble. C'est l'occasion rêvée de lui faire la cour et de la convaincre que cela en vaut la peine. Que *tu* en vaux la peine. Que *tu* peux être sa famille, même si père ne l'accepte pas.

— Je veux qu'elle ait envie de m'épouser, James. Je ne souhaite pas la presser pour qu'elle accepte.

— Alors, ne le fais pas. Fais-lui simplement comprendre qu'elle compte pour toi plus que tout sur terre – parce que c'est le cas, n'est-ce pas ?

Il marqua une pause et se tourna vers West. Ce qu'il vit sur son visage sembla répondre à sa question, et West eut soudain la sensation d'être percé à jour.

— Ou alors..., intervint Hawthorne avec une voix lente.

West réprima un soupir. Il n'était pas habitué à se retrouver dans le rôle de l'homme recevant des conseils romantiques de ses amis, et cette position ne lui plaisait pas.

— ... tu pourrais lui poser la question.

— As-tu écouté pendant les dix dernières minutes ? demanda West, irrité. Je lui ai demandé sa main – ou presque – et elle m'a opposé un refus sans équivoque.

— Je ne parlais pas de l'épouser, pour l'amour de Dieu.

C'était au tour de Hawthorne de paraître vaguement exaspéré.

— Vous, les rupins, et votre fixation sur le mariage, c'est malsain.

West n'avait rien à répondre à cela, considérant que Hawthorne avait ses propres raisons, très valables, d'être sceptique à l'égard de l'institution du mariage et des règles qui l'entouraient.

— Je voulais dire que si, la dernière fois, elle a eu l'impression que tu ne prenais pas ses inquiétudes au sérieux... peut-être que, cette fois, tu devrais lui demander comment faire pour que ça fonctionne entre vous. Une liaison, un mariage, tout ce que vous voulez. Tu pourrais être son partenaire, plutôt que son protecteur. Trouvez une solution ensemble.

Hawthorne plongea dans le silence, semblant un peu gêné d'avoir prononcé ce petit discours, d'une sincérité qui ne lui ressemblait pas.

James, quant à lui, avait l'air impressionné.

— Quand les valets sont-ils devenus si sages ?

— Quand ils ont dû passer leur temps à apprendre à faire des nœuds de cravate, ce qui leur a laissé beaucoup d'énergie mentale inutilisée à dépenser, rétorqua Hawthorne.

— J'y penserai, merci, dit West, se sentant étrangement étourdi.

C'était une sensation nouvelle pour lui. Dans la position qu'il occupait, il était habitué à ce que les autres se tournent vers lui pour obtenir des conseils, et au poids des responsabilités qu'il portait sur ses épaules depuis le plus jeune âge. Il passait des heures dans son bureau chaque semaine, à trier du courrier provenant de gens qui étaient convaincus que seul le marquis de Weston était capable de résoudre leurs problèmes. Et cela ne ferait qu'empirer quand son père mourrait et qu'il hériterait du titre. Il y aurait des votes au Parlement, un portefeuille vertigineux de propriétés ducales à gérer et une multitude d'hommes d'importance qui rechercherait son opinion. Cela ne l'avait jamais intimidé. C'était son droit de naissance.

Mais *ça* ? Chercher à convaincre Sophie, une fois pour toutes, qu'elle pouvait miser sur lui, qu'il valait bien tous les désagréments que son père leur infligerait s'ils se mariaient ? Essayer de construire un avenir pour eux, plutôt que pleurer la vie qu'ils n'avaient pas partagée ces sept dernières années ? Cette tâche lui paraissait plus intimidante que toutes celles qu'il avait connues jusqu'à présent.

Il aurait voulu que David soit là. Son ami lui manquait souvent, même si, au fil des ans, il s'était habitué à son absence et ne se retournait plus plusieurs fois par jour pour le chercher par-dessus son épaule. David, malgré toute son insouciance, son comportement rebelle, son refus de prendre quoi que ce soit au sérieux, avait une capacité d'écoute hors du commun – et il lisait parfaitement en West, d'une manière dont les autres étaient souvent incapables. Pour la plupart des gens, West était l'héritier d'un duc, sévère et puissant, un homme à admirer ; pour David, il était le garçon qu'il avait rencontré à l'âge de dix ans et qui avait horreur des grenouilles – en particulier lorsqu'elles étaient cachées dans ses bottes. David n'avait jamais hésité à le remettre à sa place quand il le méritait, et à lui dire quand il commettait une erreur.

Il donnerait n'importe quoi pour avoir un ami comme celui-là à ses côtés en cet instant. James et Hawthorne étaient plus proches de lui que n'importe qui au monde, mais il restait le frère aîné de l'un et l'employeur de l'autre. Avec David, il avait été presque un égal – et son ami n'avait jamais été le moins du monde impressionné par lui.

Mais David n'était pas là, et c'était un poids qui pèserait sur ses épaules jusqu'à la fin de sa vie.

— Te sens-tu maussade et abattu à propos de quelque chose ?

La voix de Hawthorne fit irruption dans ses pensées.

— C'est le cas, confirma James. Je m'en aperçois toujours. Il prend son expression tragique de duc résigné.

West cilla.

— Je te demande pardon ?

— C'est comme ça que Violet l'appelle, expliqua James en ayant la grâce de prendre un air penaud. Il semble que tu aies déteint sur moi. Ce n'est pas une mauvaise description, tu sais.

West réfléchit à ces mots. Il envisagea la satisfaction qu'il éprouverait en lançant un vase à la tête de son frère, et imagina l'agitation de Briar s'il devait nettoyer les taches de sang sur le tapis d'Aubusson.

Au lieu de cela, il dit, d'une voix tout à fait agréable :

— James ?

— Oui ?

— S'il te plaît, va-t'en !

14

Sophie se trouvait à la bibliothèque de Hookham, écoutant d'une oreille distraite Violet et Jane qui débattaient depuis plusieurs minutes des mérites de deux volumes de poésie entre lesquels Violet hésitait, quand elle entendit son nom prononcé par la voix qu'elle appréciait le moins dans tout Londres.

Probablement dans toute l'Angleterre, même. Voire le monde entier. Mais Sophie n'ayant jamais quitté le pays, cela ne faisait aucune différence pour elle.

— Lady Fitzwilliam.

Elle se retourna et découvrit que son ouïe ne l'avait pas trompée : le duc de Dovington se tenait à quelques mètres de là, l'observant avec un mélange d'hostilité et de curiosité. Soudain, Sophie fut très consciente de sa propre apparence et heureuse de porter une nouvelle robe de soie bleu ciel brodée de petites fleurs blanches – pas très formelle, car cela n'avait pas semblé nécessaire pour une simple sortie à la bibliothèque, mais elle avait enfilé une paire de gants, et les rubans de son chapeau étaient assortis à sa robe. Dans l'ensemble, elle estimait qu'elle était parfaitement présentable. Même aux yeux d'un duc.

Même aux yeux de *ce* duc.

Elle serra les dents et fit une révérence. Violet, devinant son trouble, pivota et blêmit légèrement à la vue de son beau-père. Elle et Jane firent également la révérence, même si Sophie nota avec un certain amusement que celle de Violet était un peu moins étudiée qu'elle n'aurait dû l'être.

Le duc salua sa belle-fille d'un bref signe.

— Lady James.

— Avez-vous déjà rencontré lady Penvale, Votre Grâce ? s'enquit Sophie. Elle vient d'arriver en ville.

— Je n'ai pas eu ce plaisir, répondit le duc en inclinant légèrement la tête en direction de Jane. Meilleurs vœux pour votre mariage.

Cette phrase n'était pas très chaleureuse, mais elle était un peu moins dédaigneuse que ce à quoi Sophie aurait pu s'attendre, étant donné que la famille de Jane avait des origines bien plus modestes que celles de son mari – ou même que celles de Sophie, d'ailleurs. Néanmoins, Jane n'avait pas eu l'audace de vouloir épouser l'un des fils du duc. Il pouvait donc se permettre d'être poli avec elle.

— Merci, dit Jane d'une voix faible, semblant tout à fait intimidée de parler à un duc.

Sophie savait que la jeune femme se sentait un peu comme un poisson hors de l'eau dans le cercle socialement plus élevé de Penvale. Cette scène n'aidait certainement pas à la mettre à l'aise, mais qui aurait pu s'attendre à tomber sur un duc dans une bibliothèque publique ? N'avait-il pas des domestiques pour aller chercher les livres à sa place ? Ne pouvait-il pas acheter tous les livres qu'il voulait ?

Cette pensée s'insinua dans l'esprit de Sophie en même temps qu'un soudain élan de suspicion. La présence du duc ici était étrange. Espérait-il la croiser ? Cette coïncidence paraissait trop saugrenue et improbable pour être vraie. Quelle chance y avait-il pour qu'il décide de venir ici, précisément à l'heure où elle s'y trouvait ?

— Lady Fitzwilliam, auriez-vous l'amabilité de m'accorder un moment... peut-être à l'extérieur ? demanda le duc.

Sophie et Violet échangèrent un regard surpris. Sophie ne doutait pas que, si elle répondait qu'elle n'avait aucune envie de converser avec le duc, Violet l'entraînerait hors de la bibliothèque sans un mot de plus, mais elle pensait qu'il valait mieux écouter ce qu'il avait à dire. Malgré elle, elle était curieuse.

— Certainement.

Elle confia à Violet les livres qu'elle tenait dans ses mains – deux romans gothiques que Jane lui avait recommandés avec enthousiasme – et suivit le duc à travers les rayons sinueux de Hookham, puis à l'extérieur, sous le soleil éclatant de juin. Le duc fit un signe de tête en direction de l'impressionnante voiture arrêtée devant eux sur Bond Street, l'écusson ducal bien en évidence sur la portière.

— Nous aurons plus d'intimité à l'intérieur.

Sophie eut l'idée fugace que West serait furieux si son père enlevait sa prétendue fiancée, mais elle ne put y réfléchir davantage. Un valet de pied au costume impeccable la fit monter dans la calèche, le duc sur ses talons. Il referma brusquement la portière, et Sophie s'installa en face de lui. Le silence s'étira. Elle s'efforça de ne pas prêter attention au confort exceptionnel qu'offrait la banquette rembourrée de la voiture. Le carrosse de West était le plus luxueux dans lequel elle fût jamais montée, mais celui de son père était d'un autre niveau, comme s'il avait été spécialement conçu pour les ducs. Ce pourrait bien être le cas, pensa-t-elle avec amusement. Après tout, quand on avait des poches aussi profondes que celles du duc de Dovington, il n'y avait pas grand-chose hors de portée.

— Je ne saurais dire à quel point je suis surpris de me retrouver, une fois de plus, à envisager la possibilité que vous deveniez l'épouse de mon fils, déclara le duc au bout d'un moment.

Il regardait fixement Sophie. Ses fils lui ressemblaient beaucoup, bien que ses yeux soient bruns et non verts. Elle se demanda s'ils tenaient leurs yeux de leur mère et prit conscience qu'elle n'avait jamais vu de portrait de la défunte duchesse.

— Et vous avez décidé de me présenter personnellement vos félicitations ? demanda-t-elle doucement, feignant une surprise innocente. C'est très gentil de votre part, Votre Grâce, d'autant que nous nous sommes croisés au parc il y a peu de temps.

La bouche du duc resta figée, mais les rides aux coins de ses yeux se creusèrent légèrement, indiquant qu'il était peut-être – et seulement peut-être – amusé.

— Quelque chose de ce goût-là, rétorqua-t-il, pincé. J'ose espérer que votre mémoire ne commence pas à vous faire défaut à seulement... Quel âge avez-vous, précisément ?

— Je suis choquée que vous ayez réussi à convaincre une femme de vous épouser, si vous avez pour habitude de demander leur âge aux dames que vous croisez, observa-t-elle.

— Mon titre contribue grandement à adoucir mes manières aux yeux des femmes.

Sophie eut envie de lever les yeux au ciel. Cet homme n'avait aucune aspérité : tout chez lui était lisse. Né dans les plus hautes sphères de la société, il n'avait jamais, pas un seul instant, remis en question les droits que lui conférait sa naissance. Voilà pourquoi il s'était senti parfaitement autorisé à empêcher le mariage de l'un de ses fils et à arranger l'union de l'autre – à l'insu, du moins au début, des intéressés. Il régissait le monde, *son* monde, comme un joueur d'échecs, et disposait les pions autour de lui jusqu'à ce que tout s'aligne comme il le souhaitait.

— Je suis plus jeune que vos fils, dit-elle d'un ton ferme. Où voulez-vous en venir ?

— Dans ce cas, je ne peux imaginer que vous ayez oublié la conversation que nous avons eu l'occasion de partager, un matin il y a sept ans.

Sophie inspira profondément. Le duc tentait d'attiser sa colère, mais elle était déterminée à garder son calme. Elle ne se souciait pas de ce qu'il pensait d'elle – elle savait que sa famille était trop commune à ses yeux et que, pour lui, la fille d'un vicomte dont le titre était aussi récent ne pouvait convenir à l'héritier d'une lignée aussi ancienne et prestigieuse. Elle n'était absolument pas gênée par ce fait, mais elle était farouchement déterminée à ne pas rendre la vie de West et sa relation avec son père plus difficiles qu'elles ne l'étaient déjà. Elle ne recherchait pas l'approbation du duc pour elle-même, mais pour lui.

— Votre fils est un adulte parfaitement capable de prendre ses propres décisions, déclara-t-elle. Si vous avez un problème avec l'épouse qu'il a choisie, je vous suggère d'en discuter avec lui.

— J'ai essayé de le faire, il y a des années, mais mon avis ne l'intéressait pas. Il était jeune et idiot. Il n'avait pas les idées claires.

— Il a trente et un ans à présent, fit-elle remarquer en examinant ses gants, feignant une aisance qu'elle ne ressentait pas du tout. Peut-être sera-t-il plus ouvert à vos réflexions.

Le grommellement sceptique qu'émit le duc lui indiqua à quel point il trouvait cette hypothèse improbable.

— Il est particulièrement têtu en ce qui vous concerne, confia-t-il avec l'air d'être vaguement contrarié par cette incompréhensible faiblesse de la part de son fils. Je ne crois pas qu'il écoutera la voix de la raison. C'est pourquoi je me tourne vers vous, dans l'espoir que vous l'entendrez.

Son ton se fit plus vif.

— La promesse que je vous ai faite il y a sept ans tient toujours : si vous épousez mon fils, dès le lendemain du mariage, je serai dans le bureau de mon notaire pour organiser la vente de Rosemere.

— Vous seriez donc prêt à le rendre malheureux, uniquement pour le punir d'avoir ignoré vos souhaits ?

— Il n'y a rien que je ne ferais pour protéger ma famille, lady Fitzwilliam.

Il leva sa canne - une canne qui, contrairement à celle de West, était purement ornementale - et tapa le toit de la voiture. Un instant plus tard, un valet de pied ouvrit la portière.

— Merci pour le temps que vous m'avait accordé, ajouta le duc en désignant la sortie du menton, lui signifiant qu'elle pouvait disposer. J'espère vous avoir donné matière à réflexion.

Sophie serra les dents et lui offrit son plus charmant sourire.

— C'est toujours très agréable de passer du temps en famille... *beau-papa*.

Elle prit son temps pour sortir du carrosse, afin de savourer l'expression d'horreur qui s'était dessinée sur le visage du duc, puis elle se dirigea lentement vers la bibliothèque pour rejoindre ses amies. Elle trouva Violet et Jane engagées dans une discussion à voix basse, qu'elles interrompirent dès qu'elles l'aperçurent, leurs visages exprimant le soulagement.

— Tout va bien ? demanda Sophie avec prudence.

— Nous étions en train de débattre de la nécessité de prendre d'assaut le carrosse du duc pour vous libérer, expliqua Violet d'un air sérieux. En toute sincérité, je pense que cela l'aurait amené à me renier définitivement, et je ne peux pas vous dire à quel point cela me ferait plaisir.

— Aucun assaut ne sera nécessaire, dit Sophie en agitant les mains. Il voulait simplement discuter de mes fiançailles.

— Vous m'en direz tant ! commenta Violet avec une nuance sinistre dans la voix.

Elle connaissait toutes les façons dont le duc de Dovington pouvait faire de la vie de ses fils un calvaire.

— Vous n'allez pas vous laisser impressionner par lui, n'est-ce pas ? enchaîna-t-elle avec une lueur malicieuse dans les yeux, que Sophie ne sut trop comment interpréter.

— Bien sûr que non, la rassura-t-elle un peu négligemment, distraite par une colère inhabituelle qui se frayait lentement un chemin en elle.

Comment cet homme *osait-il* la menacer une fois de plus – et menacer West ? Elle imagina l'expression de son visage, assis au fond d'une église, tandis qu'ils échangeraient leurs vœux de mariage, et cette scène lui plut beaucoup.

C'était exagéré, étant donné qu'elle n'allait pas vraiment épouser West – et cela lui semblait bien trop dangereux à envisager, un peu comme Icare volant trop près du soleil. En vérité, prit-elle conscience précipitamment, la perspective d'épouser West, de l'aimer, de lui confier son cœur, de risquer un nouveau chagrin d'amour pour lui… la terrifiait.

Et elle détestait cela. Elle se sentait même plutôt… honteuse.

Elle, qui avait été si contrariée de constater que West laissait son père gouverner son comportement, éprouvait soudain des doutes. Parce que sa propre attitude était régie par la peur, et elle ne trouvait pas cela admirable non plus.

Et elle ne savait pas comment y remédier, ni pour l'un ni pour l'autre.

Elle poussa un soupir de dépit et sourit à Violet et à Jane.

— Alors, empruntons-nous ces livres ?

Si l'une des deux trouva ce changement de sujet étrange, elle n'en dit mot, et elles se tournèrent vers le comptoir. Sophie les suivit, ses pensées se bousculant dans son esprit.

15

— Je pense que si son corsage était plus bas d'un centimètre, il faudrait que je vous couvre les yeux, dit Penvale à Jane.

Sophie balaya la pièce du regard, se demandant à qui il faisait allusion, mais après seulement une fraction de seconde, elle repéra la coupable la plus probable : une dame dont le décolleté était si aventureux qu'il défiait les lois de la gravité. Elle se mordit la lèvre pour ne pas sourire.

— Pourquoi devriez-vous me couvrir les yeux ? demanda Jane à son mari d'un air narquois. De nous deux, c'est *moi* qui possède l'anatomie qui serait exposée. C'est peut-être votre pudeur virginale que je devrais protéger.

— Virginale ? objecta Penvale. Si ma mémoire est bonne…

— Je vois que les tentatives de Belfry pour rendre son théâtre plus décent n'ont été que partiellement couronnées de succès, commenta précipitamment West, parvenant à éviter la conclusion inconvenante de Penvale, bien que cela ne dissipe en rien les regards brûlants que les époux échangeaient – ces flammes étant dues à l'irritation, mais pas seulement.

— Je ne crois pas qu'il soit intéressé par l'idée de le rendre plus décent, observa Sophie pensivement, permettant à West de prendre son coude et de l'éloigner d'un comte qui s'agitait, ivre, au bras d'un autre gentleman.

La façon possessive dont celui-ci tenait son compagnon lui fit penser qu'il ne s'agissait pas simplement du comportement d'un homme qui veillait à ce que son ami éméché ne tombe pas. Elle n'eut cependant pas le temps d'y réfléchir davantage, car ils étaient arrivés à la loge privée de Belfry – la meilleure du théâtre, naturellement – où ils furent accueillis par plusieurs amis.

— Je vois que nous sommes les derniers, s'enthousiasma Sophie en resserrant son étreinte sur le bras de West, tout en souriant aux couples assemblés.

Alexandra, très jolie dans une robe de satin champagne à col carré, se tenait assez près de Blackford pour qu'il ait une vue dégagée sur son décolleté – une vue dont il profitait pleinement, si l'on en jugeait par son regard constamment baissé. Ils étaient en pleine conversation avec Violet et James, et s'étaient interrompus dès que Sophie et West étaient entrés dans la loge. Diana et Jeremy, Emily et Belfry, ainsi que Harriet et son mari, George Lancashire, étaient également présents.

— Je croyais que Betsy venait aussi ? dit Sophie à sa sœur tandis que celle-ci venait déposer un rapide baiser sur sa joue.

— Elle devait venir, confirma Harriet, mais de toute évidence, elle se sent mal aujourd'hui.

Elle grimaça.

— Avoir un bébé n'est pas toujours une expérience agréable, tu sais.

— Sauf sur un point, intervint Belfry en s'approchant, Emily à son bras.

Sa femme lui donna un coup de coude dans les côtes, rougissant à vue d'œil. Elle commençait à s'arrondir, constata Sophie, même si Emily avait encore quelques mois devant elle avant d'accoucher.

— Comment se passe l'organisation du mariage ? s'enquit la jeune femme, le visage toujours aussi rose.

Son mari passa un bras autour de sa taille et déposa un baiser au sommet de son crâne.

— Il serait préférable qu'on me laisse prendre les choses en main, déclara Harriet avant que Sophie ou West aient pu prononcer un mot.

— Je ne vois absolument rien qui pourrait t'empêcher de tout organiser, dit Sophie.

Le mariage de Harriet, deux ans plus tôt, avait été un véritable spectacle.

— Moi non plus, confirma Harriet, sourde au sarcasme de Sophie. Surtout qu'il s'agit d'un double mariage ! Il faut fixer une date, envoyer les invitations…

— Oh ! s'exclama Emily en joignant les mains devant elle. Un double mariage ! Comme c'est charmant ! J'espère qu'il n'aura pas lieu trop tard dans l'été, sinon je ne pourrai pas y assister.

Elle désigna son ventre.

— Le bébé n'est-il pas prévu pour le mois d'octobre ? demanda Sophie en fronçant les sourcils.

— Si, confirma lentement Emily, mais on ne sait jamais ! Il pourrait se mettre en tête de faire une apparition précoce et de tout chambouler – cela ne m'étonnerait pas, vu le père qu'il a, ajouta-t-elle en lançant un regard à la fois exaspéré et affectueux à son époux, qui afficha un air impénitent.

Il la tenait toujours par la taille.

— Eh bien, reprit Sophie, je suis certaine que cela ne posera pas de problème…

— Vous allez donc vous marier cet été ? la coupa Emily d'un ton excité, sa fugace inquiétude de future mère aussitôt envolée. Au début de l'été ?

— Je… En fait…

Sophie tourna un regard impuissant vers West, qu'elle tenait toujours par le bras.

— Nous n'avons pas encore décidé d'une date…

— Ce qui est normal, convint Harriet d'une voix raisonnable. Il faut demander l'avis d'Alexandra et Blackford.

Elle se retourna.

— Alex !

Elle fit un signe de la main, et Alexandra fut à son côté en quelques secondes.

— Nous parlions de votre mariage ! Il serait plus facile de l'organiser décemment si vous fixiez une date.

Alexandra observa Sophie, qui tenta de faire passer un message à sa sœur par un simple regard : *Je t'en prie, mets un terme à cette folie.*

— Tu as parfaitement raison ! répondit Alexandra.

Elle devrait probablement revoir sa façon de communiquer en pensée avec ses sœurs, songea Sophie. De toute évidence, cela ne fonctionnait plus aussi bien qu'avant.

— Blackford et moi…

Alexandra se tourna avec enthousiasme vers son fiancé, qui sembla momentanément aveuglé par son regard.

— … ne souhaitons pas trop tarder. N'est-ce pas, chéri ?

— Je me procurerai une licence spéciale demain, si vous voulez, répliqua-t-il en couvant sa fiancée d'un œil affectueux.

— Ah non, protesta Alexandra. Nous devons avoir un vrai mariage ! Dois-je envoyer un mot au recteur de St George demain, pour demander une date en… oh, je ne sais pas… disons début juillet ?

— Début juillet, répéta Sophie en dévisageant West, de plus en plus désespérée.

Lui, au moins, ne sembla avoir aucune difficulté à déchiffrer le message.

— C'est un peu… tôt, fit-il.

— C'est précisément le but ! Pourquoi attendre plus longtemps que nécessaire pour être heureux et avoir de nombreux enfants ?

— Quoi ? bafouilla Sophie.

— Comme dans les contes de fées, expliqua sa sœur. Nous nous éloignerons vers le soleil couchant sur le dos d'un cheval blanc… Mon chéri, possédez-vous un cheval blanc ? s'enquit Alexandra.

Comme son fiancé secouait la tête, elle ajouta :

— Eh bien, si vous pouviez faire en sorte d'en acquérir un dans le mois qui vient – et vous aussi, West –, ce serait très appréciable.

— Tu veux que nous quittions l'église à cheval ? demanda Sophie, de plus en plus inquiète.

— Pas n'importe quel cheval ! Un cheval blanc, précisa Alexandra. C'est tellement plus romantique ! Nous serons telles des princesses sauvées par de preux chevaliers en armure étincelante.

— Comme c'est charmant, marmonna Sophie en se demandant si sa sœur avait perdu la raison.

— Je suis heureuse que tu partages mon avis, dit Alexandra.

À ce moment-là, l'orchestre commença à s'accorder, ce qui fut une bénédiction à plus d'un titre.

Non seulement cela empêcha Alexandra de débiter d'autres détails épouvantables sur sa vision de leur double mariage, mais cela évita également à Sophie d'avoir à contenir une expression d'horreur pure et simple. Elle s'assit avec soulagement, choisissant stratégiquement un siège aussi éloigné que possible de ses deux sœurs, à l'autre bout de la loge, où elle et West pourraient avoir un échange à voix basse.

Dès que la musique débuta, elle en profita pour se tourner vers West, qui avait les yeux rivés sur la scène et arborait une expression de neutralité si étudiée qu'elle était certaine qu'il gémissait intérieurement.

— Qu'allons-nous faire ? siffla-t-elle en surveillant Diana et Jeremy, qui étaient plus occupés à se lancer des regards aguicheurs qu'à prêter la moindre attention à leurs compagnons.

— Je dois aller chez Tattersall. Il semblerait que j'ai besoin d'un nouveau cheval.

— Vous n'achèterez pas de cheval blanc, West ! Nous *n'allons pas* nous marier !

— C'est vrai, dit-il, un peu acerbe. Je vous remercie infiniment de me le rappeler. Au cas où je l'aurais oublié.

Sa voix semblait un peu tendue. Elle décida de ne pas en tenir compte.

— Comment allons-nous nous en sortir ? Nous ne pouvons pas renoncer à notre supercherie tant qu'Alexandra et Blackford ne sont pas mariés, mais comment se marieront-ils sans que nous échangions nous-mêmes nos vœux ?

— Je vous rappelle que c'était *votre* idée, fit-il remarquer dans un murmure. N'avez-vous pas pensé à une telle complication en élaborant ce plan ?

— Ai-je imaginé que ma sœur, jusque-là rationnelle, puisse perdre complètement la tête et insister pour organiser un double mariage tout droit sorti d'un rêve délirant ? Non, je ne l'ai pas envisagé.

— Voulez-vous que je prenne mon phaéton ? demanda-t-il poliment. Que je simule un nouvel accident ? Cela a suffi à empêcher notre mariage une fois, après tout.

Et *ça*, c'était la confirmation qu'il était tendu. Il n'essayait même pas de le dissimuler. Elle se mordit la langue pour contenir la flopée de reparties furieuses qu'elle avait envie de lui offrir, et prit une profonde inspiration.

— Puisqu'il semble que votre mémoire vous fasse un peu défaut à votre âge avancé, dit-elle d'un ton égal, je vais prendre sur moi de vous rappeler qu'il y a sept ans nous n'étions pas fiancés. Je n'ai pas rompu avec vous, car vous ne m'aviez jamais demandé d'être votre femme. J'étais parfaitement libre d'épouser quelqu'un d'autre, s'il me le proposait.

— Ce que vous vous êtes montrée tout à fait disposée à faire.

— Pour des raisons que je vous ai expliquées.

Sa propre voix devenait de plus en plus aiguë, à tel point que Diana cessa les inquiétantes allées et venues de sa main sur la jambe de Jeremy pour jeter un coup d'œil surpris dans leur direction. Sophie lui offrit un sourire sirupeux en retour – sûrement exagéré, à en juger par l'expression étonnée de Diana – et serra le bras de West jusqu'à ce qu'il daigne afficher ce qui se voulait un sourire, mais qui ressemblait en fait à une grimace de douleur.

— Si vous pouviez essayer de ne pas avoir l'air d'être pris en otage, ce serait appréciable, souffla

Sophie dès que Diana fut à nouveau tournée vers Jeremy.

Ils se turent lorsque l'orchestre joua les dernières notes du morceau et que les acteurs commencèrent à parler. Quelques minutes plus tard, cependant, quand l'actrice principale entama un numéro de chant et de danse particulièrement énergique, Sophie reprit, estimant pouvoir parler sans être entendue :

— J'ai eu la plus charmante des conversations avec votre père, avant-hier.

Cela eut l'effet escompté. Le bras de West devint rigide contre le sien, et sa mâchoire se serra si fort qu'elle eut presque peur qu'il se casse une dent.

— Où avez-vous eu cette conversation ? demanda-t-il à voix basse, se tournant enfin pour lui faire face.

La lumière des bougies du théâtre n'atténuait en rien les angles de ses joues et de ses pommettes. Bien qu'il soit tard dans la soirée, il était aussi parfaitement rasé que le matin, et le nœud élaboré de sa cravate encadrait si bien son menton qu'il semblait vous regarder de haut en permanence. Rien chez cet homme n'évoquait la douceur ou l'affection ; la colère qui couvait dans sa voix tandis qu'il s'adressait à elle lui donnait un air ducal – et très dangereux.

Elle résuma sa rencontre avec le duc, observant ses traits se durcir à chaque phrase.

— J'irai lui parler, déclara-t-il dès qu'elle eut terminé. Je vous présente mes excuses. Il n'avait pas le droit de vous approcher de cette manière. Je veillerai à ce que cela ne se reproduise plus.

— Je l'ai pris comme un compliment, à vrai dire, assura Sophie d'un ton posé. Il me considère comme une menace : manifestement, notre ruse fonctionne.

— Pas sur tout le monde, rétorqua West d'un ton laconique.

Devant le regard surpris de Sophie, il soupira et se passa une main sur le visage. Il avait l'air fatigué, constata-t-elle ; les rides qui encadraient ses yeux, habituellement fines, semblaient un peu plus creusées. Avait-il suffisamment dormi ? Et si ça n'était pas le cas, pour quelle raison ?

La façon dont il passait ses nuits ne la concernait pas, se sermonna-t-elle.

— Notre performance d'acteurs a laissé James et Violet perplexes, l'autre jour à Hyde Park, lui confia-t-il dans un murmure.

— Je ne vois vraiment pas pourquoi.

— Merci, j'ai conscience de ne pas être très doué dans ce domaine. J'ai bien pris note de ce point, ma pomme de terre, mais...

Il s'interrompit brusquement. Aussitôt, Sophie fut en alerte. Depuis sept ans qu'elle connaissait cet homme, elle ne l'avait jamais vu un seul instant mal à l'aise. Elle ne l'en croyait même pas capable.

— Qu'avez-vous fait ? siffla-t-elle entre ses lèvres.

— J'ai peut-être avoué à James et Hawthorne que nous ne sommes pas vraiment fiancés.

— Vous avez fait *quoi ?*

— Il avait déjà des doutes, dit West en se penchant plus près d'elle.

Si près qu'elle pouvait sentir le parfum de bois de santal de son savon et l'odeur familière de sa peau. En une seconde, le souvenir de ses bras autour de son corps, de ses lèvres sur sa gorge ressurgit du passé.

— Et je suppose qu'il l'a dit à Violet, murmura Sophie d'un air sombre en repensant à la lueur étrange dans le regard de Violet à la bibliothèque, qui prenait tout son sens à présent.

— D'ordinaire, je n'aurais pas pris une telle décision sans vous en avoir parlé avant, reprit-il d'une voix si basse que Sophie dut se presser contre lui pour l'entendre par-dessus les acteurs sur la scène en contrebas et la musique qui les accompagnait.

Il marqua une pause et ajouta :

— Il ne s'agit peut-être pas de vraies fiançailles, mais il me semble juste de traiter notre arrangement avec le même respect que je le ferais si nous étions réellement engagés. Et je ne prendrai aucune décision importante sans vous consulter.

Son ton était égal, mais Sophie reçut ces mots comme une gifle. Elle leva les yeux vers lui. Quelle que soit l'expression qu'il lut sur son visage, une lueur inquiète traversa son regard, suivie d'un froncement de sourcil.

« Je ne prendrai aucune décision importante sans vous consulter. »

Mais *elle*, elle l'avait fait sept ans auparavant : était-ce ce qu'il sous-entendait ?

Ce n'était rien d'autre que la vérité, mais une vérité qu'elle ressentait comme un coup de poignard.

— J'avais mes raisons de prendre cette décision pour mon avenir il y a des années, et j'avais aussi mes raisons de ne pas vous consulter.

Des lignes barrèrent le front de West.

— Je n'ai pas... Je ne veux pas...

Il soupira, agacé. C'était étrange et désagréable de le voir lutter pour trouver ses mots, lui qui semblait toujours maître de lui-même.

— Je ne cherchais pas à vous vexer, Sophie. J'avais l'intention de...

Il s'interrompit, secoua la tête, puis se pencha encore plus près, de sorte que sa bouche frôla son oreille et qu'elle sentit la chaleur de son souffle sur sa peau. Sa main effleura la sienne, posée sur l'accoudoir de son fauteuil – le plus infime contact à travers le tissu de ses gants, suffisant pour lui donner la chair de poule.

— Je voulais simplement vous prouver que les événements survenus il y a sept ans appartiennent au passé, et que nous pouvons emprunter une autre voie à présent.

Sophie recula, les yeux écarquillés. Rien dans son visage ne laissait supposer qu'il plaisantait. Après tout, il n'était pas enclin à s'amuser.

Il avait pourtant ri avec elle. Avant. C'était l'une des nombreuses choses qui l'avaient fait tomber amoureuse – le brillant sens de l'humour de cet homme qui présentait un visage si sévère aux autres. Mais si West, à l'âge de vingt-quatre ans, avait pu paraître strict à l'occasion, ce n'était rien comparé à l'homme assis à côté d'elle aujourd'hui. Le West qu'elle avait connu autrefois était si *jeune* – pas encore marqué par son accident, par la mort de son ami. Par ce qu'il ressentait comme une trahison de sa part. Prendre conscience qu'elle était en partie responsable de ce changement lui fut douloureux.

C'était un homme qu'elle admirait profondément – et qu'elle désirait encore malgré elle, au-delà de toute raison –, mais le West qu'elle avait connu savait rire, même si ce n'était pas aussi souvent qu'elle l'aurait souhaité.

Ce West, cependant...

Quinze jours plus tôt, elle aurait été incapable de l'imaginer en train de rire, mais maintenant elle faisait preuve de davantage de discernement. Elle savait qu'elle avait encore le pouvoir de lui arracher un sourire réticent, manifestement contre sa volonté. Et, plus dangereux, elle se rendait compte que ce pouvoir était aussi excitant qu'autrefois.

— Vous ne pouvez pas penser que nous avons un quelconque avenir ensemble, réussit-elle à articuler en maintenant sa voix suffisamment basse pour ne pas être entendue, malgré son désir de s'enfermer avec lui dans une pièce et...

Elle n'était pas tout à fait certaine de ce qu'elle ferait, une fois qu'il serait devant elle. Elle lui hurlerait dessus, probablement.

Ou l'embrasserait.

Ou les deux.

— Vous m'avez déjà affirmé quelque chose de ce genre, répliqua-t-il, et je ne peux m'empêcher de me dire que, même si je suis prêt à renoncer à beaucoup de choses pour vous, je ne renoncerais jamais à ma liberté de penser.

Étrangement, Sophie se sentit gênée tout à coup.

Cependant, West ne semblait pas du tout perturbé par cette discussion et s'adossa à son siège, mettant un peu d'espace entre eux – ce dont elle avait bien besoin.

— Quoi qu'il en soit, reprit-il calmement comme s'ils n'avaient échangé rien d'autre que des banalités sur le temps qu'il faisait, si Violet et James ont trouvé notre comportement suspect, nous courons le risque que d'autres partagent cette opinion.

— Si vous pouviez arrêter de me comparer à une pomme de terre, nous aurions peut-être plus de chances de convaincre les gens.

Il ne rit pas, mais les rides au coin de ses paupières étaient creusées lorsqu'il lui fit face, et elle se trouva incapable de détourner les yeux. Cela lui rappela ce premier printemps durant lequel il lui avait fait la cour. À l'époque, il lui suffisait de croiser son regard à travers une salle bondée ou à l'autre bout d'une table lors d'un dîner pour échanger une plaisanterie tacite, communiquant par un simple mouvement de la bouche ou le haussement d'un sourcil. C'était comme s'ils évoluaient dans leur propre univers.

Elle savait alors qu'elle avait de la chance d'avoir trouvé une telle complicité avec quelqu'un, mais ce n'était qu'aujourd'hui, sept ans plus tard, avec l'amertume de l'expérience, qu'elle comprenait précisément à quel point elle avait été chanceuse.

Elle ne pouvait pas se permettre de laisser ses pensées dériver dans ce sens. Mais elle devait lui rappeler ce qu'elle était prête à lui offrir – une offre qu'il n'accepterait pas entièrement, elle le savait.

— Il existe un moyen de nous assurer d'être un peu plus convaincants, dit-elle doucement, inclinant la tête et se penchant en avant une fois de plus pour que ses mots atterrissent sur la peau exposée juste en dessous de son oreille.

— Ah oui ? souffla-t-il en la dévisageant, le regard impénétrable. Et qu'avez-vous en tête ?

Sa réponse était un peu plus séductrice que ce à quoi elle s'attendait, mais s'il avait l'intention de bluffer, elle savait comment y mettre un terme.

— Ce que je vous ai offert il y a quatre ans, répliqua-t-elle dans un murmure.

Elle tendit la main et fit courir le bout d'un doigt le long de son avant-bras.

— Il y a quatre ans, vous m'avez dit que vous ne m'épouseriez jamais.

Son ton était prudent, contrôlé.

— Mais, si vous vous souvenez bien, j'étais tout à fait disposée à trouver un autre arrangement, ajouta-t-elle tout aussi prudemment. C'est vous qui avez refusé et, par conséquent… j'ai fini par trouver à me distraire… ailleurs.

Ses yeux se portèrent sur Jeremy, qui n'avait aucune idée du sujet de leur conversation et était occupé à chuchoter des mots – sans doute indécents – à l'oreille de sa femme.

— Vous pensez vraiment, répondit West avec le même calme, que nous pourrions coucher ensemble et en rester là, une fois de plus ?

— J'ai confiance en ma capacité à résister à ce genre de tentation, affirma Sophie avec légèreté.

— Dans ce cas, je mets en cause votre mémoire. Parce que j'ai revécu l'après-midi que nous avons passé ensemble des centaines de fois au cours des quatre dernières années, et je crois qu'aucun de nous deux ne serait capable de continuer sa vie normalement après cela. Je pense que nous nous détruirions l'un l'autre.

— Je suis veuve. Vous ne pouvez pas détruire ma réputation.

Le regard qu'il posa sur elle était très sérieux.

— Je ne parlais pas de votre réputation.

Une pause brève et pesante.

— Je voulais dire que vous seriez incapable de coucher avec un autre homme ensuite.

Une vague de chaleur prit naissance au creux du ventre de Sophie et se déploya dans tout son corps. Son cœur battait à toute vitesse, soudain. Elle savait qu'elle jouait avec le feu, et pourtant elle ne pouvait s'arrêter. Pas alors qu'elle avait été si sage, pendant si longtemps.

— Si vous voulez vérifier cette théorie, susurra-t-elle, vous savez où me trouver.

Puis elle s'adossa à son siège, rompant le charme, concentrant de nouveau – ou, plus exactement, pour la première fois de la soirée – son attention sur les acteurs.

Elle ne pensait pas qu'il dirait oui – elle ne pouvait pas imaginer que le West qu'elle connaissait maintenant, l'homme qu'il était devenu, soit favorable à un tel arrangement, pas alors qu'il s'y était opposé si fermement.

Mais elle entendit le soupir lent et haché qu'il laissa échapper après quelques longues secondes. Elle le sentit bouger sur son siège. Et elle perçut une fois de plus le contact de son doigt contre le sien, là où leurs mains reposaient sur l'accoudoir entre eux, un contact bref et délibéré, telle une flamme sur sa peau même à travers le gant.

Et elle se demanda, l'espace d'un instant, si elle ne se méprenait pas cette fois-ci.

16

Un an plus tôt

— Tu as l'air en forme ce soir, Sophie.

Sophie n'était pas certaine que les compliments aient une valeur lorsqu'ils venaient de sa petite sœur mais, dans ce cas précis, Harriet avait raison.

— Merci.

Elle but une gorgée de ratafia tout en regardant autour d'elle. Il faisait agréablement frais en ce début de soirée de mai, ce qui était un soulagement, car la salle de bal était – comme l'hôtesse s'en vanterait sans doute le lendemain – effroyablement bondée.

Sophie n'avait jamais vraiment compris pourquoi les gens appréciaient la foule. De son côté, elle maudissait toujours l'inévitable filet de transpiration qui descendait lentement le long de sa colonne vertébrale lors de ces événements, sans qu'elle puisse l'essuyer.

Heureusement, la robe qu'elle portait ce soir était d'un bleu nuit qui dissimulerait toute trace de sueur – et qui lui allait à ravir, elle le savait. Cette année, elle avait commandé à sa modiste une toute nouvelle garde-robe, un peu plus audacieuse que ce à quoi elle était habituée. Cela faisait trois ans qu'elle était veuve, trois ans qu'elle avait passé un après-midi avec un certain marquis, et elle avait fini par se rendre compte qu'elle... s'ennuyait.

Elle avait donc enfilé une nouvelle robe au décolleté plongeant et demandé à Fox, sa femme de chambre, de la coiffer avec plus de soin que d'habitude. Alors qu'elle se tenait là avec Harriet, scrutant la salle à la recherche de visages familiers, elle se dit qu'il n'y avait absolument aucun gentleman en particulier dont elle espérait qu'il prenne note de cet état de fait.

Jusqu'à ce qu'il franchisse la porte.

West était très beau ce soir, comme toujours ; ses cheveux étaient soigneusement coiffés en arrière et ses yeux verts brillaient à la lumière des bougies. Elle aurait aimé qu'il lui fasse la courtoisie de ne pas être aussi séduisant chaque fois qu'elle le voyait, mais il aurait fallu pour cela qu'il pense à elle aussi souvent qu'elle pensait à lui.

La première fois qu'elle l'avait vu la saison précédente, lors du premier événement auquel elle assistait depuis la mort de son mari, ils s'étaient aperçus à travers la salle de la Royal Academy, à l'occasion de l'inauguration d'une exposition d'art. Leurs regards s'étaient noués pendant une fraction de seconde, il lui avait adressé un signe de tête poli, puis il avait continué à parler à un groupe composé de ses amis d'Oxford et de leurs épouses.

Elle avait eu l'impression de recevoir un coup dans l'estomac, et elle avait été furieuse contre elle-même de se sentir ainsi.

Après tout, c'est elle qui lui avait dit qu'ils ne pourraient jamais se marier – une réalité qu'elle n'avait pu nier lorsqu'elle avait aperçu le duc de Dovington une minute ou deux plus tard, arpentant la pièce comme un prédateur prenant note de l'emplacement de toutes ses proies.

De temps en temps, lors de ces événements mondains, elle croyait sentir les yeux de West sur elle, mais chaque fois qu'elle se retournait, il était en pleine conversation avec quelqu'un d'autre, ou parfois il n'était tout simplement pas là.

Ce qui signifiait qu'elle imaginait sa présence, comme une imbécile en mal d'amour. Mais ce soir, elle était bien décidée à ne plus être cette idiote. Elle avait vingt-six ans, et elle était fatiguée de laisser une brève histoire de jeunesse occuper autant ses pensées. S'il était passé à autre chose, elle devait l'imiter, et ce fut pour cette raison qu'elle se mit à danser, à bavarder et à flirter pendant les deux heures qui suivirent.

À vrai dire, elle avait oublié à quel point ces soirées étaient épuisantes. Les années qui s'étaient écoulées depuis son veuvage lui avaient appris la joie que l'on pouvait trouver à passer une soirée tranquille dans son salon ou sa bibliothèque, pelotonnée devant le feu avec un livre sur les genoux.

Elle se surprit à penser à cette image du confort domestique avec une certaine nostalgie, alors qu'elle finissait de danser un reel plutôt énergique, s'efforçant d'ignorer le redoutable filet de transpiration dans son dos.

Elle s'éclipsa de la piste de danse en s'éventant, et envisageait de se frayer un chemin à travers la foule jusqu'à la table des rafraîchissements lorsqu'elle pivota et… faillit se heurter à West.

— Oh !

Sophie se cabra comme un cheval effrayé.

— Je vous demande pardon.

Le ton de West était guindé, presque accusateur. Elle ressentit une pointe d'agacement. Avec sa cravate nouée avec soin, il semblait regarder de haut toutes les personnes présentes.

— Je ne vous avais pas vu, je suis désolée, dit-elle d'une voix qui sembla tendue à ses propres oreilles.

Elle ne savait plus comment lui parler.

Cette pensée était tranchante, comme un rasoir glissant sur sa peau.

— C'est ma faute, répondit-il, toujours aussi gentleman. Je vous en prie...

Il recula comme pour la laisser passer, ce qu'elle s'apprêtait à faire quand soudain, si brièvement qu'elle faillit le manquer, les yeux de West se posèrent sur son décolleté. Un frisson courut sur sa peau. Le regard de West revint sur ses seins et s'y attarda un peu cette fois – pas assez longtemps pour que ce soit déplacé, mais suffisamment pour qu'elle prenne conscience de son propre pouvoir. Il était peut-être un marquis, l'héritier d'un des hommes les plus puissants d'Angleterre mais, en cet instant, il était sous son emprise.

Une seconde plus tard, son cerveau sembla reprendre ses fonctions et il arracha ses yeux à leur contemplation. La politesse aurait été de faire comme si elle n'avait rien remarqué, mais au lieu de cela, elle planta son regard dans le sien.

Et haussa les sourcils.

Et alors... alors ! Les joues de West se teintèrent d'une infime nuance de rose.

Elle avait fait rougir le marquis de Weston.

Elle se sentit presque grisée lorsque leurs yeux se croisèrent. Les siens exprimaient l'embarras, la contrariété, et un douzaine d'autres sentiments terriblement humains qu'elle n'avait pas l'habitude de voir chez lui. Ou du moins qu'il ne s'autorisait pas à montrer.

Il se racla la gorge, fit un bref signe de tête et s'éloigna.

Elle resta bouche bée une fraction de seconde, mais se ressaisit rapidement – cette scène ne méritait pas non plus qu'elle se mette à bâiller comme un poisson hors de l'eau dans cette salle bondée. C'était toutefois la chose la plus grossière qu'elle ait jamais vue de la part de West – pas seulement vis-à-vis d'elle, mais vis-à-vis de n'importe qui, à l'exception du malheureux marquis de Sandworth, qu'il avait pris à la gorge contre une haie, la nuit fatidique où ils l'avaient surpris en compagnie de Maria.

West était toujours d'une politesse exquise, insupportable. Même au cours des six années qui s'étaient écoulées depuis leur relation avortée, il avait toujours eu un signe de tête courtois ou une révérence pour elle.

Mais *ça* !

Un lent sourire commença à se dessiner sur son visage tandis qu'elle réfléchissait à la question. Au cours des deux dernières minutes, elle avait poussé West à regarder ouvertement son décolleté, puis l'avait laissé si nerveux qu'il avait complètement oublié ses manières et tourné le dos à une dame sans un mot d'adieu.

Il était troublé.

Il la désirait encore.

Il ne ferait rien de ce désir, comme le prouvait la façon dont il avait presque fui à la vue de ses seins – un événement singulier en soi ; elle ne savait pas que sa poitrine plutôt modeste possédait ce genre de pouvoir ! Mais la vraie question était la suivante : qu'allait-elle en faire, *elle* ?

— Lady Fitzwilliam, serais-je l'homme le plus chanceux du royaume de vous découvrir seule et non entourée d'une meute d'admirateurs ?

Elle leva les yeux : Jeremy, l'actuel marquis de Willingham, se tenait devant elle. Ses cheveux avaient la même nuance dorée que ceux de son frère aîné, pensa-t-elle tristement.

Jeremy avait la réputation d'un libertin, une réputation renforcée au cours des dernières années, depuis qu'il avait repris le titre à la mort de son frère. Ils s'étaient parlé à l'occasion, avaient dansé de temps à autre, mais Sophie avait tendance à l'éviter – il était trop proche de West. Il valait mieux qu'elle reste à distance.

Ce soir, pourtant, elle n'avait aucune envie d'être prudente.

— Lord Willingham.

Elle lui décocha un sourire coquet.

— Vous m'avez prise en flagrant délit alors que j'essayais d'échapper à cette foule.

Une expression faussement peinée traversa le visage de son interlocuteur.

— S'il vous plaît, appelez-moi Jeremy. Tous mes amis m'appellent ainsi.

La légère tension qu'elle percevait dans sa voix la laissa pensive.

Ce n'était certainement pas qu'une simple question de préférence pour son prénom, mais elle ne le questionna pas et son expression se détendit, une lueur lascive et appréciatrice réapparaissant dans ses yeux tandis qu'il l'observait.

— Nous sommes donc amis ? demanda-t-elle avec une timidité affectée.

Il cilla, puis un sourire séducteur se dessina sur ses lèvres.

— Je ne vois rien qui pourrait me rendre plus heureux, déclara-t-il. Votre prochaine danse est-elle prise ?

Il avait adopté un air enfantin plein d'espoir qui ne trompa pas Sophie un seul instant. Il était agréable, pensa-t-elle, de converser avec un gentleman sans ressentir une émotion plus forte que l'amusement. Et un peu d'attirance aussi, admit-elle en jetant un coup d'œil à Jeremy par-dessous ses cils, tout en consultant son carnet de bal.

— Il semble que j'aie promis la prochaine danse à lord Risedale, dit-elle.

— Risedale est occupé à contempler son épouse avec un regard de bovin écœurant, observa-t-il en désignant l'homme du menton. Et je ne pense pas qu'il sera trop dérangé de ne pas vous trouver pour réclamer sa danse.

C'était probablement vrai. Risedale et sa nouvelle comtesse étaient connus pour former un couple très amoureux, et même si Sophie appréciait beaucoup le comte - c'était un parfait gentleman, et aussi un interlocuteur vraiment intéressant, un talent qui faisait défaut à beaucoup de ses pairs -, elle ne se sentirait pas trop coupable de manquer leur danse.

— Avez-vous une suggestion sur ce que je devrais faire à la place ? demanda-t-elle.

Elle réfléchit attentivement, puis le regarda en battant des cils.

Son regard se porta sur son décolleté.

Les hommes étaient terriblement prévisibles...

— J'ai besoin d'un peu d'air, et je me demandais si vous apprécieriez vous aussi de vous rafraîchir... Vous êtes un peu rouge.

Son ton était plein de sollicitude, mais son regard était à la limite de la décence.

Sophie n'hésita qu'une brève seconde avant de prendre le bras de Jeremy. Elle ne laissa pas ses yeux dériver d'un côté ou de l'autre pendant qu'il l'escortait sur la terrasse, mais plus tard, après un quart d'heure de baisers assez fervents et une invitation murmurée à l'oreille de Jeremy alors qu'ils retournaient dans la salle de bal, espérant que ses cheveux n'étaient pas trop décoiffés, elle tourna la tête vers la gauche et croisa le regard de West.

Elle considéra comme une petite victoire le fait qu'il détourne les yeux le premier.

17

Que Dieu le préserve des récitals !

— Arrêtez de faire la grimace, l'admonesta Sophie à voix basse du siège à côté du sien.

West lui lança un regard légèrement exaspéré.

— Je ne fais pas la grimace.

Il pensait avoir perfectionné l'expression d'intérêt poli qu'il arborait tandis qu'il était assis dans la salle de musique de lady Worthington, où plusieurs nièces de la comtesse - les cousines de Violet - étaient en train de scier des violons.

Le terme « scier » était probablement un peu injuste, mais après avoir subi à plusieurs reprises le traumatisme des récitals de lady Holyoak - où il se sentait tenu par l'honneur de faire une brève apparition tous les deux ans environ, quand le souvenir de la dernière fois s'était suffisamment estompé pour le convaincre d'y retourner –, il supposait que son audition s'était légèrement détraquée, parce qu'il n'était plus capable d'apprécier le son d'un instrument à cordes. Même lorsqu'il écoutait un musicien chevronné, il était sur les nerfs, comme si les mauvaises notes risquaient de surgir à tout moment.

Sophie posa une main sur son bras, puis la retira immédiatement.

— Pourquoi êtes-vous si tendu ? souffla-t-elle. On dirait que vous êtes sur le point de vous faire guillotiner.

— Une perspective tentante, marmonna-t-il.

À cet instant, les jeunes femmes cessèrent de jouer et il se joignit aux applaudissements enthousiastes. Il se doutait, à en juger par les regards d'appréciation sincère sur les visages autour de lui, que les demoiselles étaient plutôt bonnes musiciennes, mais il n'était pas en mesure de le confirmer avec un degré élevé de certitude à partir de sa propre expérience.

La salle se remplit de bavardages alors que tout le monde se levait. Il aperçut Violet et James près de la scène improvisée. Ils discutaient avec la plus jeune des cousines, qui semblait à peine sortie de l'enfance et paraissait un peu impressionnée par la foule. Il attrapa sa canne, puis jeta un coup d'œil à Sophie et lui offrit son bras.

— Voulez-vous prendre l'air ?

Ils contournèrent les groupes de convives qui s'étaient formés et se dirigèrent vers les portes-fenêtres donnant sur la terrasse.

La soirée était chaude, et le parfum des roses provenant des vastes jardins de lady Worthington les enveloppa dès qu'ils eurent franchi les portes. La salle de musique brillait de mille lumières qui éclairaient la terrasse déserte. Sophie lâcha le bras de West et s'éloigna lentement, jusqu'à trouver une zone d'obscurité. Elle portait une robe rose qui épousait à peine ses épaules, et ses cheveux étaient attachés haut sur sa tête. Alors que West la suivait, son regard s'attarda sur la peau crémeuse de son dos, sur l'unique boucle d'or qui reposait de jolie manière sur le côté de son cou. Elle s'appuya prudemment contre le mur et leva la tête pour regarder le ciel d'un air pensif. West, lui, ne pouvait détacher les yeux de son visage.

— Les étoiles vous manquent-elles quand vous êtes en ville ?

Il cilla. C'était une question bien romantique et fantaisiste, de la part d'une femme qui n'avait pas ce genre de penchants.

— Je suppose que oui, dit-il après un moment de réflexion. Mais plus que cela, c'est la façon dont l'obscurité semble moins menaçante à la campagne qui me manque.

Elle baissa la tête pour le regarder.

— Que voulez-vous dire ?

— Comme il y a moins de lumière, on s'habitue à l'obscurité, si l'on doit aller quelque part après le coucher du soleil. Les ombres semblent plus sinistres à Londres, parce qu'elles se trouvent à la périphérie de tout cet éclat.

— Cela est dangereusement proche de la métaphore, pour un homme qui m'a dit un jour qu'il détestait cette figure de style.

Il y avait un soupçon de sourire sur ses lèvres, et cette conversation rendait West très conscient de la pénombre tout à coup, de la proximité de Sophie, de la chaleur de sa peau, qu'il pourrait sentir sous sa paume s'il tendait simplement la main.

— Je ne déteste pas les métaphores, objecta-t-il sans conviction, mais je pense qu'il faut les utiliser avec parcimonie.

Sophie lui décocha un vrai sourire cette fois et il détourna le regard, déglutissant avec peine. Cette vision était comme un coup de poing dans l'estomac.

Elle tendit une main gantée pour prendre la sienne.

— Vous savez, remarqua-t-elle, si nous craignons que notre supercherie ne soit pas assez convaincante, il nous suffit de passer dix minutes de plus ici.

— Nous pourrions peut-être vous décoiffer un peu avant de retourner à l'intérieur, suggéra-t-il, pour donner à la mise en scène un peu de...

Il marqua une pause pour chercher ses mots.

— Crédibilité licencieuse ? proposa Sophie.

— Quelque chose comme ça.

— Ou alors...

Elle étira ces deux mots interminablement.

— Ou alors ?

— Ou alors, répéta Sophie en penchant légèrement la tête en arrière pour poser sur lui un regard lascif et aguicheur, nous pourrions faire quelque chose de compromettant... pour de vrai.

Ses manières laissaient entendre qu'elle lui lançait un défi et ne s'attendait pas à ce que West le relève. Elle ne lui offrait rien de plus que ce qu'elle lui avait offert quatre ans plus tôt. Et, il s'en rendit compte, elle pensait le connaître assez bien pour savoir comment il réagirait. Elle était convaincue qu'il reculerait, qu'il se déroberait.

Que ferait-elle s'il faisait tout le contraire ? S'il lui rappelait à quel point ils étaient *bien* ensemble ?

Il appuya soigneusement sa canne contre le mur.

Les yeux de Sophie suivirent ce mouvement, puis revinrent vers les siens.

Il fit un pas vers elle, un autre, jusqu'à ce qu'il n'y ait plus que quelques centimètres entre eux. Il leva la main et l'appuya sur le mur au-dessus de la tête de Sophie. Elle leva le menton pour rencontrer son regard, et il devina son trouble.

Il s'accorda une seule seconde pour se délecter de ce spectacle avant de se pencher et de presser ses lèvres contre les siennes.

Ce baiser aurait dû lui sembler étrange, voire inédit, après tout ce temps et pourtant, dès le premier instant, il fut submergé par la sensation irrépressible d'avoir enfin retrouvé sa place. Son corps semblait reconnaître le sien, et un millier de souvenirs se bousculèrent en lui alors qu'il posait une paume sur sa joue, inclinant son visage pour mieux l'embrasser. Il se grisait de la douceur de sa peau sous ses doigts, et de la main de Sophie glissant sur son épaule jusqu'à atteindre la naissance de ses cheveux, sur sa nuque.

Il s'écarta au bout d'un moment et posa son front contre le sien tandis qu'elle ouvrait les yeux en clignant des paupières.

— Qu'est-ce que c'était que ça ? demanda-t-elle, légèrement essoufflée.

— C'était nous, dit-il, son ton frôlant dangereusement l'émerveillement.

À peine les mots furent-ils sortis de sa bouche qu'il constata à quel point cela devait sembler idiot. Pourtant, des sentiments complexes semblaient se livrer bataille dans le regard de Sophie, et rien dans son expression n'indiquait qu'elle le trouvait stupide.

Au lieu de cela, elle se contenta de répéter :

— *Nous.*

Puis elle l'attira de nouveau à elle.

Alors que leur premier baiser avait été quelque peu hésitant, toute gêne avait disparu à présent. Ils étaient tous deux habités par une certitude brûlante. Les ongles de Sophie s'enfonçaient dans ses épaules avec suffisamment de force pour déclencher des flèches de plaisir entre ses jambes. Il passa la langue sur les lèvres de la jeune femme afin de l'inciter à les ouvrir, puis la glissa lentement dans sa bouche, la faisant danser avec la sienne. Il se rapprocha, si près que ses seins frôlaient son torse, et il retira sa main du mur pour entourer sa taille de son bras, la pressant fermement contre lui.

Elle le repoussa au bout d'un moment et il fit mine de reculer, de rompre le baiser, mais elle saisit sa veste et pressa à nouveau sa bouche sur la sienne, les faisant pivoter avec une force surprenante, de telle sorte qu'il était maintenant dos au mur. La seconde d'après, elle était lovée contre lui, ses courbes voluptueuses moulées contre son corps, l'une de ses cuisses s'enroulant autour de sa jambe alors que la main de West dérivait vers ses seins...

— Je savais bien qu'il te fallait un chaperon !

Sophie recula dans un sursaut, et West relâcha son étreinte. Mais il garda une main sur sa taille tandis qu'elle se retournait pour découvrir Alexandra, Violet et – que le ciel leur vienne en aide – Harriet sur la terrasse. Toutes trois arboraient des expressions plus ou moins amusées, même si celle d'Alexandra avait quelque chose d'un peu impénétrable. C'était Harriet qui avait parlé, et il y avait une note d'allégresse à peine dissimulée dans sa voix.

— Betsy va être tellement désemparée d'avoir manqué ça ! Elle est allée au boudoir des dames il y a quelques minutes – vous savez comment sont les dames dans une *certaine condition*. Alex a dit que tu étais sortie il y a quelques minutes et moi, naturellement, j'ai été horrifiée qu'une femme et un homme célibataires aient pu s'éclipser sur une terrasse obscure, sans personne pour protéger leur vertu.

— Quelle prévenance de ta part, lâcha Sophie. D'autant plus que je vous ai déjà surpris, George et toi, derrière des rideaux dans ma propre bibliothèque avant que vous soyez mariés.

— Une erreur de jeunesse, rétorqua Harriet en agitant la main d'un geste désinvolte. Je suis mère maintenant, Sophie. J'ai l'instinct maternel.

— Cecily ne souffre-t-elle pas de coliques en ce moment ? demanda Sophie d'un air sceptique.

— En effet, confirma Harriet gaiement. C'est pourquoi George est à la maison avec elle ce soir ! Il est très pratique qu'un homme sache que sa place est à la maison, ajouta-t-elle avec tendresse.

— En tout cas, intervint Alexandra en jetant à sa jeune sœur un regard partagé entre l'affection et l'exaspération, Harriet a beaucoup insisté pour que nous te rejoignions ici, convaincue que nous te trouverions en train de faire quelque chose de compromettant. Et elle avait raison.

Il y avait une légère note de surprise dans sa voix, ce qui parut étrange à West. N'auraient-elles pas dû s'attendre à trouver un couple de fiancés en train de faire quelque chose de légèrement scandaleux ? Il fut distrait de cette pensée par la vue de Violet, qui semblait s'efforcer de retenir un sourire. Violet qui – il s'en souvint aussitôt – savait que ces fiançailles n'étaient qu'une supercherie, grâce à James.

Il croisa son regard, et la lueur qu'il y vit briller le convainquit que son frère entendrait parler de cet incident dans les trois prochaines minutes.

Il se tourna vers Sophie.

— Si nous retournions à l'intérieur, ma chérie ? proposa-t-il, plutôt sèchement.

— Avec plaisir, dit-elle en le laissant prendre sa main.

Elle saisit sa canne et, tout en la lui tendant, ajouta dans un murmure suffisamment discret pour qu'il soit le seul à l'entendre :

— Je crois que notre farce est considérablement plus convaincante à présent, n'est-ce pas ?

Notre farce. Si elle pensait que c'était une ruse, que ce baiser n'avait été rien de plus qu'un stratagème pour rendre leurs rôles convaincants, pour tromper ses sœurs, alors West était tenté de lui demander si elle avait vécu les mêmes cinq minutes que lui. Rien, absolument rien dans ce baiser n'avait ressemblé à une comédie pour lui.

Mais ce fut à ce moment-là qu'il entendit son infime, presque imperceptible soupir, lorsque ses doigts effleurèrent les siens pour récupérer sa canne. Et il sut instantanément qu'elle n'était pas moins affectée que lui.

Si elle pensait pouvoir l'embrasser de cette manière et continuer à affirmer qu'ils n'avaient pas d'avenir ensemble, que ce sentiment qui brûlait entre eux devait être ignoré…

Eh bien, il était décidé à lui prouver le contraire.

*
* *

— C'est très charmant pour un homme de se mettre en tête d'organiser un dîner, tu ne trouves pas ? demanda Violet d'un ton vif, depuis l'intérieur douillet de son carrosse.

James lui jeta un regard vaguement inquisiteur, comme s'il était un peu effrayé de ce qui allait sortir de la bouche de son épouse, mais qu'il savait par expérience qu'il était toujours préférable de montrer un minimum d'intérêt.

C'était évidemment tout l'encouragement dont Violet avait besoin.

— Je veux dire que West n'a pas de femme !

Elle adressa un sourire éblouissant à Sophie.

— Personne pour servir d'hôtesse ! Et pourtant, il organise un dîner. C'est un peu comme si un cheval s'était mis en tête de marcher sur deux pattes au lieu de quatre.

Manifestement, James ne pouvait pas laisser passer un tel affront infligé à la gent masculine.

— Oui, c'est merveilleux qu'une créature aussi inférieure puisse réussir un tel exploit.

Violet tourna un regard innocent vers son mari.

— Oh, tu es vexé, chéri ? Est-ce offensant d'entendre que la réussite d'un membre de votre sexe est si étonnante qu'elle est à peine crédible ? Ce doit être terrible ! Je ne peux pas imaginer l'enfer que vous vivez.

— Merci, Violet, je crois que tu t'es bien fait comprendre, grommela James. Mais je ne comprends pas pourquoi c'est à *moi* que tu sers ce petit monologue, alors qu'aux dernières nouvelles, je n'ai rien fait qui puisse te mettre en colère.

— Cela fait au moins une semaine que je n'ai personne à qui faire la morale sur les inégalités auxquelles les femmes sont confrontées, expliqua joyeusement Violet. J'aime vérifier que je ne manque pas de pratique.

— Tu es en pleine forme, lui assura Sophie.

— Ah, regardez, nous sommes arrivés ! s'écria James, aussi soulagé que s'il venait d'échapper à la potence.

Sophie ne manqua pas le baiser rapide qu'il déposa sur le sommet de la tête de Violet avant de sauter de la calèche et de tendre la main pour aider les jeunes femmes à descendre.

En peu de temps, ils s'étaient mêlés aux autres dans le salon de West, où les convives s'étaient rassemblés avant le dîner. Sophie compta environ vingt personnes – une tâche plutôt ambitieuse pour une hôtesse expérimentée, et encore plus pour un célibataire. Mais West semblait tout à fait à l'aise lorsque Sophie le rejoignit et qu'il porta sa main à ses lèvres pour y déposer un bref baiser. Ce dîner était censé célébrer leurs fiançailles auprès de leur famille et leurs amis les plus proches, loin du grand bal que sa mère préparait en son honneur et en celui d'Alexandra.

— Chérie, dit West en lui offrant son bras, je parlais justement à votre sœur des plans d'Alexandra pour le mariage. Avec les chevaux, ajouta-t-il sèchement.

La sœur en question était Maria ; son mari était en pleine conversation avec les époux de Harriet et de Betsy, mais Maria était entièrement concentrée sur West, arborant une expression quelque peu horrifiée.

— Sophie, dit-elle, dis-moi que tu n'as pas prévu de quitter la cérémonie de mariage à cheval.

Sophie sourit sereinement.

— C'est une idée d'Alex. Si tu as une plainte à formuler, je te suggère de lui parler.

Maria renifla, ce qui indiquait sa détresse – sa sœur tatillonne ne laissait en général jamais un tel son lui échapper, de peur que quelqu'un ne la prenne pour une personne ordinaire. Maria avait une grande aversion pour tout ce qui était commun. C'était peut-être pour cela qu'elle semblait apprécier West, à bien y réfléchir. Aucune personne sensée ne pourrait le considérer comme un homme ayant quoi que ce soit de commun.

— Depuis quand es-tu prête à accepter une idée aussi farfelue uniquement parce qu'Alexandra l'a suggérée ? demanda Maria d'un air soupçonneux.

Sophie se retint de soupirer. Les deux ans qui la séparaient de Maria lui avaient semblé un grand fossé lorsqu'elles étaient jeunes filles, et elle n'avait pu s'empêcher de se monter protectrice envers sa jeune sœur anxieuse, mais au fur et à mesure qu'elles mûrissaient et que Maria apprenait à cacher son angoisse derrière un masque de bienséance et occasionnellement de jugement, il était devenu plus difficile pour Sophie d'éprouver cette affection maternelle qui lui venait si naturellement à l'époque.

Le fait que Maria ait joué un rôle dans le mariage précipité de Sophie avec Bridewell était également un détail qu'elle ne parvenait pas à chasser de son esprit. Ce n'était pas tout à fait juste, étant donné que Maria ignorait totalement les menaces que le duc avait proférées concernant sa réputation : Sophie s'était bien gardée d'en parler, sachant que sa sœur se sentirait coupable. À l'époque, compte tenu de la fureur de leurs parents concernant son flirt avec Sandworth, Sophie avait considéré que Maria avait été suffisamment punie pour ne pas ajouter une couche de culpabilité à ses malheurs. Néanmoins, Sophie n'avait pas la patience d'entendre un sermon au sujet des mauvaises idées d'Alex, prononcé par quelqu'un dont la propre erreur de jugement avait eu des conséquences aussi dévastatrices.

— C'est son mariage, Maria, lui rappela-t-elle. Si elle veut partir à cheval, elle a parfaitement le droit de le faire.

— Mais pourquoi devrais-tu le faire, toi ? insista Maria, soulevant une question que Sophie n'avait pas envisagée auparavant. Et pourquoi une double cérémonie ? Si vous voulez des choses différentes pour vos mariages, n'est-il pas plus logique de les organiser séparément ?

— Excellente idée ! approuva West en prenant une bonne gorgée de son cognac.

Sophie essaya – en vain – de ne pas prêter attention à ses doigts sur son verre, ces mêmes doigts qui avaient effleuré le dessous de son sein quelques nuits plus tôt, juste avant que Harriet juge opportun de les interrompre.

— Je ne comprends pas pourquoi Alexandra souhaite un grand mariage, poursuivit Maria. Elle en a déjà eu un avec son premier mari.

— Elle veut célébrer le fait d'avoir retrouvé l'amour, rétorqua Sophie, se sentant sur la défensive. Je suppose que c'est compréhensible.

— Mais tu ne te rappelles pas comment elle s'est plainte la première fois ? Elle détestait tout ce faste et ces chichis. Elle disait que si c'était à refaire, elle s'enfuirait à Gretna Green.

— Elle plaisantait. Elle ne voudrait pas que maman ait une crise cardiaque, assura Sophie.

Maintenant que Maria le mentionnait, Alexandra s'était effectivement beaucoup plainte lors de son premier mariage. Plutôt timide, elle avait trouvé toute cette attention accablante, ce qui n'allait pas du tout avec la femme qui rêvait à présent de mises en scène dramatiques et d'un départ à cheval de l'église. C'était un peu étrange, mais...

— Et puis, les gens ont le droit de changer d'avis, Maria.

Maria fronça les sourcils d'un air soupçonneux, estimant qu'une personne aussi encline à changer d'avis devait être considérée au mieux comme indigne de confiance, au pire comme potentiellement dangereuse.

La conversation sur le sujet fut interrompue par la cloche du dîner et les habituelles bousculades qui suivirent, chacun essayant d'établir un ordre de préséance pour entrer dans la salle à manger. Cela semblait un peu stupide, puisqu'ils étaient entre amis proches. Finalement, ils s'installèrent à table et les conversations tournèrent pendant un moment autour de leurs projets respectifs pour la fin de la saison, après la fête de chasse annuelle que Jeremy organisait dans sa propriété du Wiltshire – un événement qui avait pris une touche moins grivoise et considérablement plus domestique depuis qu'il s'était marié.

Trop vite, cependant, la discussion s'orienta de nouveau vers le prétendu mariage de Sophie.

— Tu as décidé de ce que tu allais porter ? demanda Betsy en prenant une bouchée de canard rôti avec beaucoup d'appétit.

— Si tu as besoin d'un gilet, West, Jeremy pourrait te prêter celui qu'il portait pour notre mariage, proposa Diana d'un air narquois.

Après avoir perdu un pari contre Diana, Jeremy avait été contraint de porter ce que Sophie considérait comme le gilet le plus horrible que l'humanité ait connu – bien qu'il l'ait fait de gaieté de cœur, il fallait l'admettre.

— Oh ! Sophie, nous devrions acheter de nouvelles robes ! Peut-être devrions-nous aller chez la modiste ensemble !

— J'ai beaucoup de robes, répondit Sophie à la hâte. Je ne pense pas qu'il soit nécessaire…

— Mais aucune que tu as spécialement commandée pour ton mariage ! la sermonna sévèrement Alexandra.

— Je ne portais pas de robe neuve pour mon mariage, observa Emily avec un doux sourire en direction de son mari. Et je n'ai pas trouvé que la journée manquait de…

Elle s'interrompit, jetant un coup d'œil sous la table.

— Violet, viens-tu de me donner un coup de pied ?

Sa voix trahissait une profonde indignation.

— Pourquoi diable ferais-je cela ? Sophie, Alexandra a raison : il te faut une nouvelle robe !

— Si je dois quitter la cérémonie à cheval, fit remarquer Sophie avec douceur, ne serait-il pas imprudent de porter une robe neuve ? Mieux vaut porter une tenue ancienne que je ne craindrais pas de salir, si le cheval soulevait un peu de boue.

— Il n'est pas si difficile d'enlever une tache de boue d'une robe ! s'exclama Alexandra d'un ton assuré avant de faiblir légèrement. Enfin… je crois.

Un silence bref et incertain s'installa.

— En tout cas, reprit Alexandra comme personne n'avait de réponse à lui donner, j'insiste ! Il nous faut de nouvelles robes ! Je viendrai te chercher demain, et nous irons chez une nouvelle modiste dont on m'a parlé.

— Hum…, fit Sophie avec tout l'enthousiasme dont elle était capable.

Elle était parfaitement consciente que Violet l'observait tel un faucon, et elle plaqua un sourire plus enjoué sur son visage.

— J'ai aussi hâte d'y être que de…

— Vous marier ? suggéra West.

— Précisément, approuva faiblement Sophie.

— Sophie, tu vas bien ? demanda Betsy. Tu as l'air un peu mal en point.

— Ce n'est sans doute qu'un peu de mal d'amour, dit Alexandra d'un ton enjoué. Je suis sûre que cela va s'atténuer.

— Audley, intervint Blackford en se raclant la gorge, j'ai entendu dire que vous projetiez de visiter l'Oxfordshire pour jeter un coup d'œil aux écuries de Risedale.

Sophie adressa un regard reconnaissant à Blackford lorsque la conversation glissa vers James et le projet du comte de Risedale de transformer ses écuries en une sorte d'entreprise rentable, et elle se détendit légèrement quand l'attention de l'assemblée se détourna d'elle.

Elle prit une bonne gorgée de vin et leva les yeux, pour voir le regard de West posé sur elle.

Il fronça les sourcils en une expression d'interrogation silencieuse qui signifiait : « Quelque chose ne va pas ? »

Elle secoua la tête avec un petit sourire et se tourna vers Penvale, qui était assis à côté d'elle et avait suivi en silence les événements des cinq dernières minutes avec une expression légèrement déconcertée.

— Je vois que c'est à votre tour d'essayer de vivre une histoire d'amour en ignorant les interférences de nos amis, dit-il. C'est un rite de passage solennel pour nous tous, vous savez.

— En effet.

Sophie but une nouvelle gorgée de vin, regrettant brièvement qu'il ne s'agisse pas d'un alcool plus fort.

— Courage, ajouta Penvale d'un ton rassurant. Une fois que vous serez passée à l'église et que vous aurez fait étalage de votre bonheur matrimonial, leur attention se déplacera et vous serez autorisée à intégrer le cercle fermé des personnes mariées qui dispensent des conseils indésirables. C'est beaucoup plus amusant, je vous le promets.

Sophie rit à ces mots, faisant tinter son verre contre celui de son ami pour porter un toast. Mais elle ne put s'empêcher de penser que les choses ne seraient pas si simples dans son cas, car le « bonheur matrimonial » ne serait pas au rendez-vous.

18

Lorsque la soirée se termina, il était plus de 23 heures. Le repas avait été suivi d'une partie de charades animée et quelque peu extravagante dans la bibliothèque. Jane, en particulier, s'était révélée étonnamment douée pour imiter la mouette, à la grande horreur de Penvale – un talent qui avait été alimenté par plusieurs verres de porto et de sherry. Enfin, il ne resta plus que West, Sophie, Violet et James. Ce dernier aidait son épouse à s'envelopper dans son écharpe en lui recommandant de faire attention « à ne pas prendre froid » pour le bien de « ses poumons délicats », avec une expression tout à fait sincère sur le visage.

West prit une profonde inspiration. Il avait pris sa décision – et il avait confiance en la discrétion de James et Violet, mais quand même...

— Je souhaiterais discuter de quelque chose avec Sophie, dit-il prudemment, jetant un léger coup d'œil en direction de la jeune femme. Je pourrai la renvoyer chez elle dans mon carrosse par la suite.

— Très bien, répondit Violet, à la limite de la jubilation.

Elle saisit aussitôt James par le bras et le traîna pratiquement hors de la maison, laissant à peine le temps au pauvre Briar de leur faire une révérence à la porte d'entrée.

— Vous êtes très rapide, Briar ! lança Violet, admirative, par-dessus son épaule. Il est utile d'avoir un majordome avec des jambes aussi vigoureuses !

Le visage de Briar resta soigneusement neutre tandis qu'il refermait la porte derrière eux. Il se tourna vers West et dit simplement :

— Je ne sais pas si je dois prendre ceci comme un compliment ou une insulte.

Puis il s'inclina et disparut.

— Briar sera beaucoup plus à l'aise lorsqu'il sera vieux et grisonnant, je pense, observa Sophie avec une note d'amusement dans la voix.

West se tourna pour la regarder, puis désigna la bibliothèque du menton.

— Pouvons-nous parler en privé ?

Sophie s'avança lentement vers lui. Elle portait une robe de velours rouge dotée d'un délicieux décolleté, et ses joues étaient légèrement rosies par le sherry et les rires. Ses cheveux dorés étaient attachés au sommet de sa tête, quelques boucles ayant été libérées pour encadrer son visage. Il serra le poing pour résister à l'envie de tendre la main et de glisser l'une de ces mèches derrière son oreille.

— D'accord, dit-elle simplement, s'arrêtant lorsqu'elle fut assez proche pour devoir pencher la tête en arrière afin de croiser son regard. Ou alors... nous pourrions aller à l'étage ?

Elle avait planté les yeux dans les siens en prononçant ces paroles, et un soupçon de défi perçait dans sa voix. Elle le testait, il s'en rendait compte. Elle voulait voir jusqu'où il était prêt à aller.

Il haussa les sourcils, puis lui offrit son bras. Une légère surprise passa sur son visage avant qu'elle le prenne, et il les conduisit jusqu'à l'étage.

Le *clic* de la porte qu'il referma derrière eux résonna fort, rompant le silence qui régnait alors qu'ils pénétraient dans sa suite. C'était une soirée chaude, et il n'y avait pas de feu dans la cheminée. Des lampes étaient allumées dans le salon, les enveloppant d'une lueur rosée. Sophie déambula lentement, s'arrêtant devant l'une des grandes fenêtres qui donnaient sur le jardin.

Lentement, elle commença à enlever ses gants. West, debout à l'entrée de la pièce, n'aurait pu détourner le regard du mouvement de ses mains, même si sa vie en avait dépendu.

Elle le regarda par-dessus son épaule.

— J'en déduis que vous vouliez me parler de ma… proposition ?

Ses yeux se plissèrent légèrement.

— Car si cette conversation peut attendre demain, nous avons choqué Violet et James sans aucune raison valable.

Il commença à s'approcher d'elle lentement, le bruit de sa canne étouffé par l'épaisseur du tapis.

— Je ne crois pas que Violet et James soient aussi facilement choqués. Il l'a compromise sur un balcon le soir même de leur rencontre, après tout.

Sophie se pencha pour poser ses gants sur le fauteuil situé devant la fenêtre.

— C'est vrai.

Sa voix était amusée.

— C'est peut-être ce que j'aurais dû faire, le soir de notre rencontre, ajouta-t-elle.

— Me compromettre ?

Il n'était plus qu'à un mètre d'elle et il s'arrêta pour apprécier la ligne parfaite de son dos, les courbes délicates que laissait deviner sa robe.

Elle ne se retourna pas, bien qu'elle soit forcément consciente de sa proximité.

— Oui. Ruiner la réputation de l'intègre marquis de Weston, faire de lui un débauché prêt à entacher la vertu d'une vierge. Nous nous serions fiancés avant même que votre père ait eu le temps de se forger un avis sur la question.

— J'étais un peu moins intègre à l'époque, si vous vous souvenez.

Avant de la rencontrer, il avait eu une brève période de débauche, une tentative de soulager la pression de son titre.

Elle lui jeta un regard grivois par-dessus son épaule.

— Je m'en souviens, merci. Qui aurait pensé qu'une alcôve derrière une fougère en pot pouvait être si propice à... un cours particulier ?

Il se souvenait de l'intermède en question avec une clarté presque douloureuse. C'était la première fois qu'il mettait la main sous ses jupes. Avec le recul, il comprenait que cela avait été extrêmement risqué, mais ils étaient jeunes et presque fiancés, même s'il ne l'avait pas officiellement demandée en mariage.

Si seulement il lui avait fait sa demande. Quel idiot !

Il secoua la tête pour éclaircir ses idées.

Elle se retourna à cet instant, et la soudaineté du mouvement ne lui laissa pas le temps de retrouver le masque impassible qu'il s'efforçait habituellement de montrer en sa présence. Une expression qui ne l'effraierait pas, qui ne lui ferait pas comprendre qu'il ressentait la même chose pour elle aujourd'hui que sept ans plus tôt.

Mais...

Il était de plus en plus fatigué de faire semblant.

Le regard de Sophie se détourna de lui, et elle commença à étudier le salon. Il l'observa tandis qu'elle examinait la pièce. Les meubles en acajou poli, les tentures bleues, la pile de livres sur l'une des tables de chevet, la porte ouverte derrière lui qui menait à sa chambre à coucher.

— Si nous prenions quelque chose à boire ? suggéra-t-elle, son regard s'étant arrêté sur le buffet placé sous un miroir en or sculpté.

Sans attendre sa réponse, elle se dirigea vers la carafe de cognac et les bouteilles de vin qui s'y trouvaient. Dans le miroir, il put voir son léger froncement de sourcils lorsqu'elle saisit l'une des bouteilles et en examina l'étiquette.

— Peut-être un verre de bordeaux ? proposa-t-elle en brandissant la bouteille en question.

— Si vous voulez, dit-il avant de s'approcher lentement.

Elle pivota au son de ses pas, la bouteille toujours à la main. Il l'observa un moment, puis se racla la gorge.

— Qu'est-ce que vous faites ?

— Je l'ouvre pour vous, dit Sophie en s'affairant.

— Je ne suis pas certain que ce soit ce que vous faites.

Sophie, qui était en général une dame pour qui le mot « dégourdie » semblait avoir été inventé, se débattait avec le tire-bouchon, objet avec lequel elle n'avait manifestement qu'une expérience limitée.

Après un autre moment, il demanda :

— Avez-vous besoin d'aide ?

— Non, s'emporta-t-elle.

— Très bien.

La lutte continua, et Sophie rougit légèrement. Une mèche de cheveux dorée était tombée sur son visage et elle soufflait dessus avec irritation.

— Je sais qu'il serait impoli de m'asseoir, reprit-il finalement, mais ma jambe commence à me faire mal…

— Pour l'amour du ciel !

Elle lui tendit la bouteille, et il se félicita mentalement d'avoir deviné que la mention de sa jambe mettrait fin à cette farce. Il accepta la bouteille et, en quelques tours de tire-bouchon, l'ouvrit.

Il remplit deux verres et lui en tendit un.

— Santé, dit-il.

Elle fit tinter son verre contre le sien, toujours aussi mal à l'aise.

— Je suis encore plus irritée depuis que j'ai découvert que vous êtes très séduisant lorsque vous débouchez une bouteille de vin.

Elle prit place dans l'un des fauteuils devant la cheminée éteinte, et il s'assit en face d'elle.

— J'ai souvent pensé que brandir un tire-bouchon était le moyen le plus sûr de courtiser une femme, murmura-t-il.

Elle leva les yeux au ciel, et il se mordit la lèvre.

— Je vois que vous essayez de ne pas sourire, remarqua-t-elle, et j'aimerais que vous ne le fassiez pas.

— Sourire ?

— Non, vous retenir de le faire. Vous avez un très beau sourire, vous savez. Les rares fois où il apparaît.

— Je souris quand la situation le justifie, rétorqua-t-il avant de prendre une gorgée de vin.

Il avait gardé ce bordeaux pour une occasion spéciale – ce qui, à la réflexion, le rendait tout à fait approprié ce soir.

— Comme s'il s'agissait d'un manteau particulièrement beau que vous ne portez que pour les grandes occasions, ajouta-t-elle.

Elle souriait sans contrainte, et si, d'après elle, le sourire de West était agréable, le sien était radieux. Il replongea le regard dans son verre.

Un bref silence s'installa entre eux. Elle observait le foyer vide de la cheminée, manifestement absorbée dans ses pensées, ce qui lui donna l'occasion de l'étudier. Pendant toutes ces années, il avait dû se contenter de regards fugaces. Une œillade à la dérobée à travers une salle de bal ou à table lors d'un dîner, veillant à ce que personne ne le surprenne en train de la contempler. Il était presque enivrant de pouvoir l'admirer aussi longtemps qu'il le souhaitait.

— J'ai apprécié le dîner de ce soir, indiqua-t-elle distraitement, en buvant une nouvelle gorgée de vin. Avec votre frère, mes sœurs et tous leurs amis. C'était… agréable.

Elle semblait légèrement surprise par ce constat, par le fait que l'harmonie domestique qu'ils avaient montrée ce soir avait été agréable. Il fut tenté de l'interroger, mais il préféra aborder un autre sujet qu'il avait souvent envisagé ces dernières semaines.

— Vous vous êtes rapprochée d'elles. Des amies de Violet, je veux dire. Je me souviens que vous ne fréquentiez que vos sœurs à l'époque.

Il se rappelait une chose qu'elle lui avait dite, des années auparavant : « Pourquoi aurais-je besoin d'autres amis, alors que j'ai quatre sœurs ? Qui pourrait m'apporter une meilleure compagnie ? »

Il se souvenait de la douleur que ces paroles avaient provoquée chez lui. Il avait grandi sans sa mère, qui était morte, avec un père dominateur et un frère cadet qui semblait lui en vouloir la moitié du temps. Il n'aurait jamais imaginé qu'une famille nombreuse comme celle des Wexham puisse être aimante. Ensuite, il était allé à l'école et s'était lié d'amitié avec David Overington, le futur marquis de Willingham. Ils s'étaient rencontrés à Eton et avaient poursuivi leurs études à Oxford ensemble. Alors il avait découvert la joie d'appartenir à un groupe, d'avoir une autre personne sur qui compter.

Le souvenir de David était douloureux, mais il prit conscience avec un sursaut qu'au cours de l'année écoulée – depuis qu'il avait renoué avec son frère et s'était rapproché des amis de ce dernier –, la souffrance provoquée par l'absence de David s'était atténuée, comme une vieille blessure qui cicatrisait lentement.

— J'ai découvert les avantages d'être intime avec quelqu'un qui ne vous connaît pas depuis l'enfance, expliqua Sophie, arrachant West à sa mélancolie. Et puis, mes sœurs sont adultes. Elles se sont toutes mariées et ont fondé leur propre famille. Elles n'ont plus besoin de moi.

Il posa son verre de vin et se pencha en avant, posant les coudes sur ses genoux et la regardant droit dans les yeux.

— Sophie. Vos sœurs auront toujours besoin de vous.

— Peut-être, mais ce n'est plus pareil.

Elle prit une autre gorgée de vin.

— Après que... Après avoir épousé Fitz, j'ai concentré mon attention sur elles. À l'époque, il fallait qu'elles fassent un bon mariage. Il fallait qu'elles soient heureuses. Je leur ai servi de chaperon lors de différents événements. J'ai organisé des bals pour Alex et les jumelles, l'année de leurs débuts. Je leur ai donné des conseils lorsqu'elles ont eu des prétendants. Et durant tout ce temps, j'ai pensé que si je pouvais m'assurer qu'elles soient heureuses en ménage, alors ce ne serait pas grave que je…

Elle s'interrompit, comme si elle se rendait soudain compte de ce qu'elle était en train de dire. De ce qu'elle s'apprêtait à dire.

Il attendit.

— Que je ne sois pas heureuse dans le mien.

Elle prononça chaque mot très soigneusement, délibérément, sans laisser son regard se détacher du sien – pour lui prouver la sincérité de ses paroles. Pour qu'il comprenne que ces mots n'avaient pas été choisis au hasard.

Il savait, d'une certaine manière, que c'était vrai. Il n'était pas vaniteux, mais il supposait que Sophie n'avait pas brutalement cessé de l'aimer et épousé un autre homme sans le regretter, ne serait-ce qu'un peu. Il s'était douté que son mariage avec Bridewell avait dû être douloureux. La même douleur, et en même temps une douleur très différente de celle qu'il avait lui-même éprouvée en apprenant leur union.

Mais elle ne le lui avait jamais avoué, jusqu'à présent.

Et il savait, sans qu'il puisse l'expliquer, qu'il devrait désormais procéder avec beaucoup de précautions.

— Vos sœurs étaient-elles… sont-elles au courant de cela ?

Il s'adossa délibérément à son fauteuil, comme s'il tentait de ne pas effaroucher un chat particulièrement peureux.

Pendant des années, tout ce qu'il avait voulu – plus que l'embrasser, la prendre dans ses bras ou lui faire l'amour –, c'était simplement lui *parler*. C'était la personne au monde avec qui il préférait discuter.

C'était la personne au monde qu'il préférait, tout court.

Elle haussa vaguement les épaules, un geste qui trahissait une certaine impuissance, bien que ce mot soit le dernier qu'il eût choisi pour la décrire.

— Je ne sais pas… elles s'en doutent, je pense. Elles ont été très perplexes quand j'ai épousé Fitz. En particulier alors que vous étiez alité. Elles m'ont trouvée sans cœur. Maria et moi nous sommes disputées à ce sujet, et nous ne nous sommes jamais complètement remises de cette querelle, je crois.

— Parce que vous aviez laissé un futur duc vous filer entre les doigts ? s'enquit-il en pensant à la sœur cadette de Sophie, obsédée par le statut des gens.

— Parce qu'elle savait que j'étais amoureuse de vous, avoua Sophie à voix basse avant de contempler son verre un long moment. Bien sûr, elle me trouvait aussi idiote de renoncer à la chance d'être duchesse un jour – vous savez comment est Maria. Mais le plus important pour elle était que je vous aimais et que j'épousais un autre homme. Elle a trouvé cela monstrueusement injuste envers Fitz, même si j'ai essayé de lui dire qu'il ne m'aimait pas non plus. Maria est étonnamment romantique. Je ne lui ai pas dit à l'époque ce qui s'était passé avec votre père – et elle ne le sait toujours pas – parce que je savais qu'elle se sentirait coupable. Et comme je ne pouvais révéler à personne les raisons pour lesquelles j'avais fait ce que j'avais fait, ils ont tous… condamné mon choix. Et puis, une fois que j'ai été mariée pendant un certain temps et que je n'ai pas eu d'enfant, ils ont commencé à s'inquiéter de cela aussi – je pense que c'est ce qui les a poussés à me pardonner ce mariage précipité. Ils étaient tellement désolés pour moi qu'ils ont réussi à surmonter leur désapprobation, je suppose.

Quelque chose dans son ton le troublait. Il y avait du sarcasme dans sa voix, presque de la culpabilité.

— Et vous ne vouliez pas de leur pitié ?

Il avançait à tâtons, dans l'obscurité. Cela le mettait mal à l'aise ; il n'était pas habitué à parler sans être tout à fait certain de ce qu'il disait. Les futurs ducs ne s'expriment que lorsqu'ils sont sûrs d'eux. Les futurs ducs sont *toujours* sûrs d'eux.

Mais c'était la magie de Sophie, pensa-t-il. Il avait été frappé sept ans plus tôt par cette magie, et il en éprouvait encore les effets aujourd'hui.

Avec elle, il n'avait pas besoin d'être sûr. Elle ne l'estimait pas moins pour autant.

— Je ne pensais pas la mériter, dit-elle très calmement, et elle leva les yeux pour rencontrer les siens. Fitz et moi… notre mariage n'a pas été particulièrement passionné. Nous y sommes entrés le cœur brisé, tous les deux, et il a rapidement développé des intérêts ailleurs. Il s'est assuré que j'étais consciente que je pouvais faire de même, mais il aimait l'idée d'avoir des enfants et nous étions seuls tous les deux. C'était commode pour nous de savoir qu'un lit réchauffé par quelqu'un d'autre se trouvait dans la chambre voisine. Alors nous… nous avons couché ensemble. Assez souvent, au fil des ans, pour que nous commencions tous les deux à trouver étrange que cela n'aboutisse pas à une grossesse. Cela le perturbait beaucoup.

Elle ne détourna pas les yeux des siens.

— Mais cela ne m'a jamais contrariée.

West resta silencieux un long moment, absorbant ce qu'elle venait de dire. Il n'avait jamais entendu quelqu'un, homme ou femme, exprimer une telle pensée. D'après son expérience, les couples qui ne pouvaient pas avoir d'enfants étaient à plaindre ; la femme était toujours à blâmer, bien qu'il ait toujours trouvé que cette supposition faite par beaucoup d'hommes de sa connaissance était fondée sur une logique tordue. En revanche, la question de savoir si un enfant était quelque chose de souhaitable n'avait jamais été soulevée, et toute personne incapable d'en avoir en ressentait forcément un manque profond.

Il n'avait jamais, pas une seule fois, envisagé que quelqu'un puisse vivre la chose autrement. Dans son monde, les enfants n'étaient pas tant des ajouts appréciés à la famille que des acquisitions nécessaires, comme un nouveau cheval ou une voiture particulièrement belle. De toute sa vie, il ne s'était jamais posé la question de savoir s'il en *voulait*.

— Vous ne voulez donc pas d'enfants ? demanda-t-il en retrouvant sa voix, l'esprit encore plein de ces pensées.

— Je n'avais jamais réfléchi au sujet, précisa-t-elle. Ce n'est pas comme si j'avais le choix, une fois mariée. C'est à cela que sert une épouse, n'est-ce pas ? À produire des héritiers.

Il faillit tressaillir à ce dernier mot. *Héritiers*. La plupart des hommes souhaitaient que leur femme leur donne des enfants, c'était vrai, mais il ne pouvait s'empêcher de penser qu'elle avait choisi ce mot délibérément. Après tout, quel homme devait se préoccuper autant qu'un duc de ses futurs héritiers ? En tant qu'épouse de Bridewell, elle n'en avait pas ressenti le poids aussi lourdement. Il compris soudain à quel point il avait été audacieux et présomptueux de s'attendre à ce qu'elle l'épouse.

— Mais ensuite, quand aucun enfant n'a été conçu, je me suis rendu compte que cela ne me dérangeait pas. Et en y réfléchissant davantage, j'ai pris conscience que je ne m'étais jamais vraiment intéressée aux bébés et que je n'avais jamais désiré en avoir moi-même. J'aime mes nièces et mon neveu, mais je n'ai jamais souffert que mon mariage n'ait pas donné naissance à un enfant.

» Vous voyez, West, c'est aussi bien que nous ne nous soyons jamais mariés. Votre duchesse devra être capable de produire un héritier. Mais vous n'avez pas non plus à craindre que je tombe enceinte à cause des activités divertissantes que nous pourrions partager.

Elle le regardait toujours fixement, sans émotion, mais il était certain qu'il s'agissait d'une comédie. Elle affirmait cela avec audace pour le choquer, pour le provoquer, pour voir comment il réagirait.

Il s'arrêta un instant pour évaluer ses propres émotions. Que ressentait-il au sujet de ces confidences ? Il n'en était pas tout à fait sûr. Mais il savait, avec la plus grande certitude, que lorsqu'il avait voulu épouser Sophie sept ans plus tôt – et durant toutes ces années passées à la désirer – il n'attendait pas qu'elle lui offre un héritier.

Il l'avait voulue pour ce qu'elle était, parce qu'elle le rendait heureux.

Tout le reste était… eh bien, tout le reste était secondaire.

— Comment savez-vous que vous êtes stérile et que le problème ne venait pas de Bridewell ? s'enquit-il, l'idée lui venant tardivement à l'esprit.

Elle leva les yeux au ciel.

— N'est-ce pas toujours la femme qui est en tort dans ce domaine ?

— Je ne suis pas médecin, dit-il prudemment, mais il me semble que deux personnes sont impliquées dans l'acte. Il est donc tout aussi probable que le problème vienne du mari que de la femme.

— Seriez-vous prêt à prendre le risque ?

Il se leva alors de son siège et s'approcha d'elle à pas lents et délicats. Il se pencha pour prendre appui sur les accoudoirs de son fauteuil, son visage tout près du sien.

— Dois-je vous rappeler que, jusqu'à récemment, mon père était convaincu que je ne pouvais pas avoir d'enfants ?

Elle fronça les sourcils.

— Je sais, mais vous lui avez fait croire cela pour l'énerver. Ce n'était pas vrai.

— Je lui ai dit cela, reprit-il d'une voix très claire, pour qu'il abandonne tout espoir de me voir prendre épouse et produire un héritier, car je n'en ai aucune envie.

Sauf si c'est avec vous.

Il n'avait pas prononcé les mots à haute voix, mais ils flottèrent entre eux.

Elle déglutit.

— Vous auriez fini par changer d'avis… Vous changerez d'avis, répliqua-t-elle. Vous ne voulez pas vous faire moine.

— C'est pourtant ce que j'ai fait au cours des quatre dernières années, et pratiquement au cours des trois années qui les ont précédées, déclara-t-il d'un ton calme.

Elle fronça les sourcils.

— Mais alors…

Ses yeux s'écarquillèrent. Il attendit, ignorant la douleur qui remontait le long de sa jambe.

— Vous n'avez pas… après cette nuit-là…

— Cet après-midi-là, pour être exact, mais non…

Il hésita, avant d'ajouter :

— Il y a eu… pendant les années où vous étiez mariée, et une fois que j'ai été rétabli, il y a eu d'autres femmes. Pas souvent, mais quand je… je ne pouvais plus supporter la solitude.

Dans ces moments, il avait fermé les yeux et essayé de ne pas imaginer son visage.

— Mais après cet après-midi avec vous… il n'y a plus eu personne.

— Pourquoi ?

— Parce que vous m'avez envoûté, dit-il simplement.

Puis il se pencha et l'embrassa.

Il y avait moins d'hésitation dans ce baiser que quelques nuits plus tôt, sur la terrasse de lady Worthington. Leurs corps se souvenaient l'un de l'autre et reprenaient le rythme qui leur était naturel : sa main sur sa joue, leurs langues emmêlées, ses doigts autour de son cou. Le temps semblait ralentir, et il n'avait plus conscience que de son corps brûlant pressé contre le sien et de la douceur de ses cheveux dans ses mains.

Une autre sensation, cependant, commençait lentement à s'installer, un arc de douleur remontant le long de sa jambe alors qu'il reposait lourdement dessus. La journée avait été longue, il était parti à cheval cet après-midi-là, et sa jambe lui faisait savoir sans ambiguïté qu'elle n'appréciait pas ce traitement.

— Quelque chose ne va pas ? demanda Sophie, s'écartant en réponse à un infime signal.

Elle était rougissante et tout à fait charmante avec ses mèches dorées qui s'échappaient de sa coiffure.

— Tout va bien, la rassura-t-il en la tirant par la main pour lui faire quitter son siège.

Elle attrapa sa cravate et attira sa bouche sur la sienne.

Cette fois, c'était elle qui contrôlait le baiser et il était heureux de la laisser faire. Lui qui devait contrôler tant d'autres aspects de sa vie, faire preuve d'une conscience irréprochable à tout moment, il était plus qu'heureux d'y renoncer en cet instant, dans cette pièce où il n'y avait personne d'autre pour le voir. Les doigts de Sophie s'agitaient sur sa cravate, tentant de la défaire à la hâte. Bientôt, elle parvint à la détacher et sa paume brûlante fut sur sa gorge, déclenchant des vagues de frissons sur sa peau. Il se débarrassa de sa veste, puis de son gilet. Il déboutonna sa chemise et les mains de Sophie se posèrent avec avidité sur son torse, ses muscles se contractant sous ces caresses aussi délicates qu'un murmure.

Ils trébuchèrent en arrière, grisés, West l'entraînant avec lui vers la porte qui menait à la chambre. Il faisait plus sombre dans cette pièce et, sous la lumière tamisée, les yeux de Sophie ressemblaient à deux flaques sombres alors qu'elle avait rompu leur baiser et l'observait en silence.

Elle recula, affamée, et il se sentit durcir sous son regard.

— Pourquoi faut-il que vous ressembliez à... cela ? demanda-t-elle en le désignant d'un geste.

Elle avait l'air agacée, mais aussi émerveillée.

— J'ai commencé à faire de l'exercice après mon accident, expliqua-t-il, pour tenter de retrouver mes forces. J'ai découvert que c'était une façon agréable d'éviter de trop... penser.

À David, à son chagrin, à sa culpabilité terrible et écrasante, à Sophie, au début, quand il ne parvenait pas à la sortir de son esprit et que c'était devenu une agonie constante. Plus tard, lorsque son désir pour elle s'était fait moins dévorant, il avait apprécié la sensation d'avoir la tête vidée que lui procurait l'épuisement physique. C'était un soulagement de pouvoir oublier le reste du monde, même pour un court moment.

Il y avait d'autres moyens de le faire, cependant.

Des méthodes qu'il avait appréciées autrefois, qu'il avait souvent pratiquées. Des distractions qui avaient néanmoins perdu leur attrait, une fois qu'il l'avait perdue.

Jusqu'à aujourd'hui.

Il se libéra de sa chemise et avança vers elle. Lorsqu'il était concentré, il pouvait contrôler sa boiterie, la rendre presque imperceptible, même si cela lui causait une douleur supplémentaire. En cet instant, cependant, sa démarche était lourde, mais rien sur le visage de Sophie ne laissait penser qu'elle s'en souciait. Qu'elle regrettait l'homme – presque encore un garçon – qu'elle avait aimé autrefois.

Au contraire, chacun de ses traits exprimait à quel point elle appréciait ce qu'elle voyait.

— Maintenant, vos chaussures, ordonna-t-elle en croisant les bras sur sa poitrine et en le toisant avec une certaine impatience.

Il s'assit au bord du lit et tira sur ses chaussures.

Un coup d'œil en direction de Sophie confirma qu'elle contemplait ce spectacle avec une certaine satisfaction.

— Votre pantalon.

— Avez-vous l'intention de vous joindre à moi, à un moment ou à un autre ?

Elle plissa les yeux.

— Peut-être.

Son regard et son ton autoritaire firent affluer le sang sous sa ceinture. Il se débarrassa de son pantalon et de ses sous-vêtements. La seconde d'après, il se tenait devant elle, entièrement nu. Il fit un pas vers elle, mais elle l'arrêta d'une main.

— Sophie...

— Attendez, le coupa-t-elle, un sourire se dessinant sur ses lèvres.

Il n'y avait rien que de l'appréciation et du désir sur son visage.

Elle le contourna lentement et son sexe durcit encore plus, si cela était possible, sous cet examen. Elle se planta devant lui, si près qu'il aurait pu tendre la main et la saisir sans effort, mais il resta immobile, la laissant l'étudier. Ses joues étaient colorées et sa poitrine se soulevait et s'abaissait au rythme de sa respiration accélérée. Son regard tomba sur sa jambe, et il abaissa instinctivement la main pour couvrir les cicatrices qui sillonnaient l'une de ses cuisses, là où un morceau de bois déchiqueté l'avait gravement entaillé lors de l'accident. Au dernier moment, il interrompit son geste et renonça.

Elle posa une main sur sa peau, ses doigts retraçant les vilaines cicatrices. Elles s'étaient estompées avec le temps, mais ne disparaîtraient jamais. Elle leva son regard vers le sien.

— Est-ce que ça fait mal ?

Sa bouche se tordit en un sourire ironique.

— Pas plus que d'habitude.

Un mensonge. La douleur qu'il éprouvait était bien moins supportable que d'habitude, mais la fraîcheur de ses doigts le soulageait d'une certaine manière, même si elle n'avait fait qu'effleurer la carte de sa douleur.

Son regard s'abaissa de nouveau, jusqu'à son tibia, où la fracture s'était mal consolidée, provoquant la boiterie qui le gênait encore aujourd'hui. De la main, elle poursuivit sa progression, descendant presque jusqu'à son genou, puis remonta de nouveau, encore plus haut. Elle atteignit l'intérieur de sa jambe et il ferma les yeux.

— Sophie...

Elle enroula les doigts autour de son sexe et il finit sa phrase par un grognement. Elle resserra son étreinte, lui arrachant un souffle court, avant d'éloigner sa main. Il ouvrit les yeux pour protester, à temps pour la voir lécher sa paume avec une lenteur délibérée, sans le quitter des yeux, puis reprendre son sexe en une délicate et douloureuse caresse.

— Seigneur !

— Hum, fit-elle, ses yeux suivant le mouvement de sa main, j'aime quand vous me parlez.

— Je parle... Bon sang, je parle tout le temps..., parvint-il à dire.

Son sourire, aussi suffisant que celui d'un chat ayant chapardé une gourmandise, s'élargit.

— Pas de cette façon.

Un autre va-et-vient délibéré. Puis elle desserra les doigts et s'agenouilla. Il tendit la main et s'agrippa au montant du lit, juste avant qu'elle l'aspire dans sa bouche.

Une sensation brûlante l'envahit, mais aussi une douleur croissante dans la jambe, une souffrance qui se mêlait au plaisir d'une manière qui, au début, l'augmentait presque... jusqu'à ce qu'elle prenne trop de place.

— Sophie, attendez..., souffla-t-il.

Elle se pencha en arrière, levant un regard interrogateur vers lui.

— Il faut que je m'asseye. Je ne pense pas que ma jambe puisse supporter cela.

Il avait depuis longtemps passé le stade des regrets à ce sujet. S'il lui arrivait de regretter l'époque où il pouvait faire la course avec son frère ou ses amis dans un champ et battre celui qui était assez fou pour relever le défi face à lui, il ne s'attardait jamais sur ce sentiment, car ces victoires lui importaient peu, finalement.

Cependant, la frustration enflait en lui tandis que Sophie reculait sur les genoux, lui permettant de s'asseoir avec précaution au bord du lit. Plus que n'importe qui, il aurait désespérément voulu qu'elle le voie comme il était avant : entier, indemne. Pas comme un homme que l'on devait ménager. Ses émotions devaient se lire sur son visage – une prise de conscience alarmante, vu qu'il se targuait de ne jamais laisser transparaître ses sentiments – car les sourcils de Sophie se froncèrent.

— Qu'est-ce qui ne va pas ?

Il secoua la tête.

— Rien… comme vous pouvez le voir, ajouta-t-il en désignant son sexe dressé.

L'expression de Sophie demeura préoccupée malgré sa tentative de plaisanterie, et il soupira.

— Je suis gêné par ma jambe, admit-il sincèrement, et je ne veux pas que cela rende les choses… Je ne veux pas que vous vous en inquiétiez pendant que nous…

— Je peux vous promettre, West, que si vous me laissez reprendre ce que j'étais en train de faire, je ne penserai à rien d'autre qu'à essayer de vous faire jouir, et au plaisir que cela me procure.

— Vraiment ? demanda-t-il, la voix rauque mais claire, ce qui lui parut être un exploit après avoir failli avaler sa langue.

— Voulez-vous que je vous le prouve ?

Il déglutit et se contenta d'un hochement de tête, tout ce dont il était capable dans ces circonstances. Alors elle se releva, lui tournant le dos et lui jetant un regard coquet par-dessus son épaule.

— Vous pourriez peut-être m'aider… ?

Elle leva les bras et, un instant plus tard, il faisait passer sa robe par-dessus sa tête. Aussitôt, ses doigts se posèrent sur les liens de son corset qu'il dénoua lentement, avant de jeter le vêtement de côté.

Elle se retourna alors, révélant une chemise en lin très fin, presque transparente à la lumière de la lampe, qui laissait deviner les courbes de ses seins, de sa taille et de ses hanches, telle une promesse à travers le tissu. S'il pensait que ses souvenirs d'elle étaient exacts, il prit conscience qu'il avait oublié le spectacle enivrant de son corps nu et de sa chevelure dorée. Elle retira les épingles de ses cheveux et secoua la tête, répandant une cascade de boucles sur ses épaules, une lueur coquine dans les yeux.

Il posa les mains sur la couverture derrière lui pour dissimuler leurs tremblements.

— Vous êtes si belle.

Ce n'était pas le plus élégant ni le plus doux des compliments, seulement quelques mots simples qui semblaient avoir été arrachés du plus profond de son être. Mais c'était ce qu'il avait pensé chaque fois qu'il avait posé les yeux sur elle au cours des sept dernières années, et il n'avait jamais été capable de le dire. Il avait tout fait pour éviter de lui dire quoi que ce soit. Le fait de prononcer cet aveu maintenant lui semblait être un privilège qu'il n'avait pas mérité.

Le rose de ses joues s'accentua.

— Merci.

— Venez par ici.

Elle s'avança lentement vers lui, ses hanches se balançant juste assez pour que ce soit séduisant sans être exagéré.

— Je croyais que c'était moi qui donnais les ordres, ce soir, observa-t-elle en s'arrêtant devant lui et en tendant l'index pour le faire glisser le long de son membre.

Il sursauta à ce contact, ravalant un juron.

— Dans ce cas, répondit-il en plongeant le regard dans ses beaux yeux bruns, j'aimerais beaucoup que vous m'ordonniez de vous goûter.

— Je… Je pense que cela me plairait aussi, dit-elle en haletant légèrement, ce qui attisa une fierté toute masculine, qu'il faisait de son mieux pour ignorer la plupart du temps.

— Alors, venez par ici, répéta-t-il en reculant un peu sur le lit tandis qu'elle le rejoignait.

Lorsqu'elle se trouva juste devant lui, il tendit les bras et la saisit par la taille. Il lui fallut fournir un léger effort, mais quelques secondes plus tard elle le chevauchait. Il se pencha en arrière et saisit ses cuisses pour la déplacer, jusqu'à ce qu'elle soit juste au-dessus de son visage.

— Vous devriez peut-être vous accrocher au lit, lui recommanda-t-il avant d'enfouir la tête entre ses cuisses pour la lécher.

— Seigneur Dieu ! siffla-t-elle. Oh… Jésus !

Quelques instants plus tard, il reprit son souffle.

— Préféreriez-vous interrompre ces activités divertissantes et assister plutôt à un service religieux ?

— Non ! dit-elle avec ferveur en posant une main sur sa tête et en tirant ses cheveux, l'invitant à se remettre à la tâche.

Il n'avait pas l'intention de s'arrêter, pas alors qu'elle lui donnait des ordres sur ce ton autoritaire. Pendant plusieurs minutes, il se perdit dans son goût et son odeur, guidé par les petits gémissements qui montaient du fond de sa gorge, mêlés à quelques jurons occasionnels qui le ravissaient. Ses mains étaient refermées sur ses fesses, la maintenant fermement en place, et elle commençait à trembler, l'emprise de ses doigts sur les cheveux de West devenant presque douloureuse. Un instant plus tard, elle fut terrassée par l'orgasme et il put l'admirer de sa position, sa bouche toujours pressée contre son sexe, jusqu'à ce qu'elle se laisse finalement tomber près de lui.

Il se hissa sur un coude juste au moment où elle tendait un bras pour le prendre par le cou et l'attirer vers elle pour un baiser brûlant.

Elle roula sur le côté, passant une jambe au-dessus de lui, et…

— Vous êtes sûre ? demanda-t-il à bout de souffle, presque fou de désir.

— Certaine, affirma-t-elle en l'embrassant à nouveau.

Alors il se glissa dans son sexe humide et lubrifié, et il ne pensa plus à rien d'autre qu'à son fourreau étroit et au plaisir aveugle qu'il ressentait, grisé par le son de ses soupirs à son oreille. Ils mirent un certain temps à trouver leur rythme, mais ils finirent par se synchroniser, les hanches de West allant à la rencontre de celles de Sophie, sa main pressée au creux de ses reins pour mieux la plaquer contre lui. Il ferma les yeux pour se concentrer sur sa chaleur, sur la douceur de sa peau contre la sienne, et sur les vagues de plaisir qui déferlait à mesure qu'il allait et venait en elle. Et puis, bien trop tôt, ses poussées devinrent erratiques alors qu'il cherchait la libération. Il passa une main entre eux, pressant le pouce sur son bouton de rose, et elle explosa dans un cri silencieux, quelques secondes avant qu'il se retire et jouisse sur son ventre.

Pendant un instant – une minute, cinq minutes, dix... –, il n'y eut rien d'autre que le bruit de leurs respirations.

— Mon Dieu, finit par dire Sophie, je ne vais pas pouvoir marcher demain.

— C'était le but, marmonna-t-il d'une voix faible, incapable d'ouvrir les paupières.

Après un autre silence, il se força à se redresser – un exploit, étant donné l'état confus de son esprit et de ses membres – et il se leva pour se diriger vers le lavabo fixé au mur, où se trouvait un gant qu'il humecta avant de le tendre à Sophie. Elle s'essuya le ventre, un sourire ironique sur le visage.

— C'était très prévenant de votre part de vous retirer, mais probablement pas nécessaire.

— Nous n'en savons rien, dit-il doucement en s'installant à côté d'elle sur le lit, et je ne voudrais pas vous imposer une chose pour laquelle vous n'êtes pas prête.

Comme la maternité – ou un mariage avec lui. Il ne supporterait pas qu'elle l'épouse uniquement parce qu'elle attendait un bébé qu'elle n'était pas certaine de vouloir. Cela serait encore plus douloureux que de la perdre, pensa-t-il.

Elle jeta le gant sur le côté et recula sur le lit, jusqu'à ce qu'elle soit adossée aux oreillers. Elle avait l'air d'une reine, alors même qu'elle ne portait pas un seul vêtement.

Et West – qui penserait plus tard que son cerveau n'avait peut-être pas fonctionné tout à fait normalement, compte tenu des circonstances – déclara sans y réfléchir à deux fois :

— Cela valait la peine d'attendre.

Elle resta immobile, puis se redressa davantage, ravissante et sans honte de sa nudité – elle semblait à peine s'en apercevoir, toute son attention concentrée sur lui.

— West, commença-t-elle prudemment, je me demande si nous n'aurions pas dû discuter avant de ce que cela signifie pour moi… par rapport à ce que cela représente pour vous.

Il éprouva l'étrange envie de rire. Combien de fils aînés de ducs avaient-ils à s'inquiéter de coucher avec une femme qui était horrifiée à l'idée de les épouser ?

Au lieu de cela, il se contenta de préciser :

— Je ne vous ai rien demandé, Sophie.

— Mais… vu que vous avez renoncé aux autres femmes pendant *quatre ans*…

— Je n'ai pas précisément décidé de le faire, vous savez, expliqua-t-il. Au fil des ans, un certain nombre de femmes m'ont fait connaître leur intérêt.

Sophie soupira, s'appuyant de nouveau sur les oreillers.

— Je n'en doute pas.

La bouche de West se retroussa légèrement.

— Jalouse ?

Elle croisa les bras et leva les yeux au plafond.

— Certainement pas. Vous pouvez coucher avec toutes les femmes de la haute société, pour ce que j'en ai à faire.

— Bien sûr, acquiesça-t-il en s'étirant à côté d'elle et en faisant remonter son index le long de son bras, semant des frissons dans son sillage. J'en ai embrassé quelques-unes – aucune que je pouvais épouser, mais quelques veuves discrètes. Chaque fois que je fermais les yeux, je voyais votre visage.

Elle tourna la tête pour le regarder.

— West.

Son ton était doux, peiné.

— J'ai essayé de vous oublier, ajouta-t-il, j'ai essayé de tourner la page. J'ai tenté de me convaincre que je serais tout aussi heureux sans vous, mais je n'y suis pas arrivé. Je ne veux que vous. Je n'ai jamais désiré que vous.

— Je vous désire aussi, dit-elle doucement, mais pas au point de jeter ma vie entière aux flammes.

Elle se hissa sur les coudes. De petites mèches de cheveux bouclés, ébouriffés par ses doigts, formaient une auréole dorée autour de sa tête.

— Votre père était prêt à ruiner les perspectives de mariage de ma sœur, si je vous épousais. Il était prêt à se séparer de la seule chose à laquelle vous tenez plus que tout et qui vous donne un but dans la vie.

— Vos sœurs sont toutes mariées maintenant et plutôt heureuses, je crois – à une exception près, mais je connais assez bien Blackford pour savoir qu'il n'y a rien que mon père puisse faire pour le convaincre de ne pas épouser Alexandra.

— Mes sœurs sont à l'abri, mais *vous* ne l'êtes pas. Il pourrait encore vendre Rosemere, chasser vos métayers de leur terre, uniquement pour vous faire souffrir.

— Je ne crois pas qu'il le fera, affirma West d'un ton ferme, même si cette simple pensée lui nouait l'estomac, une sensation qui revenait sans cesse depuis que son père avait proféré cette menace pour la première fois.

Il ne pensait pas son père capable d'agir ainsi – ce serait totalement inutile –, mais il n'aimait quand même pas envisager cette possibilité. Il n'était pas joueur. Il misait peu quand il lui arrivait de jouer. Or, il considérait qu'il n'avait pas le droit, étant donné les privilèges qui lui avaient été accordés à la naissance, de risquer de perdre un domaine dont d'innombrables personnes dépendaient, d'une manière ou d'une autre.

— Mais vous n'en êtes pas certain, souligna Sophie comme si elle lisait dans ses pensées, et je ne veux pas que vous preniez ce risque pour moi. Je ne veux pas d'un avenir avec vous, si cela implique que vous renonciez à quelque chose de si grand, quelque chose qui vous tient tant à cœur.

— *Vous* me tenez à cœur, protesta West, la tension s'insinuant dans sa voix. Et je n'arrive pas à comprendre pourquoi vous accordez si peu d'importance à votre propre bonheur, pourquoi vous êtes si prompte à y renoncer.

— Même si je pensais différemment, le simple fait que je ne puisse vous garantir un héritier devrait suffire à vous faire entendre raison.

— Je me fiche d'avoir un satané héritier !

Il se mit en position assise, puis roula complètement hors du lit, ignorant la douleur aiguë dans sa jambe qui résultait d'un mouvement trop rapide. Il se pencha et ramassa son pantalon sur le sol, l'enfilant avec une énergie furieuse.

— J'ai un frère, j'ai des cousins : je me fiche de savoir qui héritera de ce satané titre après moi, si m'en soucier implique de ne pas passer le reste de ma vie avec vous. Quand admettrez-vous que vous valez plus que cela à mes yeux ? Quand cesserez-vous de faire passer votre bonheur en dernier, après celui des autres ?

— Facile à dire quand on doit hériter d'un duché, objecta-t-elle froidement.

Il se rassit sur le lit et posa les coudes sur ses genoux.

— Vous connaissiez ma situation le soir où nous nous sommes rencontrés. Cela ne vous a pas dérangée, à l'époque.

— J'ai peut-être changé d'avis.

— Si c'est le cas, si je ne peux pas vous convaincre que l'homme que je suis vaut tous les ennuis qui découlent du titre que je porte, alors je ne sais pas ce que je peux ajouter pour vous persuader.

Elle se leva à son tour, attrapa sa chemise et la passa par-dessus sa tête, cachant sa nudité.

— Moi non plus, conclut-elle faiblement en ramassant son corset.

Après un long silence, West la rejoignit pour l'aider avec les lacets, sans un mot de plus.

19

Dix mois plus tôt

Il la trouva dans la galerie d'une maison de campagne du Wiltshire.

C'était le mois d'août, un après-midi ensoleillé qui donnait envie de converser paresseusement et se prélasser à l'ombre. Sophie savait qu'au moins quelques-uns des autres membres de leur groupe – qui étaient tous arrivés, comme elle, au cours des dernières heures – se promenaient dans le jardin ou se reposaient dans la fraîcheur et la tranquillité de leur chambre. Elle, en revanche, s'était simplement assurée que sa malle avait rejoint la chambre d'amis qu'elle occuperait pendant les quinze prochains jours, avait laissé son chapeau sur son lit, puis était partie explorer la maison, ses pas étouffés par les tapis coûteux qui recouvraient le sol.

Elle avait mûrement réfléchi avant d'accepter l'invitation de Jeremy à sa partie de chasse annuelle. Leur liaison s'était terminée en bons termes et, au cours du mois précédent, elle s'était rapprochée de Violet, qui avait l'intention de participer à la fête. Elle pensait qu'il serait agréable d'échapper à la chaleur de la ville pour quelques jours, en compagnie d'amis avec lesquels elle espérait renforcer ses liens. Et n'avait-elle pas dit à Jeremy, en mettant un terme à leur relation : « J'espère que nous pourrons rester amis » ? Elle était sincère. Elle appréciait Jeremy, même si leur liaison éphémère n'avait pas été particulièrement palpitante – elle craignait que ses attentes en matière de relations amoureuses ne soient trop élevées à cause d'un certain après-midi, trois ans plus tôt.

Elle était donc venue, mais après une longue journée de voyage dans un carrosse brûlant, soumise au bavardage incessant de sa gouvernante, elle souhaitait ardemment disposer de cinq minutes pour elle. Le temps n'était pas une denrée dont elle avait manqué ces trois dernières années, mais il lui arrivait d'avoir envie de rassembler ses pensées en toute tranquillité.

Peut-être qu'aujourd'hui, c'était surtout le fait de savoir qui l'attendrait, une fois qu'elle aurait rejoint le groupe, qui l'avait poussée à faire le tour de la maison avec une lenteur délibérée. Quoi qu'il en soit, ces efforts se révélèrent futiles. Alors qu'elle se tenait dans la galerie, observant pensivement un portrait de Jeremy et de son frère aîné lorsqu'ils étaient enfants, le bras passé autour des épaules de l'autre, elle entendit des pas et le bruit sourd d'une canne sur le tapis. Elle sut de qui il s'agissait avant même de se retourner pour lui faire face.

Il s'arrêta brusquement dès qu'il l'aperçut.

Sophie noua ses mains devant elle et inclina la tête.

— Lord Weston.

— Lady Fitzwilliam.

Un silence gênant s'installa. West parcourait la pièce du regard, semblant chercher désespérément un objet sur lequel poser les yeux qui ne soit pas son visage, et Sophie en profita pour l'étudier. Il portait une veste bleu foncé et des bottes d'équitation ; sa cravate était un peu lâche et ses cheveux ébouriffés. Il devait être sorti, pensa-t-elle. Il n'était pas encore redevenu la version impeccablement soignée de lui-même qui apparaîtrait à la table du dîner dans quelques heures.

Après un long moment, il la regarda directement. Ses joues avaient pris un peu de couleur, sans doute à cause de la chaleur. Cela faisait longtemps qu'elle ne l'avait pas vu ainsi.

— Je vous prie de m'excuser de vous avoir dérangée, je me suis un peu perdu en cherchant ma chambre. Je vais...

Il fit mine de se retourner et de partir, et Sophie fut tentée de le laisser faire. Elle ne savait plus quoi lui dire. Elle ne le savait plus depuis des années, en fait. Elle l'avait croisé à un petit déjeuner vénitien une semaine plus tôt, et ils avaient eu une conversation polie et très gênante sur la qualité des mûres. Pour l'amour du ciel ! Mais ils allaient rester ici pendant quinze jours, dans la même maison. Certes, c'était une très grande maison, mais ils ne pourraient pas s'éviter indéfiniment.

Elle ouvrit la bouche. Elle n'était pas tout à fait certaine de ce qu'elle avait l'intention de dire. Mais avant qu'elle puisse y réfléchir, il se figea, poussa un soupir irrité et fit un pas vers elle.

— Je veux que vous sachiez, dit-il, la voix basse mais parfaitement audible dans le silence de la pièce, que je pense que James n'aurait pas dû vous mêler à ses problèmes avec Violet. C'était... déplacé.

Sophie cligna des yeux, surprise ; ce n'était pas ce à quoi elle s'attendait. Le mois précédent, le frère de West avait un peu flirté avec elle pour rendre Violet jalouse, mais c'était inoffensif et il s'était excusé par la suite. Elle avait toujours la note très courtoise qu'il lui avait envoyée, rangée quelque part dans un tiroir de son bureau. Ce n'était que maintenant qu'elle se demandait si l'homme qui se trouvait devant elle n'avait pas encouragé son frère à l'écrire.

Elle ne connaissait aucun moyen de poser la question – pas sans rendre cette conversation plus intime qu'elle ne le souhaitait. West et elle ne pourraient plus jamais être intimes de quelque manière que ce soit.

— Votre frère m'a présenté ses excuses et il n'y a pas eu de mal, dit-elle, un peu raide. Et j'étais plus qu'enthousiaste à l'idée d'aider Violet à se venger.

Il hocha la tête.

— Bien. Je voulais simplement… vous le dire. Cela ne lui ressemble pas.

Elle l'observa attentivement pendant un moment.

— C'est un adulte, West.

Son surnom lui paraissait étrange dans sa bouche.

— Vous n'avez pas à vous excuser à sa place, ajouta-t-elle.

— Oui, bien sûr.

Pendant une seconde, elle crut qu'il n'allait rien dire de plus, qu'il allait la quitter sur cette note guindée et maladroite. Au lieu de cela, il pencha la tête sur le côté et déclara :

— Mais vous êtes mieux placée que quiconque pour comprendre l'inquiétude parfois déraisonnable que peut ressentir un frère aîné pour son cadet.

Elle aspira une bouffée d'air, mais ne détourna pas son regard du sien.

— C'est ainsi que cela doit se passer, alors ? demanda-t-elle doucement. Nous ne pouvons pas échanger quelques phrases sans replonger dans le passé ?

Il eut l'élégance de prendre un air honteux.

— Ce n'était pas nécessaire, admit-il. Je suis désolé. Je ne sais pas ce qui m'a pris.

Elle croisa les bras sur sa poitrine.

— Nous sommes ici pour quinze jours, vous savez. Nous pourrions au moins essayer de ne pas être si mal à l'aise en compagnie l'un de l'autre.

— Dois-je vous parler du temps qu'il fait, de votre voyage, ou vous demander si c'est la première fois que vous venez dans la région ?

Son ton était sceptique.

— Ce serait un bon début, répondit-elle sèchement.

Il ne lui donnait pas vraiment envie, pour le moment, d'apaiser les choses entre eux.

— Si nous ne pouvons pas trouver un sujet de discussion intéressant, nous pourrions au moins essayer de bavarder un peu, reprit-elle.

Il la dévisagea un long moment.

— Vous et moi, nous n'avons jamais bavardé, lady Fitzwilliam.

C'était vrai, Sophie s'en rendait compte : depuis le soir où ils s'étaient rencontrés pour la première fois, ils avaient évité le verbiage ennuyeux et sans conséquence qui constituait la norme dans la haute société, pour plonger tête la première dans une franchise et une intimité qui ne s'étaient interrompues qu'avec l'accident de West et le mariage de Sophie. Ils ne savaient pas se comporter comme de simples connaissances. Ils n'avaient jamais été cela l'un pour l'autre.

Pourtant, c'était maintenant tout ce qu'ils pouvaient être. Cela, ou rien du tout.

— Nous pourrions essayer, rétorqua Sophie en relevant le menton.

Après une brève pause, il acquiesça.

— D'accord.

Il désigna la porte du menton.

— Puis-je vous raccompagner à votre chambre ? Peut-être pourriez-vous me dire ce que vous pensez d'Elderwild. C'est votre première visite, n'est-ce pas ?

Sophie hocha la tête et s'avança vers lui jusqu'à ce qu'ils soient côte à côte, séparés par une distance prudente.

Ils commencèrent à marcher au même rythme. À ce moment-là, dans un mouvement qui semblait presque compulsif, contre sa volonté, il jeta un rapide coup d'œil par-dessus son épaule, en direction du portrait que Sophie contemplait lorsqu'il l'avait trouvée.

Le portrait de Jeremy... et de David.

Sophie continua à bavarder tandis qu'ils quittaient la pièce, comblant le silence par un long monologue sur ses premières impressions concernant la propriété de Jeremy. Une seule fois, alors qu'ils marchaient, elle osa poser les yeux sur son profil, les détournant aussitôt, mais pas avant d'avoir vu l'expression de douleur qui déformait ses traits.

Elle poursuivit ses commentaires frivoles sans y réfléchir tandis qu'il se contentait d'écouter en silence mais, pendant un bref instant, elle éprouva le désir féroce et effrayant de dire quelque chose – n'importe quoi – pour atténuer la peine qu'elle avait vue sur son visage.

À une époque, elle avait eu le pouvoir de faire une telle chose, mais cette période n'était plus qu'un lointain souvenir à présent. Le West et la Sophie d'alors, et ce qu'ils avaient été l'un pour l'autre, n'avaient rien à voir avec ceux qu'ils étaient devenus. Deux personnes qui n'avaient plus rien à se dire.

C'était un bon rappel, pensa-t-elle avec détermination. Elle devrait y penser chaque fois qu'elle serait tentée par ces yeux verts, ces larges épaules, ce visage anguleux et la centaine d'autres détails qui caractérisaient cet homme – encore dangereusement séduisant pour elle, malgré le temps écoulé.

Leur passé ne méritait pas d'être revisité, et sa douleur ne la concernait plus.

Si elle se le répétait assez souvent, peut-être finirait-elle un jour par y croire vraiment.

20

— Je ne vois vraiment pas pourquoi c'est nécessaire, dit Sophie alors qu'un valet l'aidait à sortir de la voiture de Violet devant la boutique de Mme Blanchet.

— Sophie, tu vas te marier, s'extasia Alexandra en passant devant elle pour pénétrer dans le petit établissement élégant de la modiste. Tu avais prévu de te présenter à St George avec une taie d'oreiller sur le dos ?

— Cet argument serait valable, convint Sophie avec solennité, si toute ma maison venait de brûler. Sinon, je pensais porter l'une des dizaines de robes tout à fait appropriées que je possède déjà.

— Si j'avais su qu'elle se plaindrait ainsi, je l'aurais laissée à la maison, souffla Alexandra à Violet de façon que Sophie l'entende aussi.

Violet semblait beaucoup s'amuser, mais elle finit par avoir pitié de Sophie et lui donna une tape réconfortante sur le bras.

— Si cela peut te rassurer, déclara-t-elle, j'ai dû choisir mon trousseau en compagnie de ma mère et, immédiatement après, j'ai été soumise à une tentative d'explication de l'acte conjugal qui relevait du cauchemar. Alors je pense que tu ne t'en sors pas si mal.

La mère de Violet, comtesse de Worthington, était le genre de femme que Sophie qualifierait diplomatiquement de « difficile » – et plus crûment d'« insupportable » –, ce qui la força à reconnaître que son calvaire n'était rien en comparaison de celui de son amie.

Elle parcourut la boutique du regard. Mme Blanchet était relativement nouvelle à Londres, puisqu'elle n'était arrivée que quelques saisons plus tôt, mais ses robes avaient déjà été aperçues sur plusieurs comtesses, quelques marquises et, une fois, sur la maîtresse de l'un des membres de la famille royale, ce qui avait considérablement accru sa notoriété. Les robes en question – ou du moins, celles que Sophie avait vues – avaient tendance à être un peu trop sophistiquées et fantaisistes à son goût, mais elle avait jugé sage de ne pas faire trop d'histoires. Ce n'était pas comme si elle porterait la robe en question, après tout.

C'était Alexandra qui se mariait, et Sophie était heureuse qu'elle puisse avoir la robe qu'elle voulait, dessinée par la modiste qu'elle avait choisie.

La boutique était remplie de bouts de tissus et de robes à moitié cousues. La propriétaire apparut, vêtue d'une robe simple mais impeccablement coupée en soie rose, avec une superposition de dentelle.

— *Bonjour, mesdames**[1] *!* lança-t-elle, la plume plantée dans ses cheveux vibrant à chaque mot qu'elle prononçait. *Et bienvenue dans ma boutique* !*

---

1. Tous les mots en italique et suivis d'un astérisque sont en français dans le texte original. *(N.d.T.)*

— *Bonjour, madame**, dit Alexandra. Je suis lady Brown-Montague. Je crois que vous avez reçu mon message.

— *Bien sûr* ! Bien sûr* !*

Mme Blanchet frappa dans ses mains avec empressement.

— Je suis si impatiente de vous aider à créer la robe parfaite pour vos merveilleuses noces – avec un comte, *n'est-ce pas** ?

Une lueur mercantile apparut dans ses yeux quand Alexandra acquiesça, mais Sophie était encore plus amusée par les fluctuations de l'accent français de la couturière. Ce n'était pas inattendu – la majorité des modistes et des gouvernantes soi-disant françaises à Londres ne connaissaient de la France que ce qu'elles en avaient imaginé, mais Sophie se sentait malicieuse aujourd'hui.

— *Bonjour, madame**, dit-elle solennellement dans un français parfait. *C'est un plaisir de vous rencontrer et j'ai hâte de bénéficier de votre expérience**.

Le sourire de Mme Blanchet ne faiblit qu'une fraction de seconde.

— *Bien sûr, madame**, répondit-elle avant de se lancer dans un discours très compliqué auprès d'Alexandra sur la nuance de bleu qui la flatterait le mieux lorsqu'elle quitterait l'église sur son cheval blanc.

Violet adressa un sourire narquois à Sophie, qui le lui rendit avec sérénité.

— Mais nous devrions vraiment nous concentrer sur Sophie, affirma Alexandra une minute plus tard.

Sophie ressentit une pointe d'inquiétude en observant sa sœur.

— Je me disais que nous pourrions porter des robes assorties ! suggéra cette dernière.

Elle avait proposé cela avec enthousiasme. Il était évident qu'elle n'envisageait pas un seul instant que Sophie ne soit pas d'accord.

Celle-ci fronça les sourcils.

— Je ne pense pas que ce soit nécessaire...

— Si nous devons nous lever ensemble pour prononcer nos vœux, ne crois-tu pas qu'il serait plus joli d'arborer les mêmes couleurs ? Nous pourrions porter des coiffes identiques !

Cette dernière phrase avait été prononcée sur le ton que l'on emploie pour promettre une récompense à un enfant, et Sophie s'efforça de sourire, tout en se demandant si le soleil n'avait pas trop tapé sur la tête de sa sœur.

Blackford et elle avaient fait beaucoup de promenades ensemble par des après-midi ensoleillés. Sa fixation soudaine sur les coiffes de mariage assorties était-elle un signe d'insolation ?

— Hum, fit Sophie sans s'engager.

— Et puis, si je porte du bleu, tu pourrais porter du...

Alexandra s'interrompit, se tapotant pensivement le menton avec son index, tout en regardant Sophie d'un air songeur.

— Rose ? suggéra Mme Blanchet. Cela irait bien avec son teint.

Elle avait adopté un accent encore plus exagéré, espérant peut-être faire croire à Sophie qu'elle parlait un dialecte régional que Sophie ne pouvait connaître.

— À vous deux, vous auriez l'air de... Quelles sont ces fleurs, qui fleurissent en été ?

— Il y en a beaucoup, marmonna Violet.

— Des hortensias ? proposa Alexandra avec empressement.

Mme Blanchet claqua des doigts.

— *Exactement* !* Peut-être pourriez-vous toutes les deux porter des bouquets d'hortensias...

Le mot était prononcé avec beaucoup de soin et un accent exagéré.

— ... de la couleur de la robe de l'autre !

— Je ne suis pas certaine...

— Et puis, poursuivit Mme Blanchet, ignorant la tentative d'interruption de Sophie, nous devons discuter des volants.

Elle avait dit cela comme le duc de Wellington expliquerait à ses troupes la stratégie à adopter sur le champ de bataille.

— Je n'apprécie pas beaucoup les volants, madame, rétorqua Sophie avec fermeté. J'espérais quelque chose de plus simple...

— Mais, Sophie !

Alexandra tourna vers elle un regard suppliant.

— C'est notre *mariage*. Tu ne veux certainement pas porter une robe qui ressemble à n'importe quelle autre que tu pourrais acheter !

En fait, c'était précisément ce que Sophie aurait aimé porter si elle avait eu le choix – et si elle avait vraiment eu l'intention de se marier.

— À moins que tu ne veuilles pas faire de cet événement une occasion spéciale ? ajouta Alexandra, les yeux écarquillés et l'air confus. Je sais... Je sais...

Sa lèvre inférieure se mit à trembler, ce qui était toujours un signe inquiétant. Alexandra n'était pas de nature à geindre facilement mais, quand elle se laissait emporter par l'émotion, elle pouvait se mettre à pleurer à chaudes larmes à une vitesse terrifiante.

— Je sais que ce n'est pas un premier mariage, pour toi comme pour moi, et que nous ne sommes plus de la première jeunesse...

— Tu as vingt-trois ans, lui rappela Sophie sèchement.

Étant elle-même plus âgée de quatre ans, elle commençait à se sentir irritée – bien qu'une telle sensation puisse être directement attribuée à cette conversation.

— J'ai conscience qu'un deuxième mariage n'est peut-être pas aussi excitant que le spectacle d'une jeune mariée virginale descendant l'allée d'un pas hésitant après une longue et chaste cour ponctuée de regards languissants, mais j'espérais trouver le moyen d'en faire un jour particulier.

Les yeux d'Alexandra s'étaient embués, et même Violet avait tourné vers Sophie un regard légèrement réprobateur.

— Et je voulais le partager avec toi, conclut Alexandra, puis elle fouilla dans sa manche pour trouver un mouchoir qu'elle pressa sur sa bouche comme si elle était submergée par l'émotion.

Sophie, qui avait l'impression de traverser une longue et harassante campagne militaire, tendit la main et tapota le bras de sa sœur.

— Tu as raison, je suis désolée.

Elle décocha un sourire forcé à Mme Blanchet, qui observait cet échange d'un air sombre mais qui se redressa immédiatement en voyant l'air vaincu de Sophie.

— Madame Blanchet, je m'en remets à votre expertise.

— *Très bien*!* s'écria la modiste avec éclat. Puis-je vous montrer le bonnet à plumes que j'avais en tête ?

— Et peut-être qu'une robe pour le bal de tes fiançailles serait aussi la bienvenue, Sophie, ajouta Violet.

Sophie foudroya la traîtresse du regard mais, déjà, Alexandra frappait dans ses mains, ravie, lui arrachant un soupir résigné.

*

* *

Être enfermé dans un carrosse en compagnie d'une femme que vous avez mise dans votre lit récemment avant de vous disputer avec elle représentait une forme de torture, comme West en faisait l'expérience en cet instant.

Sophie lui avait envoyé un mot l'après-midi précédent, l'informant que sa sœur avait exigé leur présence à un dîner qu'elle organisait chez elle, et il se retrouvait donc assis en face de sa supposée fiancée, dans un silence gênant. Plus d'une semaine s'était écoulée depuis leur querelle. Il l'avait vue lors d'un dîner et d'un bal depuis, mais d'un commun accord, ils avaient évité de rester seuls trop longtemps… jusqu'à ce trajet inévitable.

Il n'était pas étranger à ces silences – au cours de l'année écoulée, alors que lui et Sophie s'étaient lentement rapprochés en raison de l'enchevêtrement d'amis et de parents qu'ils partageaient, il s'était retrouvé en sa présence plus souvent qu'il ne l'aurait souhaité. Ce n'était pas tout à fait vrai, en réalité. Il était de plus en plus fatigué de se mentir à lui-même au sujet de ce qu'il désirait vraiment en ce qui concernait Sophie. Il s'était habitué à la gêne qui régnait souvent en ces occasions – une promenade dans un jardin du Wiltshire, une marche silencieuse dans les couloirs du théâtre de

Belfry, où ils étaient arrivés exactement au même instant. Sophie était plus douée que lui dans ces moments-là. Bien qu'il ait été élevé comme le fils d'un duc, entraîné à se montrer galant en toute occasion, son éducation semblait l'abandonner lors de ces rencontres et il se retrouvait démuni, ne sachant quoi dire. Sophie, quant à elle, avait toujours un mot courtois sur le temps qu'il faisait ou une nouvelle à partager – n'importe quoi pour détendre l'atmosphère, ne serait-ce qu'un peu.

Voilà pourquoi il trouvait si révélateur qu'elle ne fasse pas le moindre effort ce soir. Au lieu de cela, elle regardait fixement par la fenêtre tandis qu'ils traversaient Mayfair, son visage paraissant tendu à la lumière des lampes de la voiture.

Quelques instants avant qu'ils s'arrêtent devant la maison de sa sœur, elle finit par se tourner vers lui avec une expression indéchiffrable.

— Nous devrons faire bonne figure devant Alexandra.

Il ravala son amertume. C'était lui qui avait accepté sa proposition, après tout. Tout homme sensé aurait deviné que son cœur n'en sortirait pas indemne. Il pouvait difficilement lui en faire porter la responsabilité, alors que cette issue semblait presque écrite à l'avance.

— Bien sûr, concéda-t-il, laconique, avant d'attraper sa canne tandis que la porte s'ouvrait.

— West ! Sophie ! les salua gaiement Alexandra dès qu'ils furent introduits dans le salon par un valet de pied. Voulez-vous vous joindre à nous pour un verre avant le dîner ? proposa-t-elle en ponctuant sa phrase d'une gorgée de sherry.

Blackford, qui buvait lui-même un verre de brandy, serra la main de West.

— C'est une soirée un peu informelle, car nous ne sommes que tous les quatre, expliqua-t-il en s'inclinant sur la main de Sophie et en désignant le buffet installé contre un mur. Puis-je vous servir ?

West échangea un rapide regard avec Sophie, qui haussa les épaules et hocha la tête. Quelques secondes plus tard, elle sirotait un sherry, tandis que West dégustait un excellent cognac.

— Nous dînerons sur la terrasse, ajouta Alexandra en montrant les portes-fenêtres qui étaient ouvertes pour laisser passer une brise chaude, puisque nous sommes si peu nombreux et que la soirée est si agréable.

West songea que Sophie et lui étaient assez convaincants tandis qu'ils s'installaient avec leur boisson. Alexandra se chargea de la conversation et exposa dans les menus détails les idées de plus en plus élaborées de lady Wexham pour le bal de fiançailles qu'elle organiserait la semaine suivante. Bientôt, ils furent assis à une petite table sur la terrasse, éclairée par la lueur des bougies et de la lune qui était très basse dans le ciel.

Une fois la soupe servie et les verres de vin remplis, Alexandra leva le sien.

— Un toast, peut-être ? Aux secondes chances.

Elle posa un regard innocent sur sa sœur.

West ne tourna pas la tête vers Sophie et trinqua avec les autres. Pour sa part, celle-ci s'empressa de trouver un autre sujet de conversation.

— Cette soupe est délicieuse, dit-elle avec enthousiasme – un compliment qui aurait été plus convaincant si elle avait attendu de goûter son plat avant de le formuler.

— J'ignorais que tu aimais autant la soupe, Sophie, dit Alexandra, amusée.

— Eh bien, dit Sophie un peu faiblement, c'est tellement… liquide.

West la dévisagea d'un air narquois, ce qui lui valut un regard noir.

— La journée a été longue, indiqua-t-il à Alexandra et à Blackford. Nous nous sommes promenés à cheval sur Rotten Row cet après-midi et il faisait terriblement chaud. (Un mensonge.) Nous avons peut-être pris un peu trop le soleil.

Il sentait les yeux de Sophie sur lui. Elle n'appréciait probablement pas qu'il insinue qu'elle souffrait d'une insolation, mais il l'ignora. Ils étaient anglais, après tout ; on ne pouvait pas s'attendre à ce qu'ils supportent de telles conditions climatiques.

— Tu es retournée chez Mme Blanchet pour un nouvel essayage, Sophie ? s'enquit Alexandra une minute plus tard, en observant sa sœur d'un air inquiet. Elle a dit qu'elle t'écrirait quand elle aurait quelque chose à te faire essayer.

— Pas encore, répondit Sophie avec prudence, en prenant une délicate cuillerée de soupe. Elle m'a écrit hier pour m'inviter à lui rendre visite, mais je n'ai pas eu le temps de répondre.

Elle marqua une pause, la cuiller à mi-chemin entre son assiette et sa bouche.

— Elle ne t'a rien envoyé ? Je ne vois pas pourquoi j'aurais reçu un message, et pas toi.

Alexandra sembla troublée, mais se reprit rapidement.

— En fait, si ! s'exclama-t-elle, peut-être un peu trop vivement. Elle a terminé ma robe en urgence, à ma demande. J'y suis allée il y a quelques jours pour un nouvel essayage.

Sophie fronça les sourcils.

— Pourquoi se précipiterait-elle pour la tienne et pas pour la mienne ? Nous sommes censés nous marier le même jour.

— Euh… elle a pensé que les retouches seraient peut-être plus compliquées pour moi… en raison d'une condition particulière propre aux femmes.

Les autres plongèrent dans le silence, considérant les implications de ces mots.

Alexandra rougit.

— Pas *ce* genre de condition, précisa-t-elle précipitamment, plutôt un problème de… euh… de rapport inhabituel entre les hanches et la taille.

— Ah oui ?

Sophie avait l'air extrêmement sceptique.

— Je ne t'ai jamais entendue prétendre une telle chose auparavant.

— Je ne voulais pas le dire, mais ma dernière modiste l'avait remarqué. Manifestement, mes robes m'allaient mal depuis des années, et personne n'a pensé à me le signaler.

Ses lèvres tressaillirent, reflétant sa dignité blessée.

— Tu ne peux pas imaginer à quel point j'ai été choquée d'apprendre cela.

— À propos de tes… hanches ? fit Sophie, nullement convaincue.

— À propos de mes hanches, confirma Alexandra.

— Je ne crois pas être censé ne serait-ce que penser à cette partie de votre anatomie, observa Blackford, sans s'adresser à personne en particulier.

Sophie et Alexandra ne semblèrent pas le remarquer, trop occupées à se défier du regard, prises dans un échange silencieux.

— West a promis de m'emmener en voyage de noces ! annonça alors Sophie sans préambule.

West, qui s'apprêtait à porter son verre de bordeaux à ses lèvres, se figea un instant, puis reposa doucement son verre sur la table.

— J'ai fait ça ? demanda-t-il à Sophie d'un ton léger.

Elle lui lança un regard noir.

— Je l'ai fait, affirma-t-il alors en offrant un sourire plat à Alexandra.

Sentant que l'on en attendait un peu plus de lui, il ajouta :

— L'idée de voir ma bien-aimée sous le soleil éclatant de...

Il tourna un visage interrogateur vers Sophie.

— L'Italie, lui rappela-t-elle.

Il acquiesça.

— ... était une perspective trop tentante pour être ignorée.

Il fut soudain saisi par l'image de Sophie, bronzée, les cheveux au vent, assise sur un balcon dans une ville méditerranéenne, lui lançant un regard aguicheur par-dessus son épaule, et un élan de tristesse le traversa.

— Quelle charmante idée ! approuva Alexandra avec éclat, le regard toujours fixé sur Sophie. C'est terriblement romantique. Il faut que vous nous donniez l'itinéraire que vous avez prévu, afin que Blackford et moi puissions nous en inspirer pour notre voyage de noces.

Blackford cligna des yeux.

— Avons-nous prévu de faire un voyage de noces ?

— C'est le cas à présent, déclara Alexandra avant de se tourner de nouveau vers sa sœur. Je suppose que tu ne te souviens pas des sites précis que tu as l'intention de visiter au cours de ce voyage ?

— Il faudrait que je consulte mes notes à la maison, rétorqua Sophie en serrant les dents.

— Naturellement, naturellement…

Alexandra agita la main.

— Je te le rappellerai demain, alors ?

— Je ne pensais pas que tu avais l'âme d'une grande voyageuse, Alexandra, commenta Sophie en étudiant sa sœur avec suspicion.

— C'est drôle, dit Alexandra d'un ton sec, j'étais justement en train de penser la même chose de *toi*.

Blackford observa West avec une interrogation silencieuse, que celui-ci ignora. Heureusement, le plat suivant fut servi, interrompant la bataille inquiétante et tacite que Sophie et sa sœur étaient en train de se livrer. Blackford et West purent orienter la conversation vers un terrain moins conflictuel.

Il la questionna toutefois pendant le trajet du retour.

— Pourriez-vous m'expliquer ce que signifie la scène que votre sœur et vous nous avez servie au dîner ? demanda-t-il d'un ton badin, dès que la portière se fut refermée derrière eux.

Sophie se tourna vers lui, indignée.

— Elle se doute de quelque chose ! Vous n'avez pas compris ?

— Même si c'est le cas, je ne vois pas en quoi le fait d'inventer un voyage de noces sur le continent était la meilleure tactique de diversion.

— Parce que vous n'avez pas de sœurs, commenta Sophie d'un air dédaigneux. Elle essayait de me faire avouer quelque chose ! Comme si j'allais me laisser faire si facilement ! Les petites sœurs peuvent penser qu'elles ont plus d'un tour dans leur sac, elles devraient savoir que leurs aînées ont plus de sagesse et d'expérience.

Elle chassa un grain de poussière invisible de sa manche, l'air satisfait.

— C'est absurde.

West croisa les bras sur sa poitrine et l'observa attentivement, avant d'ajouter :

— Avez-vous réfléchi à la façon dont nous allons nous extraire de ces prétendues fiançailles, maintenant que nous y sommes profondément impliqués ?

— En fait, j'ai pensé que nous pourrions mettre en scène une dispute pendant le bal.

— Le bal que votre mère se donne beaucoup de mal à organiser, et que votre sœur attend manifestement avec beaucoup d'impatience, pour célébrer ce qui est censé être l'un des événements les plus heureux de sa vie ?

Sophie se pencha en avant, les sourcils froncés.

— Je ne suggère pas que nous nous disputions devant tous les invités, mais, si nous pouvons faire en sorte qu'Alexandra nous surprenne en pleine querelle, tard dans la soirée, elle ne sera pas entièrement surprise lorsque nous annoncerons la rupture de nos fiançailles. À ce moment-là, elle sera trop publiquement engagée auprès de Blackford pour pouvoir annuler son mariage.

— Je vois.

Il s'adossa à son siège, l'observant toujours avec attention.

— Avez-vous, dans le cadre de votre plan minutieux, réfléchi à l'objet de notre querelle présumée ?

Elle détourna le regard, ses doigts égrenant les perles de l'anse de son réticule.

— Je ne crois pas qu'il soit nécessaire d'en inventer un. Nous pourrions arguer du fait que votre position sociale et familiale rend impossible toute union entre nous.

— Ah.

Il marqua une courte pause.

— Vous souhaitez donc mentir.

Sophie croisa de nouveau son regard, surprise.

— Ce n'est pas tout à fait un mensonge !

— Vous avez raison.

Son ton était ferme, et il enchaîna :

— C'est l'histoire que vous vous racontez, parce que vous avez décrété que mon statut était trop difficile à assumer. Mais ce n'est pas *vrai*.

Il pinça les lèvres.

— Je suis prêt à endurer beaucoup pour vous, mais je refuse de vous laisser croire à une telle fiction, même si vous n'avez eu aucun scrupule à me la faire avaler pendant ces sept dernières années.

— Je vous ai expliqué pourquoi je ne pouvais pas vous épouser !

— Et je comprends mieux vos raisons maintenant, mais si vous ne voulez pas m'épouser aujourd'hui, j'aimerais que nous soyons au moins clairs sur les véritables motifs.

Sophie leva les mains en signe d'agacement, et West s'en félicita.

Il ne supportait pas de discuter de ces questions lorsqu'elle restait froide et impassible. Il était reconnaissant de tout signe trahissant qu'elle était aussi émue que lui – même si cela se traduisait par de la colère, comme en ce moment.

— Si je pensais qu'il y avait la moindre chance pour que vous acceptiez de devenir mon épouse, je serais à genoux devant vous en un instant, dit-il calmement.

— C'est ridicule... Vous n'arrivez même pas à faire semblant d'être amoureux de moi sans que nous nous disputions.

Il haussa les sourcils.

— C'est le fait de prétendre que je ne suis pas amoureux de vous qui est un problème, en fait.

Cette déclaration eut l'avantage de suffisamment la choquer pour la plonger dans le silence. West, pour sa part, était légèrement amusé. L'ignorait-elle ? Ou ne s'attendait-elle simplement pas à ce qu'il ose l'admettre ?

Enfin, après un long moment, elle soupira d'un air abattu.

— L'amour n'est pas une base suffisante pour un mariage, West, si celui-ci nous coûte tout ce qui nous est cher. Je ne vous demanderais pas un tel sacrifice... Je refuse de prendre le risque que vous ayez des regrets.

Sa voix était calme, posée, mais West la connaissait assez bien pour déceler la note de tristesse qui perçait sous ces mots.

Et soudain, il comprit.

Il comprenait tout.

— Vous avez peur, observa-t-il.

Elle cligna des yeux, un léger pli se formant entre ses sourcils.

— Je ne...

— Vous avez peur que je ne vous choisisse pas, parmi tout le reste. Ou que je le fasse, mais que je finisse par le regretter.

Un soupçon de couleur apparut sur ses joues, signe révélateur chez Sophie. West le remarqua, mais ne s'attarda pas sur cette considération. Il était saisi par la véracité de ses propres paroles. Il se remémora son histoire avec Sophie, le chagrin d'amour qui marquait leur passé... et il éprouva l'envie de rire. Parce que tout prenait un sens, tout à coup.

— Dites-moi ce que je dois faire pour vous prouver ma sincérité.

Il tendit la main et saisit la sienne. Ce contact était électrique, même à travers le tissu de leurs gants.

— Dites-moi ce que je dois faire pour vous prouver que je ne le regretterais pas, que vous êtes et que vous avez toujours été la priorité pour moi.

— C'est impossible ! s'exclama-t-elle. Nous ne sommes pas dans *Roméo et Juliette*, je ne vais pas me tuer parce que le seul homme que j'aie jamais aimé ne peut pas m'épouser ! J'apprécie ma vie – et je pense que vous appréciez la vôtre. Je ne veux pas que vous renonciez à tout ce pour quoi vous avez travaillé, ce à quoi vous tenez, simplement parce que vous êtes convaincu que nous sommes les personnages d'une sorte de tragédie romantique !

La voiture s'arrêta, les surprenant tous les deux. Ils avaient été tellement accaparés par leur discussion qu'ils n'avaient pas pris conscience qu'ils étaient déjà arrivés devant chez elle. Sophie récupéra son réticule, attendant que le cocher ouvre la portière, mais au moment où celle-ci se mit à grincer, West la saisit par le bras.

— Je ne pense pas que notre histoire soit une tragédie, Sophie, déclara-t-il calmement en plongeant son regard dans le sien. Je pense qu'il s'agit d'une histoire d'amour, d'une romance, comme l'un de ces livres de Mlle Austen dont Violet ne cesse de parler.

Il lui lâcha le coude et s'adossa à son siège tandis que la portière s'ouvrait complètement.

— Et je vais vous le prouver.

21

L'air était humide et le ciel menaçant lorsque West se rendit chez son père le lendemain. Les nuages avaient commencé à s'amonceler au-dessus de sa tête avant qu'il quitte la maison et, lorsqu'il arriva à Berkeley Square, les premières gouttes de pluie étaient en train de tomber.

West s'appuya un peu plus lourdement que d'habitude sur sa canne en montant les marches du porche – le temps humide semblait toujours intensifier la douleur dans sa jambe. Il salua le majordome de son père, qui l'informa que Sa Grâce se trouvait dans la bibliothèque.

— Je vais me présenter moi-même. Merci, Jennings, dit West en se dirigeant vers l'escalier.

La bibliothèque se trouvait juste à côté du palier du deuxième étage. West frappa brièvement à la porte, mais n'attendit pas de réponse pour entrer.

— West.

Le duc leva les yeux, surpris. Il était installé dans son fauteuil et lisait une lettre. Il plia le document et le posa sur une table lorsque West approcha, mais celui-ci eut un aperçu suffisant de l'écriture pour soupçonner que le courrier provenait d'une femme. Une fois, des années auparavant, James lui avait demandé s'il pensait que leur père avait une maîtresse – près de vingt ans s'étaient écoulés depuis la mort de leur mère, après tout – et cette question avait étonné West, le poussant à réfléchir. Il était difficile de concilier l'homme sévère et inflexible qui l'avait élevé avec l'image d'un gentleman capable de tendresse envers une femme. Il avait imaginé que son père entretenait une série de maîtresses éphémères, qu'il installait bien proprement dans de petites maisons isolées du reste du monde, mais il avait du mal à concevoir que l'une de ces femmes puisse lui envoyer une lettre.

Il y avait tant de choses qu'il ne comprenait pas à propos de son père – et celui-ci avait veillé à ce qu'il en soit ainsi.

— Qu'est-ce qui t'amène ici, cet après-midi ? demanda son père en l'observant attentivement.

Ils ne s'étaient pas parlé depuis que Sophie avait informé West de sa rencontre avec le duc à la bibliothèque de Hookham. West avait même envoyé un mot pour excuser son absence au traditionnel dîner du dimanche soir ces deux dernières semaines, prétextant d'autres engagements. Il s'attendait à ce que son père se présente sur le pas de sa porte, exigeant une explication pour cela et pour ses supposées fiançailles, mais le duc semblait avoir décidé d'attendre qu'il vienne à lui.

— J'étais en promenade avec lady Fitzwilliam, dit-il avec désinvolture, et je suis passé devant chez vous en rentrant.

— Ah.

West ignora les nombreux sièges libres près de celui de son père, préférant faire le tour de la pièce d'un pas lent. Le duc ne dit pas un mot, apparemment conscient qu'il était engagé dans une partie d'échecs de haut niveau avec son fils, attendant de voir quel serait le prochain mouvement de son adversaire.

— Père, j'ai repensé à notre discussion d'il y a quelques semaines.

West s'arrêta devant la cheminée et étudia le portrait accroché au-dessus. Il avait été peint avant la naissance de James et représentait le duc, la duchesse et leur tout jeune héritier. À en juger par l'âge de West, sa mère devait être enceinte de James à l'époque, mais l'artiste avait soigneusement arrangé la scène de manière que sa grossesse ne soit pas visible. Le duc tenait West sur ses genoux et sa femme avait le bras sous celui de son époux, l'air serein.

West s'était parfois demandé ce que ressentait James lorsqu'il entrait dans cette pièce où était mis à l'honneur un portrait qui ne reconnaissait pas son existence... mais il n'avait jamais pris le temps de réfléchir à ce qu'il éprouvait, *lui*.

Ses relations avec son père avaient toujours été complexes. Elles étaient dépourvues de la tension qui caractérisait les rapports du duc avec James, en particulier ces dernières années, mais chargées du poids des attentes que son père nourrissait à son égard. Le duc avait consacré sa vie à son titre, et il attendait que West fasse de même. Tout cela semblait résumé dans ce portrait au-dessus de la cheminée : le fait qu'il soit dans les bras de son père, plutôt que dans ceux de sa mère ; le fait aussi que son père ne le tienne pas près de lui, affectueusement, mais qu'il l'expose de manière rigide devant le spectateur.

J'ai rempli mon devoir, semblait-il dire.

Et West savait que, aux yeux de son père, il n'accomplissait pas le sien. Peu importait les années qu'il avait passées à le suivre dans ses différents domaines, les heures consacrées à l'apprentissage du rôle pour lequel il était né. Peu importait qu'il ait excellé à l'école, d'abord à Eton puis à Oxford. Même ses expériences de jeune homme avaient été timides comparées à celles, exaltantes et débauchées, de ses amis, car il n'oubliait jamais qu'il serait un jour duc, que les gens l'admireraient.

Et puis, il y avait eu la question du choix de son épouse.

Il se retourna.

— À quelle conversation fais-tu référence ? s'enquit son père, dont le ton était un véritable chef-d'œuvre de désintérêt étudié. Je discute de beaucoup de sujets avec de nombreuses personnes chaque jour, tu sais… Je ne peux pas me souvenir de chacune.

C'était un mensonge. Son père avait une très bonne mémoire.

— J'aurais pensé que celle-ci était plutôt mémorable, observa West d'un ton plaisant. Vous sembliez… *me menacer*. Si je ne me mariais pas.

Il secoua la tête, comme s'il était amusé par sa propre bêtise.

— Je suis sûr que j'ai mal compris. Je ne peux pas penser que vous feriez une telle chose à votre fils et héritier.

Une pause, puis il ajouta d'une voix plus dure :

— Surtout à celui dont vous avez déjà détruit le bonheur une fois par le passé.

Les yeux de son père se fixèrent sur lui.

— C'est donc de cela qu'il s'agit ? demanda-t-il à voix basse. Est-ce une sorte de vengeance ?

West inspira lentement. Il avait toujours su garder son sang-froid avec son père, même lorsque ce dernier mettait sa patience à rude épreuve.

— Mon intention d'épouser la femme que j'aime depuis sept ans pourrait-elle être considérée comme une vengeance, père ? Non.

Il secoua la tête.

— Bien qu'il soit certainement très révélateur que vous la considériez ainsi.

Le duc se leva, décidant manifestement que ce n'était pas une discussion qu'il souhaitait mener assis.

— Tu sais parfaitement que, lorsque j'ai spéculé sur l'avenir de Rosemere, lady Fitzwilliam n'était pas la fiancée que j'avais en tête pour toi.

— Et *vous* savez parfaitement, répliqua West, que je suis un adulte doté de sa propre volonté et capable de prendre ses propres décisions. Je ne suis pas disposé à vous laisser arranger les détails de ma vie à votre guise.

— Rien ne m'empêche de mettre cette menace à exécution, l'avertit son père. Tu n'as aucun droit sur Rosemere.

Pour le moment.

— La propriété est à mon nom et je suis certain que je pourrais facilement trouver un acquéreur, continua le duc. En fait, il sera probablement plus facile de le faire à présent, vu que tu as consacré tant de temps et de soin à son entretien.

— C'est vrai, admit West d'un air pensif, et une petite partie de lui se réjouit de voir son père hausser les sourcils, un infime indice qu'il aurait normalement pris soin de dissimuler.

Il devait vraiment être dans tous ses états.

— Tout comme il est vrai que rien ne m'empêche d'épouser lady Fitzwilliam… Demain, si je le souhaite.

— Vous avez déjà publié les bans ? demanda son père avec scepticisme.

— Belfry a pu obtenir une licence spéciale lorsqu'il a épousé lady Emily, vous savez... Évidemment, l'archevêque de Canterbury est un vieil ami de la famille.

West prit un vase sur la cheminée, examina la marque du fabricant peinte en dessous et le reposa soigneusement.

— Il est utile d'avoir des relations, je trouve.

Son père s'approcha de lui à pas lents.

— N'essaie pas de bluffer avec moi, West, dit-il doucement. Pas quand tu as tellement plus à perdre que moi.

À cet instant, West ne ressentit rien d'autre qu'une immense tristesse pour son père, parce qu'il était convaincu de la véracité de ses paroles. Pour lui, West avait tout à perdre, mais il semblait incapable d'admettre qu'il avait beaucoup, beaucoup plus à gagner.

Rosemere comptait à ses yeux. Le domaine avait appartenu à sa mère et il avait passé des années à en prendre soin. Ce travail lui avait permis de se sentir proche d'elle, une femme dont il se souvenait à peine. Et il se souciait des métayers. Il avait travaillé dur pour s'assurer qu'ils étaient traités équitablement et protégés. L'idée d'y renoncer lui causait une vive douleur au plus profond de son être. Mais ce n'était rien, comparé à la possibilité de perdre Sophie...

— Je vous ferai porter les livres de comptes de Rosemere, déclara-t-il, afin que le nouveau propriétaire, quel qu'il soit, puisse reprendre la gestion correctement.

— West.

Le duc semblait presque... douter. West n'était pas sûr de l'avoir déjà entendu employer ce ton.

— Elle ne peut pas valoir un tel sacrifice.

West plongea son regard dans celui de son père.

— Le fait que vous pensiez encore cela, après tout ce temps, me prouve que nous n'avons plus rien à nous dire.

Il marqua une pause, puis ajouta :

— Je suppose que vous avez reçu l'invitation de lady Wexham à notre bal de fiançailles ?

— En effet, répondit sèchement le duc.

— Je compte sur votre présence, conclut West avant de quitter la pièce sans attendre de réponse.

Il ne put s'empêcher de ralentir un peu le pas dans l'escalier, espérant en vain que son père le rappellerait. Mais il ne s'arrêta pas et sortit la tête haute.

*
* *

Quelques jours plus tard, Sophie sortait du bureau de son notaire quand elle trouva West qui l'attendait à l'extérieur, debout à côté de son phaéton.

Elle haussa les sourcils en s'approchant de lui.

— Je ne me souviens pas que nous avions rendez-vous.

West lui tendit la main, qu'elle prit.

— C'est une belle journée, et j'ai pensé que je pourrais vous persuader de faire un tour avec moi dans le parc.

Elle regarda autour d'elle avec une curiosité exagérée, cherchant le carrosse dans lequel elle était arrivée.

— J'ai pris la liberté de renvoyer votre cocher, après lui avoir promis de vous ramener chez vous en toute sécurité.

— Je lui en dirai un mot, fit Sophie en lui permettant de l'aider à monter dans le véhicule. S'il permet à n'importe quel ruffian de s'annoncer comme mon escorte et de le relever de ses fonctions, il mérite une réprimande.

— En effet, approuva gravement West en grimpant à côté d'elle. Je vous soutiendrai dans cette entreprise, si je remarque qu'un ruffian tente une telle chose.

Sophie retint un sourire, puis lui lança un regard en coin. Elle ne l'avait pas vu depuis quelques jours, car il avait été appelé à l'extérieur de la ville pour une affaire. Il semblait d'une bonne humeur peu habituelle. Elle ne pouvait s'empêcher d'éprouver de la joie en le voyant ainsi. Il était si souvent sévère et solennel que sa jovialité était contagieuse. Il ne faisait aucun doute qu'ils donnaient l'image d'un couple heureux et uni à tous les membres de la haute société qu'ils croisaient, sans même y prêter attention.

Le parc grouillait de cavaliers et de voitures, et leur conversation fut fréquemment interrompue au cours des trois quarts d'heure qui suivirent par les nombreuses connaissances qu'ils devaient saluer.

Lorsqu'ils s'arrêtèrent enfin devant la maison de Sophie, celle-ci se tourna pour lui faire face.

— Voulez-vous entrer ? proposa-t-elle.

Le regard de West se porta sur les maisons qui entouraient la sienne. Il imaginait sans doute des yeux invisibles qui les observaient à travers les rideaux.

— Je ne voudrais pas être à l'origine de commérages qui pourraient nuire à votre réputation, dit-il avec un léger froncement de sourcils.

Elle avait envie de tendre le pouce pour effacer ce pli sur son front.

— Je pense qu'il est acceptable qu'un homme rende visite à sa fiancée pendant quelques minutes, affirma-t-elle en souriant.

Elle se pencha vers lui et ajouta à voix basse :

— Cela implique simplement que nous devrons être rapides.

Elle se demanda, pendant un instant, s'il allait la prendre au mot. Ils n'avaient pas couché ensemble depuis le soir du dîner chez West et la querelle qui s'était ensuivie. Leur discussion après le repas avec Alexandra et Blackford, quelques jours plus tôt, n'avait pas résolu le problème. Au contraire, elle avait laissé Sophie plus confuse que jamais.

Cependant, l'insouciance semblait avoir frappé West aujourd'hui, et c'est ainsi que Sophie se retrouva plaquée contre la porte de son salon tandis qu'il l'embrassait à lui rompre le cou. Son chapeau avait été jeté de côté, ses gants avaient disparu et une soudaine brise sur ses cuisses lui fit comprendre que, pendant qu'elle était distraite par sa bouche, il avait remonté ses jupes jusqu'à sa taille. Elle enroula une jambe autour de ses hanches, l'attirant plus près, appréciant la sensation de son sexe dur contre son ventre tandis qu'elle caressait les cheveux sur sa nuque. Elle détacha soudain sa bouche de la sienne pour laisser échapper un gémissement lorsqu'elle sentit ses doigts entre ses cuisses.

— Peut-être… le canapé ? souffla-t-elle à son oreille.

Il recula suffisamment pour lui permettre de l'entraîner par la main à travers la pièce, et elle le poussa sur le canapé en brocart vert émeraude. Ses joues étaient colorées et ses cheveux noirs étaient ébouriffés. Ses yeux verts étaient plus sombres que d'habitude, et il la regardait avec un désir à l'état brut. Il était tout à fait délicieux.

— Déboutonnez votre pantalon, ordonna-t-elle, reconnaissant à peine le son de sa voix.

Il porta les mains à sa braguette.

— Maintenant, caressez-vous, ajouta-t-elle.

Il obéit, s'empoignant d'une main sûre. Elle ne put attendre plus longtemps, cependant, et souleva ses jupes d'une main tout en grimpant sur ses genoux. À cheval sur ses cuisses, elle saisit son sexe de sa main libre et le guida en elle. Une plainte rauque s'échappa de la gorge de West, un son grave et éraillé, et elle enfouit le visage dans son cou, tirant sur sa cravate pour la desserrer suffisamment et respirer l'odeur de sa peau. À partir de là, elle ne contrôla plus rien. Il glissa une main entre eux et la caressa avec son pouce, jusqu'à ce qu'elle explose de plaisir. Quelques instants plus tard, il se retira et se répandit sur sa cuisse.

Pendant une minute ou deux, ils restèrent silencieux. Les bras de West encerclaient faiblement sa taille tandis qu'elle gardait le visage dans son cou. Au bout d'un moment, il commença à lui caresser le dos de haut en bas, ses doigts suivant la ligne de sa colonne vertébrale, tandis que de son autre main il jouait avec une boucle échappée de sa coiffure.

— Savez-vous, demanda Sophie pensivement, que votre majordome et votre valet de chambre ont une liaison ?

Elle le sentit sourire contre ses cheveux.

— Comment l'avez-vous découvert ?

— Vous étiez au courant ?

— Bien sûr. Je vis dans la même maison qu'eux. Croyez-vous que je ne prête attention à rien ?

Sophie marqua une pause diplomatique, et West prit un air offusqué.

— Ce n'est pas vous en particulier, le rassura-t-elle en tentant de quitter ses genoux de manière peu élégante.

West sortit un mouchoir de la poche de sa veste, qu'elle s'empressa d'utiliser.

— Les hommes n'ont pas tendance à être très observateurs dans ce domaine, expliqua-t-elle en arrangeant ses jupes et en tentant de retrouver autant de dignité que possible, après la scène torride qui venait de se produire.

— Eh bien, je suis un peu plus subtil que les autres, dit-il, une pointe de suffisance dans la voix. Un fait que vous avez peut-être eu, récemment, l'occasion d'apprécier.

Ce qui était ennuyeux, c'était qu'il n'avait pas tort. C'était le troisième homme avec lequel elle avait des relations charnelles, et elle ignorait qu'il était possible pour un amant d'être aussi attentif à sa partenaire pendant l'acte. Elle avait l'impression, lorsqu'elle était allongée sous lui – ou au-dessus, selon le cas –, qu'il était à l'affût du moindre de ses mouvements, de chacun de ses soupirs, et qu'il notait soigneusement ce qu'elle aimait. C'était…

Eh bien, c'était plutôt agréable, pensa-t-elle, comblée.

— Peut-être, admit-elle avec un petit sourire grivois.

Il se racla la gorge.

— En tout cas, je vous confirme que je suis au courant. Hawthorne et moi sommes amis depuis l'enfance, vous savez.

Sophie acquiesça. Il avait parlé de lui plus d'une fois lorsqu'ils se fréquentaient au début.

— Nous étions... Eh bien, nous étions aussi proches que peuvent l'être deux garçons de milieux différents, et quand il a été temps pour moi de partir à l'université, je l'ai emmené en tant que valet de chambre. La vie au village était devenue un peu... intenable pour lui, à ce moment-là. Ce n'est pas un endroit facile quand on a un secret à garder.

— Il vous l'a dit ?

— Je l'ai surpris avec le valet de chambre de l'un des invités de mon père, quand j'avais environ seize ans, précisa West. Je lui ai promis de ne jamais rien dire à personne. J'étais assez heureux de l'emmener. J'avais besoin d'un valet, et il avait besoin d'une échappatoire. Et c'était bien d'avoir quelqu'un qui me considérait pour ce que j'étais et ne voyait pas en moi le futur duc, comme tous les autres.

— Et Briar... ?

— J'avais besoin d'un majordome lorsque je suis venu à Londres pour installer ma propre résidence. C'est le neveu de Wooton, précisa West, citant le nom du majordome de James qui avait d'abord été employé par le duc. Alors je l'ai engagé, malgré sa jeunesse, parce qu'il était très doué. Très vite, je me suis rendu compte des regards langoureux qu'ils échangeaient. Cela ne me dérange pas, tant que Hawthorne n'est pas amoureux au point de ne plus savoir nouer ma cravate ou cirer mes chaussures.

Sophie se souvenait de s'être fait la remarque, lors de sa première visite à la résidence londonienne de West, qu'il n'avait pas beaucoup de personnel pour un homme de sa position. Était-ce pour assurer une certaine discrétion à son valet et à son majordome ? Elle se rendit compte soudain que ce genre de détails – ces informations intimes au sujet de West que la société ignorait – constituait la part de lui qui n'était pas ducale. La preuve, dans son esprit, qu'ils pourraient être heureux ensemble si seulement il n'était pas appelé à hériter un jour du titre de son père, s'il ne devait pas assumer les responsabilités qui allaient de pair avec sa position. En cet instant, cependant, elle se dit qu'il serait merveilleux qu'un homme aussi bon que lui soit duc. Elle songea que la vie des gens qui comptaient sur lui s'améliorerait grandement, une fois qu'il porterait ce titre. Tout cela – ses petites marques de gentillesse, ses lourdes responsabilités et ses bonnes manières – faisait partie intégrante de l'homme qu'il était et de la raison pour laquelle elle était…

… amoureuse de lui.

— Oserais-je demander ce que la relation entre Briar et Hawthorne a à voir avec nous ? demanda West, interrompant ses pensées.

Sophie ne prit pas le temps de réfléchir avant de répondre en toute honnêteté.

— J'essayais de trouver quelque chose à dire qui pourrait vous distraire, avant que vous me demandiez de vous épouser.

Elle marqua une pause.

— Et puis, cela fait un moment que je veux vous poser la question, mais je n'avais pas trouvé le bon moment jusqu'à maintenant. Cela semblait… approprié à la thématique.

Elle fit un geste vers leurs vêtements froissés.

Cela le surprit et lui arracha un rire, non pas un rire poli, mais un véritable éclat de rire qui éclaira son visage et déteignit sur Sophie.

— Je ne sais pas pourquoi vous me reprochez d'être constamment sur le point de mettre un genou à terre devant vous, alors que c'est vous qui m'avez récemment demandé d'être votre fiancé. C'est plutôt moi qui devrais me montrer fébrile.

Il y avait une note taquine dans sa voix, une légèreté qui était si rare chez lui que Sophie sentit sa poitrine se serrer. Elle avait pensé – et craint – que le poids de la culpabilité qu'ils partageaient, pour tout ce qui s'était passé sept ans plus tôt, serait un obstacle insurmontable à un avenir entre eux. Aujourd'hui, cependant, elle constatait à quel point elle s'était sentie plus légère ces dernières semaines. Ils avaient pu discuter de ces événements, ils avaient enduré la même douleur. Cela lui donnait une idée de ce que pourrait être leur vie ensemble, une vie dans laquelle ils s'aideraient mutuellement à enterrer les fantômes, et elle aimait beaucoup trop cette idée.

Elle n'avait rien contre l'austérité de West. Elle l'aimait, parce que celle-ci faisait partie intégrante de sa personnalité, mais le petit sourire qui se dessinait aux coins de sa bouche était terriblement précieux à ses yeux.

Il était terriblement précieux pour elle. Il l'avait toujours été, ce qui l'effrayait autant aujourd'hui que sept ans auparavant, quand elle s'était tenue à la porte de la maison de son père, attendant de savoir s'il survivrait à l'accident.

Ne l'avait-il pas précisément accusée de cela, quelques jours plus tôt ? songea-t-elle brusquement. Il lui avait reproché d'avoir peur, et elle en avait ri en se couchant ce soir-là, tandis qu'elle répondait à Fox par des monosyllabes sur le déroulement de sa soirée, une multitude de pensées se bousculant dans sa tête.

— Vous avez raison, dit-elle.

Elle était encore si stupéfiée par cette prise de conscience qu'elle ne savait pas quoi dire d'autre

– comment affronter l'énormité de ce qu'elle savait être la vérité ? Comment procéder, maintenant qu'elle l'avait admise ?

West, cependant, ignorait le cheminement de ses pensées et semblait lui-même perdu dans les siennes.

— Vous savez, je n'ai jamais souhaité que les femmes soient attirées par moi uniquement en raison de mon titre ou de ma fortune, observa-t-il calmement, mais c'est un fait auquel je me suis résigné il y a longtemps. La probabilité d'épouser une femme qui ne voudrait de moi que pour mon statut, qui me considérerait moins comme un homme que comme un trophée. Et qui serais-je pour me plaindre d'un tel arrangement, puisqu'il n'est pas pire que ce que subissent la plupart des dames de la haute société lorsqu'elles font leurs débuts sur le marché du mariage ? Mais, ajouta-t-il avec un regard perçant, j'ai découvert, à ma grande surprise, qu'il y avait quelque chose qui me dérangeait encore plus.

— Ah oui ?

La voix de Sophie était rauque.

— Le fait d'être rejeté à cause de mon titre. Par la seule personne que j'aie jamais vraiment désirée et qui, je le savais, me désirait aussi. Mais pas assez.

Ces derniers mots furent prononcés encore plus doucement – si doucement qu'elle dut se pencher en avant pour les entendre. Elle les reçut comme un coup de couteau dans le ventre.

— Je pensais qu'après tout ce temps je m'étais résigné. Qu'il n'y aurait jamais de « nous ». Mais ces dernières semaines m'ont rappelé ce qui existait entre nous… ce qui existe encore.

Il se leva et commença à déambuler lentement dans le salon.

— Je ne sais comment vous convaincre que cela m'est égal que vous ne me donniez pas de fils, ou que vous m'en donniez dix. Je ne sais comment vous convaincre que vous comptez plus pour moi que mon père, ou qu'une maison, ou qu'un lopin de terre, que je résisterais à n'importe quelle menace de sa part si cela signifiait que je peux être avec vous. Je ne sais comment vous convaincre que je ferais tout ce qui est en mon pouvoir pour protéger votre famille – vos sœurs – de tout dommage qu'il pourrait causer. Tout ce que je peux faire, c'est vous assurer que je ne vous ai jamais menti et que je n'ai jamais fait de promesse que je n'ai pas pu tenir. Et je vous promets maintenant que je suis prêt à tout pour vous épouser.

Il lui tournait le dos, faisant face à la cheminée. Sophie percevait le faible gazouillis des oiseaux à l'extérieur, le bruit des voitures sur la place. C'était comme si elle avait temporairement oublié le reste du monde et qu'il s'infiltrait à nouveau dans la pièce.

West pivota.

— J'ai rendu visite à mon père avant-hier, et je l'ai informé que je lui enverrais tous les livres de comptes de Rosemere.

Sophie cligna des yeux.

— Vous… *Quoi ?*

— Les livres de comptes, répéta-t-il.

Lentement. Calmement.

— Pour qu'il puisse vendre la propriété – ou en faire ce qu'il veut. Je ne vous sacrifierai pas pour un fichu domaine, Sophie – pas alors que vous avez déjà fait ce choix à ma place une fois.

Elle ouvrit la bouche pour protester, et il leva la main pour la faire taire.

— Je comprends, je comprends…

Il fit un pas vers elle puis s'arrêta, tendu.

— Je ne veux pas refaire la même erreur.

Sophie se leva et s'avança vers lui, pesant ses mots. Elle lui tendit la main.

— Vous aviez raison, l'autre soir, admit-elle doucement. J'avais… J'ai peur.

Elle prit une profonde inspiration.

— J'ai peur que vous soyez prêt à renoncer à trop de choses pour moi et que vous le regrettiez un jour. J'ai peur que nous nous mariions et que vous vous retrouviez dépourvu de la propriété dont vous avez pris soin toutes ces années, sans héritier pour perpétuer la lignée ducale, avec seulement…

— Vous ?

Sa voix était grave, mais avec une pointe d'amusement. Son emprise sur sa main se resserra.

— Je ne me résigne pas quand il s'agit de vous, Sophie.

Il l'attira vers lui. Il se tenait debout, encadré par la lumière du soleil contre la fenêtre, si beau qu'elle en avait la gorge serrée.

— J'ai déjà tout cela… Je possède Rosemere, et si je voulais une jeune épouse qui puisse me donner dix enfants, je ne doute pas que j'en trouverais une ce soir même. Mais je me fiche de cela, car je ne veux que vous, et je ne vous ai pas.

Il regarda les cheveux de Sophie, décoiffés par leur intermède sur le canapé.

— Pas dans le sens qui compte, en tout cas.

Il tendit lentement la main et la posa sur sa joue, laissant la chaleur de sa paume se diffuser sur sa peau.

— Je vous aime et le seul avenir dont je veux, c'est un avenir à vos côtés. S'il vous plaît, dites-moi ce que je dois faire pour que vous me croyiez.

Sophie ferma les yeux devant l'intensité de son regard, pressant la joue contre sa main, et elle se rendit compte qu'elle le croyait. Il venait de lui prouver qu'il était prêt à renoncer à la chose qui lui importait le plus, et elle prit conscience que cette décision ne lui appartenait pas. Elle n'avait pas le droit de lui dire ce qu'il devait ou ne devait pas abandonner pour elle. Elle avait tellement peur qu'il ait des regrets, qu'il soit malheureux, parce qu'elle l'aimait – elle l'aimait ! –, et pourtant...

Pourtant, c'était elle qui le rendait malheureux. Son père serait toujours là, il désapprouverait toujours leur union. Il pourrait ou non essayer de montrer sa désapprobation par d'autres moyens. Il pourrait ou non essayer de rendre leur vie difficile. Mais en cet instant, c'était Sophie qui choisissait le malheur pour eux, et elle ne souhaitait pas le faire un seul instant de plus.

Elle ouvrit les yeux.

— Je vous aime aussi, souffla-t-elle doucement, tournant la tête pour déposer un doux baiser dans sa paume.

Elle fit un pas en avant et posa les mains sur son torse.

— Je vous aime, et j'en ai assez de laisser votre père dicter notre vie. Je veux juste... Je veux que nous décidions par nous-mêmes !

Elle était en train de se mettre en colère, remarqua-t-elle. Elle venait d'avouer son amour à son bien-aimé, et elle pensait encore à son satané père. C'était...

À dire vrai, c'était extrêmement agaçant.

West passa un bras autour de sa taille, l'attirant plus près de lui, et Sophie releva la tête pour l'embrasser.

— Je n'aurais jamais cru que raccompagner une dame chez elle, après une visite chez son notaire, pouvait aboutir à un moment aussi crucial.

Il avait murmuré ces mots contre sa bouche, et il l'incita à pencher la tête en arrière pour accéder à la ligne délicate de sa gorge.

Sophie laissa échapper un rire, fermant les paupières sous la sensation de ses lèvres brûlantes dans son cou...

Et soudain, les mots de West pénétrèrent son esprit. Elle rouvrit les yeux, affichant un petit sourire.

Car elle venait d'avoir une très, très bonne idée.

22

Sophie supposait que, à vingt-sept ans, elle n'aurait pas dû être surprise par le niveau d'obsession de la vicomtesse de Wexham pour les moindres détails. Et les fiançailles non pas d'une mais de deux de ses filles ne pouvaient qu'aggraver cette tendance au point de frôler l'absurde.

C'est pourquoi, une semaine plus tard, Sophie se retrouvait dans la salle de bal de la maison de ses parents à Mayfair, écoutant sa mère disserter longuement sur le nombre de bougies à partir duquel on pouvait considérer qu'il y en avait trop.

— Nous voulons une salle bien éclairée, mais pas vulgaire.

— C'est évident, marmonna Sophie en croisant le regard d'Alexandra.

Elle se força à sourire.

— Vu les autres détails du mariage, il est clair que nous voulons à tout prix éviter de sombrer dans la vulgarité.

Alexandra plissa les yeux.

— As-tu une plainte à formuler, Sophie ?

— Pas du tout, rétorqua Sophie, tournant lentement sur elle-même pour admirer la lumière de l'après-midi qui pénétrait dans la salle de bal par les immenses fenêtres. Je suis simplement impatiente de vivre le mariage de tes rêves.

— Si tu as une objection à soulever, je serai ravie de l'entendre, murmura Alexandra, baissant la voix pour que leur mère, qui se demandait à haute voix si les plantes en pot encourageaient la débauche, n'entende pas. Si le moindre détail dans le programme te contrarie, je serai plus qu'heureuse d'y remédier. C'est aussi ton mariage, après tout.

Elle marqua une pause délibérée.

— N'est-ce pas ?

— Bien sûr, assura Sophie.

La semaine précédente, elle avait évité sa sœur. Elle avait compris qu'Alexandra se doutait que West et elle avaient joué la comédie, et cette conversation ne faisait que confirmer ses soupçons. Maintenir une distance saine semblait être l'option la plus sûre pour toutes les parties concernées.

— J'ai eu récemment une conversation très intéressante avec Maria, indiqua-t-elle. Elle m'a rappelé à quel point tu t'étais plainte de l'agitation qui régnait lors de ton premier mariage.

Elle laissa passer un silence.

— Je suis ravie de constater que tu as changé d'avis à ce sujet.

Elle était assez curieuse de voir comment Alexandra réagirait à cela, mais avant que sa sœur ait eu le temps de le faire elles furent interrompues, leur mère ayant remarqué tardivement leur manque d'attention.

— Les filles ! s'écria lady Wexham, bien que les « filles » en question aient été mariées et soient désormais veuves. J'ai besoin que vous vous concentriez ! Quelle est la probabilité qu'une lady perde sa vertu derrière un palmier en pot ?

Elle se tut pour réfléchir à sa propre question.

— Pensez-vous que des fougères empêcheraient tout comportement obscène ?

Sophie – comme visiblement Alexandra – n'avait pas la moindre idée de la façon de répondre à cette question, mais cette intervention eut l'avantage de chasser de son esprit la querelle qui couvait avec sa sœur.

Pour le moment.

*

* *

C'était enfin le jour du bal de fiançailles, et Sophie était assise dans sa bibliothèque, savourant tranquillement une tasse de thé tout en essayant de lire le livre que Jane lui avait prêté, sur une maison hantée qui ne semblait pas l'être, lorsque Grimball ouvrit la porte et annonça solennellement :

— Lady Brown-Montague.

— Bonjour, dit Sophie en levant les yeux, surprise de voir sa sœur entrer dans la pièce. Que fais-tu ici ? Je t'imaginais en train de tourmenter ta gouvernante, parce que tu n'arrivais pas à te décider sur la coiffure que tu voulais pour ce soir.

— Ah ! fit Alexandra en s'asseyant à côté de Sophie sur le canapé sous la fenêtre.

Ses cheveux noirs étaient noués à l'arrière de sa tête et elle était habillée pour monter à cheval.

— J'étais dans le parc avec Harriet, en fait, et j'ai pensé m'arrêter sur le chemin du retour. Je n'ai pas beaucoup de temps – un valet de pied m'attend dehors. Je voulais parler de ce soir avec toi.

Sophie mit son livre de côté, les sourcils froncés en entendant ton de sa sœur.

— De ce soir ?

— C'est très important pour maman, tu sais, reprit vivement Alexandra.

Sophie faillit lever les yeux au ciel.

— J'en suis bien consciente, merci. Tu n'as pas remarqué le nombre de notes qu'elle rédige chaque jour sur des sujets aussi variés que le nombre de bougies ou le fait de savoir si le ratafia est toujours servi dans les meilleures maisons ?

Alexandra ignora le commentaire.

— Je ne voudrais pas que les souvenirs de maman soient ternis de quelque manière que ce soit.

Sophie plissa les yeux.

— De quelle manière, précisément ?

Alexandra prit une grande inspiration.

— S'il s'avérait que tu as feint d'être fiancée, par exemple.

Un bref silence s'installa. Sophie était un peu impressionnée ; elle ne pensait pas que sa sœur le dirait aussi franchement. Mais Alexandra en avait manifestement assez de la farce qui se jouait depuis plus d'un mois, et Sophie partageait tout à fait ce sentiment.

— Je suppose que c'est le moment où je suis censée te dire que tu te trompes complètement, et que je n'ai pas la moindre idée de ce à quoi tu fais référence.

— Tu le pourrais, si tu souhaitais te montrer incroyablement agaçante, mais je préférerais que tu ne le fasses pas et que tu me dises la vérité.

— La vérité, répéta Sophie en réfléchissant à ses mots. La vérité, c'est que je ne suis pas fiancée à West, et que je lui ai demandé de simuler notre réconciliation, uniquement pour que tu acceptes d'épouser Blackford.

Elle se sentait libérée de prononcer ces paroles à haute voix. West avait avoué la supercherie à

James, mais elle n'avait pas eu l'occasion de le faire, et cette confession lui donnait l'impression qu'on lui enlevait un poids.

— Je le savais, dit Alexandra.

Elle étudia sa sœur de près.

— Je ne pensais pas que tu l'admettrais aussi facilement.

Sophie leva les mains.

— Quel intérêt de nier, puisque tu avais déjà tout compris ? Je promets de ne pas gâcher la soirée de maman. D'ailleurs, je n'arrive pas à croire que tu me penses capable de faire ça.

— Si tu n'as pas l'intention d'aller jusqu'au mariage, je suppose que tu as un plan pour mettre en scène une querelle avec West. Comment aurais-je pu deviner que tu n'avais pas l'intention de le faire ce soir ?

— Tu pourrais me créditer d'un peu de bon sens, rétorqua Sophie, d'un ton légèrement plus acide qu'elle ne le voulait – et injustement, qui plus est, car cela correspondait précisément à son plan.

— Peut-être que je commencerai à le faire lorsque tu me considéreras comme une adulte capable d'intelligence, lui reprocha Alexandra avec une vivacité qui ne lui ressemblait pas. Tu aurais pu me parler, tout simplement, au lieu d'élaborer ce plan tordu. Je suppose que tu as imaginé ce stratagème après avoir valsé avec Blackford au bal des Northdale, le mois dernier ?

— En effet. Juste après avoir vécu l'une des conversations les plus étranges de ma vie au petit déjeuner, dit Sophie en croisant les bras. Tu as réagi comme une criminelle quand j'ai eu l'audace de t'interroger sur tes sentiments. Tu peux comprendre que j'ai pensé que tu ne serais pas réceptive à une conversation raisonnable.

— Mais tu n'as même pas essayé.

La voix d'Alexandra n'était plus aussi tranchante. Elle semblait abattue à présent, presque triste. Sophie éprouva un sentiment de culpabilité qu'elle tenta de réprimer. Pourquoi devrait-elle se sentir coupable d'avoir essayé d'assurer le bonheur de sa sœur ?

— J'étais trop occupée à m'assurer que tu ne gâchais pas une histoire d'amour en raison d'un sentiment déplacé d'obligation familiale, déclara Sophie.

— Un sentiment déplacé d'obligation familiale… Je n'aurais pas pu mieux le formuler moi-même.

Alexandra se leva.

— Je ne suis plus une enfant, Sophie. Je me suis mariée et j'ai été veuve. J'admets que je me suis comportée comme une gamine au petit déjeuner ce jour-là, mais tu aurais quand même pu essayer de me parler, de traiter le problème avec moi en adultes responsables. Au lieu de cela, tu nous as tous entraînés dans une mauvaise farce, laissant croire à maman et papa que tu préparais un mariage alors que tu n'avais aucunement l'intention de te marier. Et si je n'avais pas compris ce qu'il en est, ajouta-t-elle, avais-tu l'intention d'aller jusqu'à l'autel avec moi et de m'informer au dernier moment que tu avais changé d'avis ?

Sophie sentit brûler en elle un sentiment très proche de la honte.

Malgré les quelques remords qu'elle avait éprouvés au cours du mois écoulé, elle n'avait pas vraiment réfléchi à l'impact que la rupture de ses prétendues fiançailles aurait sur sa famille.

— Je voulais juste que tu sois heureuse, souffla-t-elle en regardant sa sœur, dont l'expression s'adoucit à son tour.

— Je sais.

Alexandra tendit la main et serra celle de Sophie.

— Mais ce n'est pas à toi de t'en assurer. Et, pour l'amour du ciel, tu n'avais pas besoin d'accepter toutes les idées que j'ai suggérées à propos du mariage – si je n'avais pas déjà soupçonné que tu feignais ces fiançailles, j'aurais cru que tu avais subi un traumatisme crânien.

Sophie réussit à sourire. Alexandra attrapa ses gants, qu'elle avait jetés en entrant, et les enfila en se tournant vers la sortie.

— Je te verrai ce soir, je suppose. Tu pourrais nous faire une faveur et nous épargner de te pâmer pour West, cependant.

Sophie voulut la retenir, s'excuser, dissiper la tension qui subsistait entre elles, mais elle resta silencieuse. *Ce soir*, se promit-elle. *Ce soir, tout sera réglé.*

*

* *

Ce soir-là, le trajet en calèche à travers Mayfair fut particulièrement glacial, et West ne comprenait pas très bien pourquoi. Blackford avait proposé d'utiliser sa voiture pour que les deux couples de fiancés puissent arriver en même temps, et West et Sophie avaient accepté. West avait été le dernier à rejoindre le groupe. Il avait trouvé Sophie et Alexandra assises dans un silence un peu tendu. Un froncement de sourcils vers Blackford n'avait donné qu'un haussement d'épaules, et West avait laissé tomber. Il avait déjà beaucoup de choses en tête en ce moment, après tout.

Comme par hasard, ils arrivèrent juste derrière Diana, Jeremy, Penvale et Jane, qui étaient manifestement venus eux aussi dans la même voiture.

— Il nous a fallu une éternité pour arriver ici, maugréa Diana dès que West et Sophie approchèrent.

J'ai cru que j'allais périr dans la voiture. Je n'avais pas pris conscience que c'était l'événement de la saison.

— Ma mère est une hôtesse très enthousiaste, dit Sophie avec diplomatie. Je crois qu'elle a même envoyé une invitation au prince régent.

— Vraiment ? s'enquit Jane, mi-fascinée, mi-horrifiée par cette nouvelle.

— L'espoir fait vivre..., commenta Alexandra en les rejoignant.

Elle inclina la tête.

— On y va ?

La maison des Wexham brillait de mille feux. Des torches à la flamme vacillante bordaient l'allée menant à l'entrée, où les doubles portes étaient ouvertes, des valets de pied en livrée se tenant prêts à accueillir chaque convive. Lady Wexham n'avait manifestement pas lésiné sur les moyens. Lorsqu'ils pénétrèrent dans le hall, ils furent accueillis par le parfum de douzaines d'exquis bouquets de fleurs fraîches dont les couleurs s'étalaient sur toutes les surfaces disponibles et dans des pots suspendus aux murs par des chaînes. Sous la lueur des bougies, l'effet était presque magique. West secoua la tête à cette pensée.

Ils entrèrent dans la salle de bal deux par deux et furent annoncés à tour de rôle. Les fiancés, par un accord tacite, décidèrent d'apparaître les derniers. Jane et Penvale précédèrent directement Alexandra et Blackford ; Jane paraissait plutôt pâle et mal à l'aise, mais Penvale la regarda avec un sourire complice et rassurant, auquel elle répondit avec amour.

— Le comte de Blackford et lady Brown-Montague !

Blackford et Alexandra s'avancèrent après que cette dernière eut lancé un bref regard à sa sœur.

West baissa les yeux sur Sophie. Elle n'était pas petite, mais les hommes Audley étaient particulièrement grands et il aurait pu loger le sommet de son crâne sous son menton. De sa hauteur, il pouvait voir les perles d'eau incrustées dans ses cheveux ; il avait également une vue agréable sur son décolleté – sa robe était en soie d'un rose éclatant et brodée de roses blanches.

Comme si elle avait deviné le tour que prenaient ses pensées, elle leva la tête vers lui avec un sourire de pure malice.

— Vous êtes prêt à choquer tout le monde ? murmura-t-elle. Il n'est pas trop tard pour changer d'avis, vous savez.

— Je suis prêt, affirma-t-il avant de se pencher en avant et d'échanger quelques mots avec le majordome des Wexham, qui s'apprêtait à les annoncer.

Le majordome cligna des yeux, son regard allant de West à Sophie.

— Mais je ne...

— Nous allons bousculer un peu ce bal de fiançailles, Mournday, déclara Sophie avec légèreté, adressant au majordome un sourire enjoué. Je vous promets que ce n'est pas une mauvaise blague.

— D'accord, fit Mournday, l'air toujours un peu dubitatif.

Puis il se retourna vers la salle – une salle qui, West le savait, était remplie de personnes de sa famille, de celle de Sophie, de tous leurs amis et des membres les plus haut placés de la société – et il annonça :

— Le marquis et la marquise de Weston !

23

Une semaine plus tôt

— Je pensais que le fait d'arriver à mes fins avec mon amour de jeunesse impliquerait un peu plus de romantisme et un peu moins de temps passé dans le bureau d'un notaire.

Sophie lança à West un regard d'affection tolérante et recula pour lui permettre d'ouvrir la portière et l'aider à descendre dans Bond Street, où se trouvait le cabinet de son notaire. Elle employait les services du cabinet Edwards & Higgins, comme la famille de sa mère le faisait depuis des décennies, et Me Edwards lui-même fut heureux de se rendre disponible pour la rencontrer pour la deuxième fois ce jour-là – en particulier lorsqu'il comprit qu'elle était accompagnée d'un marquis. C'était un homme petit et rond, qui avait toujours eu la même chevelure blanche désordonnée, et il approuva avec un plaisir non dissimulé la décision de Sophie de faire une acquisition immobilière.

— Dans la plus grande discrétion, précisa-t-elle sur le ton de la confidence. Il s'agit d'une question assez délicate.

Elle s'interrompit avec un regard éloquent, tandis que West acquiesçait solennellement à côté d'elle. Me Edwards ne posa pas de questions. Il semblait simplement impatient de mettre en œuvre sa volonté, comme toujours, compte tenu du montant exorbitant que Sophie lui versait pour s'attacher ses services.

Cette mission accomplie, elle se retrouva à cligner des yeux sous le soleil de l'après-midi alors que West la faisait monter dans son phaéton. Les événements s'étaient déroulés à une telle vitesse qu'ils avaient commencé à revêtir une sorte d'irréalité onirique. West l'aimait, elle l'aimait, et ils allaient enfin se marier.

Mais il restait un problème...

— Je refuse de quitter ma cérémonie de mariage à cheval ! explosa-t-elle au moment où West prit les rênes. Cette robe cauchemardesque qu'Alexandra m'a convaincue de commander à Mme Blanchet est la tenue la moins pratique pour monter à cheval qu'on puisse imaginer. Je vais la salir, et Fox sera furieuse. Et qu'y a-t-il de mal à utiliser une bonne vieille calèche ? C'est de la folie !

West mit les chevaux en mouvement et lui lança un regard en coin.

— Je pensais que vous soupçonniez votre sœur d'avoir inventé tous ces détails pour vous forcer à admettre que nous n'étions pas vraiment fiancés.

— C'était le cas. Mais maintenant que nous sommes vraiment fiancés, cela ne m'aide pas.

Sophie sentit le sang quitter son visage alors qu'elle se rendait compte de l'horreur qui l'attendait.

— West, je ne veux pas porter cette robe...

— Alors, portez-en une autre, répliqua-t-il d'un ton ferme.

Sophie fut très tentée de lui jeter son réticule à la tête. Ah ! les hommes !

— Ce n'est pas la robe, le problème, reprit-elle, satisfaite de voir la perplexité se peindre sur son beau visage.

Ses sourcils se fronçaient de façon charmante lorsqu'il était troublé, et il l'était si rarement qu'elle n'avait pas souvent l'occasion d'apprécier ce spectacle.

— C'est le mariage tout entier. Un double mariage, pour l'amour du ciel ! Qu'est-ce qui m'a pris ? Pourquoi ai-je accepté cela ?

— Parce que vous n'avez jamais eu l'intention d'aller jusqu'au bout, répondit West raisonnablement.

— Mais maintenant, j'en ai l'intention ! Oh, mon Dieu, qu'est-ce que je vais faire ?

West se racla la gorge.

— Il se trouve que j'ai envisagé une telle éventualité.

Sophie, préoccupée par une vision d'elle descendant l'allée de St George telle une meringue à froufrous, mit un moment à enregistrer ces paroles. Puis elle lui jeta un regard suspicieux.

— Que voulez-vous dire ?

— Si vous vous souvenez bien, j'ai eu l'occasion de quitter brièvement la ville, cette semaine.

— En effet, dit lentement Sophie.

— Je devais visiter le siège ducal dans le Kent, qui est, vous le savez, très proche de Canterbury.

— Canterbury, répéta Sophie avant de saisir. Vous avez obtenu une licence spéciale !

— Apparemment, l'archevêque nourrit un conflit de longue date avec mon père.

West prit un air suffisant et ajouta :

— J'ai fait appel à son bon cœur et à son sens du romantisme, et j'ai peut-être mentionné que mon père ne serait pas satisfait de ce mariage.

— Je pourrais vous embrasser devant tout le monde ! s'exclama-t-elle.

— Mieux vaut éviter de choquer lady Wheezle, dit-il en faisant un signe de tête poli à la dame qui passait à cet instant dans sa calèche, un chien sur les genoux, les observant avec une curiosité qu'elle n'essayait même pas de dissimuler sous son chapeau imposant.

Sophie, quant à elle, réfléchit aux implications de cette nouvelle.

— Mais... vous n'aviez aucune idée que j'accepterais de vous épouser. J'ai dit plusieurs fois que je ne le ferais pas !

— Certes, admit West, mais je ne vous l'avais pas encore demandé. Et je me doutais que, si je le faisais un jour, ce serait parce que je serais sûr que vous diriez oui.

— Vous ne me l'avez *toujours* pas demandé, fit remarquer Sophie, ce qui était vrai.

Ils avaient été tellement occupés à... principalement à s'embrasser, puis à s'adonner à une autre séance d'amour hâtive et peut-être trop athlétique sur le canapé, avant de discuter du plan de Sophie et de la nécessité urgente de rendre visite à son notaire, qu'ils n'avaient pas abordé directement cette question.

— J'ai envisagé de vous demander en mariage un nombre incalculable de fois au cours des dernières années, dit West.

Ils avaient atteint la limite de Hyde Park, et il fit entrer le phaéton dans un bosquet ombragé, non loin des grilles, où ils ne seraient pas dans la ligne de mire de quiconque passerait par là.

— Je m'imaginais généralement mettre un genou à terre, vous jurer un amour éternel et vous entraîner dans une valse tandis qu'un quatuor à cordes jouerait une sérénade au clair de lune.

Cela correspondait plus ou moins à ce que Sophie avait imaginé dans sa jeunesse. Elle n'avait jamais été du genre à rêver de ses propres fiançailles lorsqu'elle était petite, mais quand elle avait rencontré West, elle s'était aperçue qu'elle n'était pas à l'abri de telles niaiseries. Elle avait passé les sept dernières années à faire de son mieux pour les oublier. Et maintenant...

Maintenant, elle se rendait compte qu'elle se moquait qu'il pose un genou à terre, ou deux, qu'il le fasse au clair de lune ou sous un violent orage, devant toute la société ou dans l'intimité. Ce qui lui importait, c'était qu'il demande sa main.

— J'ai imaginé une douzaine de façons différentes de me lancer, poursuivit-il, nouant soigneusement les rênes puis tendant la main pour prendre la sienne. Mais dans chacune de ces visions, la seule chose qui comptait vraiment... c'était que vous disiez oui.

Son regard vert était franc, inébranlable, et si empli d'amour qu'elle sentit une boule monter dans sa gorge.

— Sophie, voulez-vous m'épouser ?

Après tout ce temps, après toutes ces années de silence entre eux, les mille choses qu'elle avait voulu lui dire sans pouvoir le faire, elle opta pour la simplicité :

— Oui, je le veux.

Avant que le mot soit entièrement sorti de sa bouche, il l'embrassa et elle enroula les bras autour de son cou, leur étreinte bien plus éloquente qu'un long discours.

*
* *

Violet et James étaient les seuls qu'ils mirent dans la confidence.

— Un mariage ! Par licence spéciale ! s'écria Violet pour la quatrième fois au moins ce matin-là, deux jours plus tard.

Ils étaient dans le salon de Violet et James, attendant l'arrivée du prêtre.

— C'est très excitant, vous savez, continua Violet avec enthousiasme.

Elle portait une robe à rayures bleues et blanches et un bonnet assorti, et semblait prête à bondir sur place.

— D'abord Emily et Belfry, maintenant vous deux… C'est tellement plus romantique qu'un mariage traditionnel à l'église, tu ne trouves pas ?

Elle pencha la tête vers son mari, qui la regardait avec un certain étonnement.

— J'ai trouvé notre mariage parfaitement romantique, merci, marmonna James.

— J'espère bien, vu la hâte avec laquelle il a été organisé, observa West.

Son frère lui sourit.

— L'efficacité, affirma-t-il. Ce fut un mariage efficace.

— Tout comme celui-ci, ajouta Sophie.

West reporta son attention sur elle, sa gorge se nouant aussitôt. Au lieu de l'infâme robe à volants qu'elle avait commandée avec sa sœur, elle portait une robe avec laquelle il l'avait déjà vue, en soie verte ornée d'un motif de vignes et de feuilles blanches. Ses cheveux étaient coiffés simplement, et elle tenait un bouquet de roses.

Rien dans cette scène ne laissait supposer qu'il s'agissait du mariage d'un futur duc.

C'était parfait.

Au début, il avait fallu convaincre Sophie, car elle se sentait coupable d'abandonner Alexandra dans un mariage qui avait été planifié dans les moindres détails. West, cependant, s'était senti obligé de souligner l'évidence.

— Sophie, lui avait-il dit deux soirs plus tôt, alors qu'elle faisait les cent pas devant son lit en robe de chambre.

West était arrivé à la nuit tombée, à cheval, et s'était faufilé par l'escalier de service. Il avait déjà attendu sept ans et n'avait pas l'intention d'attendre ne serait-ce que deux jours de plus pour dormir à ses côtés.

— Croyez-vous vraiment qu'Alexandra veuille du mariage qu'elle a préparé ?

Sophie avait marqué une pause en réfléchissant.

— Non. Maria a raison. Alexandra n'avait déjà pas apprécié tout le tapage autour de son premier mariage. Elle fait sans doute tout cela pour me contrarier.

— Alors peut-être lui feriez-vous une faveur en la devançant et en vous mariant en secret ? avait suggéré West. Ainsi, elle et Blackford pourront changer leurs plans et organiser un mariage qui leur plaira davantage.

Le visage de Sophie s'était éclairci à ce moment-là, et c'est ainsi qu'ils avaient décidé de se retrouver ici deux jours plus tard, pour prononcer leurs vœux. Ils avaient demandé à Violet et à James d'être leurs témoins – une demande qui avait été accueillie avec une joie si enthousiaste par Violet que West avait craint qu'elle ne lui torde la main en la serrant pour le féliciter. Ils n'avaient invité personne d'autre. Il n'était pas question qu'une rumeur parvienne au duc tant que l'affaire ne serait pas réglée – ils avaient échafaudé un plan spécialement pour lui. Ce devait donc rester un mariage clandestin, et West avait hâte d'en finir. Violet s'était surpassée en remplissant la pièce de vases débordant de roses et de pivoines, de pois de senteur et de dauphinelles, et ce fut dans le parfum des fleurs fraîches, avec les fenêtres ouvertes pour laisser passer la brise, que West et Sophie prononcèrent leurs vœux. Le prêtre parut un peu choqué lorsque West attira Sophie vers lui pour l'embrasser longuement, et il se réfugia dans son livre de prières.

Ensuite, ils burent du champagne et mangèrent le généreux assortiment de pâtisseries que la cuisinière française de Sophie avait envoyé pour l'occasion, avant d'exposer à leurs amis la suite des événements.

— Je ne crois pas avoir jamais assisté à un bal de fiançailles pour un couple qui s'est secrètement marié à l'avance et qui a prévu de déclencher un énorme scandale, dit Violet pensivement en prenant une bouchée de madeleine. Mais j'aimerais que d'autres personnes comprennent à quel point il est plus amusant de faire les choses de cette façon.

— Amusant, répéta West avec une légère incrédulité. Tordu et fou, vous voulez dire.

Violet sourit.

— Il semble que ce soit une condition de nos jours pour trouver l'amour, West. Bienvenue au club.

West jeta un coup d'œil à Sophie, installée à côté de lui sur le canapé, une flûte de champagne à la main, sa tête dorée posée contre son bras.

Et il ne put retenir le sourire qui étira ses lèvres.

24

Sophie ne savait pas à quelle réaction s'attendre, mais elle devinait que ce silence n'était pas bon signe.

Elle s'accrocha fermement au bras de West tandis qu'ils descendaient l'escalier de la salle de bal de ses parents, la foule rassemblée étant suffisamment silencieuse pour que le léger claquement de la canne de West sur les marches soit audible.

Tout en avançant, elle sonda les convives en quête de visages familiers et n'eut pas à chercher bien loin – Diana, Jeremy, Jane et Penvale n'avaient manifestement pas perdu de temps pour retrouver leurs amis.

Ses sœurs et leurs maris, le frère et la belle-sœur de West et tous leurs amis étaient rassemblés au pied de l'escalier. L'expression de leurs visages allait de la confusion à l'amusement, comme si West et Sophie venaient de leur faire une sacrée farce…

Sophie croisa le regard de James. Il haussa les sourcils et elle l'imita en réponse, tandis que West et elle atteignaient la dernière marche.

— Quelqu'un pourrait-il nous expliquer ce qui se passe ?

Cette question avait été posée par Diana, qui n'hésitait jamais à se montrer franche.

— Oui, s'il vous plaît ! renchérit Harriet, partagée entre l'ahurissement et l'extase. Sophie, tu ne vas quand même pas nous annoncer que tu as déjà épousé West ! Et le double mariage ?

Elle marqua une pause, adoptant une expression abattue à l'idée que l'événement n'ait pas lieu.

— Oh, ciel, tu as raison, dit Sophie en portant les mains à sa poitrine dans un geste théâtral.

Elle se tourna vers West.

— Est-il trop tard pour annuler le mariage ?

— Je crois, oui, répondit-il.

Elle se tourna vers Alexandra, qui observait pensivement la scène sans avoir encore pris la parole.

— Tu crois que tu seras capable d'affronter ce mariage sans moi ? demanda Sophie, un peu hésitante après leur conversation de l'après-midi.

Alexandra sourit.

— Sachant que Blackford et moi avons organisé notre propre mariage dans notre coin pendant la majeure partie du mois dernier, je pense que nous nous en remettrons.

Ce fut au tour de Sophie de rester bouche bée.

— Tu... Mais...

— Oh, Seigneur ! marmonna Penvale, et Sophie se tourna vers lui, surprise.

Il cligna des yeux, n'ayant manifestement pas eu l'intention de parler aussi fort. Plusieurs regards étaient fixés sur lui à présent.

— Eh bien, lança-t-il, un peu penaud, n'êtes-vous pas tous un peu épuisés par ces histoires ? Il y a un an et demi, Violet s'est mis en tête de convaincre Audley qu'elle était à l'article de la mort, poussant celui-ci à la menacer de l'envoyer sur une montagne suisse pour qu'elle communie avec les chèvres…

— Il a effectivement mentionné des chèvres, confirma Violet.

— … puis Diana a tenté de forcer Jeremy à épouser la plus affreuse jeune femme que j'aie rencontrée sur le marché des débutantes…

— Elle n'est plus sur le marché des débutantes, confia Diana à Emily. Tu savais que son frère lui avait acheté un cottage dans le Sussex ?

— … et ensuite Emily a proféré des menaces franchement absurdes à l'égard de Belfry à propos de son désir de monter sur scène. Quant à ma femme…

Il effleura Jane d'un regard sombre.

— … elle a essayé de hanter ma propre maison. Et maintenant, *ceci*…

Il porta son attention sur Alexandra.

— Je m'attends presque à ce que vous nous annonciez que tout cela n'était qu'un stratagème pour forcer West et Sophie à se réconcilier, puisque quiconque a des yeux peut assurer qu'ils n'ont jamais cessé de s'aimer depuis toutes ces années.

La jeune femme cligna des paupières.

— Eh bien… c'est le cas, en fait.

Elle se tourna vers son fiancé.

— C'est à peu près ça, n'est-ce pas ?

— Je crois que oui, admit Blackford d'un ton affable.

— Bien sûr, siffla Penvale, le souffle court. N'êtes-vous pas épuisé de tout cela ?

— Penvale…, intervint Violet avec hésitation.

Le regard qu'il tourna vers elle était si féroce qu'elle s'arrêta immédiatement.

— Je ne t'en blâmerai jamais, ajouta-t-elle finalement sur le ton de quelqu'un qui tente de raisonner un enfant récalcitrant, mais je crois bon de souligner que, si *tu* ne m'avais pas envoyé ce mot m'informant que James était sur son lit de mort, ce qui n'était manifestement pas le cas, toute cette série d'événements n'aurait jamais été déclenchée.

Elle lui adressa un sourire radieux.

— Quand on y pense, c'est grâce à toi que nous sommes tous réunis ! Si tu n'avais pas été là, Emily et Belfry ne se seraient peut-être jamais rencontrés !

— C'est vrai, confirma Emily, rayonnante.

Penvale prit un air consterné.

— Je vais me chercher un verre, dit-il avant de s'éloigner sans un mot de plus.

Jane le salua joyeusement avant de se tourner vers les autres et de lancer, plutôt enthousiaste :

— Maintenant que nous nous sommes débarrassés de lui, pourriez-vous continuer à nous expliquer ce qui se passe ?

— J'aimerais bien le savoir aussi, Sophie chérie !

Sophie réprima difficilement un soupir. Cette voix était celle de sa mère. Elle était étonnée qu'il ait fallu autant de temps à lady Wexham pour se frayer un chemin à travers la salle de bal. Compte tenu des circonstances, Sophie n'aurait pas été choquée si des ailes avaient poussé sur le dos de sa mère et si celle-ci leur était tombée dessus au pied de l'escalier.

West abaissa légèrement son bras – celui que Sophie tenait encore, peut-être un peu trop fort – et elle prit conscience qu'il essayait simplement de lui prendre la main.

— Lady Wexham, dit-il en faisant un signe de tête à sa mère. Lord Wexham, ajouta-t-il tandis que son père approchait, s'efforçant d'arborer une expression menaçante, mais ayant l'air ravi malgré lui. Je suis désolé que nous n'ayons pas été tout à fait honnêtes avec vous au cours de la semaine dernière – du mois dernier, en réalité, se reprit-il rapidement.

Dans son dos, Sophie entendit vaguement Mournday annoncer une autre arrivée, et le bourdonnement qui avait envahi la salle à leur arrivée disparut au bénéfice d'un brouhaha de conversations. Ils n'étaient plus le centre de l'attention.

— Cependant..., continua West.

Ils n'avaient pas encore déterminé précisément comment ils allaient expliquer les choses à sa famille, et elle se rendait compte qu'elle ignorait ce qu'il comptait dire.

— ... je suis amoureux de votre fille depuis sept ans, et lorsqu'elle est venue me proposer ces fausses fiançailles – ce qu'elle a fait uniquement par souci pour sa sœur –, j'ai dit oui parce que je n'ai jamais cessé de l'aimer, ajouta-t-il, son regard se portant sur Alexandra.

Il se tourna alors vers Sophie, la contemplant avec adoration, et ajouta doucement :

— Pas une seule seconde.

Sophie ne pouvait détacher les yeux des siens. C'était un tel luxe de pouvoir le regarder autant qu'elle le voulait – elle avait l'impression d'avoir traversé le désert en manquant de mourir de soif et de pouvoir à présent se désaltérer à grandes gorgées d'eau. Pendant tant d'années, elle n'avait pu l'observer que de manière fugace lors de moments volés, ne laissant jamais ses yeux s'attarder trop longtemps de peur que quelqu'un d'autre ne s'en aperçoive. De peur que son expression ne dise tout ce qu'elle ne voulait pas admettre au fil des ans.

— Ainsi, dit-il en regardant ses beaux-parents, ses sœurs, leurs amis réunis, lorsque nous avons pris conscience que nos sentiments étaient réciproques, que nous ne voulions pas répéter les mêmes erreurs que par le passé, nous avons pensé qu'il était juste de nous marier le plus rapidement possible, avant que quelqu'un puisse nous en dissuader.

— Et je suppose que ce « quelqu'un », dit une voix sévère derrière eux, c'était moi ?

Les épaules de Sophie se crispèrent. Elle ne connaissait que trop bien cette voix, mais elle ne permettrait plus à son propriétaire de dicter sa vie. Elle leva le menton, resserra sa prise sur la main de West et pivota.

— Votre Grâce, dit-elle en faisant une petite révérence.

Le duc de Dovington avait l'air… étrange. Pas dans son allure – qui était impeccable, comme toujours, avec son costume de soirée noir et blanc à la coupe parfaite et son nœud de cravate élaboré. Elle supposait qu'elle devrait être honorée qu'il ait daigné faire une apparition ce soir, et qu'il se soit habillé pour l'occasion. Mais les marques d'irrespect flagrantes n'avaient jamais été son arme de prédilection. Il préférait les coups plus subtils.

Cependant, malgré son apparence immaculée, il y avait quelque chose d'inhabituel chez lui que Sophie ne se souvenait pas d'avoir remarqué en d'autres occasions. Ses yeux passèrent rapidement de West à Sophie, et elle sentit la main de son époux se resserrer sur la sienne.

— Père.

Il inclina la tête.

— West.

Il se tourna vers Sophie, le silence s'étirant de seconde en seconde.

— Lady Weston.

Sophie sentit, plutôt qu'elle n'entendit, les soupirs de ses proches derrière elle.

— Je suppose que vous pensiez que je bluffais, reprit le duc sur un ton calme, et Sophie se mordit l'intérieur de la joue pour se ressaisir avant de répondre.

— Au contraire, Votre Grâce, dit-elle en lui offrant un sourire poli. Je ne soupçonnerais jamais un homme comme vous d'être capable d'une telle chose.

Il soutint son regard, et elle s'efforça de ne pas ciller. Elle ne se laisserait plus intimider par cet homme. Qu'elle le veuille ou non, il était désormais son beau-père, et elle ferait mieux de s'y habituer.

Il plissa légèrement les yeux.

— J'ai reçu des marques d'intérêt pour la propriété, tu sais, ajouta-t-il, son regard se posant de nouveau sur West. Sans que je puisse l'expliquer, le bruit a couru que j'envisageais de vendre et quelqu'un m'a contacté pour me faire une offre. Une offre très intéressante, je dois dire.

— Excellente nouvelle, commenta West d'un ton neutre. Faites-moi savoir si l'acheteur a besoin d'informations de ma part, en plus des livres de comptes que je vous ai déjà envoyés. À ce propos, j'espère que vous les avez reçus.

— Il était difficile de manquer la voiture remplie de registres, observa le duc, les yeux plantés dans ceux de son fils. Si tu penses jouer une partie de cartes avec moi, West, je te rappelle que je ne joue que lorsque je suis certain de pouvoir gagner.

West inclina la tête.

— Au contraire, père, je ferai tout ce qui est en mon pouvoir pour aider à la vente de Rosemere.

Il sourit à son père, et Sophie se demanda à quand remontait la dernière fois qu'il avait eu l'occasion de le faire.

— Je ne pense pas que ce soit le moment ou l'endroit pour une telle discussion, mais je serai heureux de la poursuivre plus tard.

À cet instant, son sourire disparut et il fit deux pas vers son père.

— Je tiens néanmoins à ce qu'il soit parfaitement clair pour vous que, si Rosemere est le prix à payer pour mon mariage, je le paierai mille fois. En effet, je suis ravi de me débarrasser de cette propriété si cela signifie que vous n'avez plus aucun moyen de pression sur moi.

Il recula, tendant la main derrière lui, et Sophie s'empressa de la reprendre.

West se tourna légèrement, et ils firent face à l'assemblée.

— Je suis désolé de vous avoir tous trompés, mais j'espère que vous nous souhaiterez à tous deux beaucoup de bonheur. Peut-être pouvons-nous maintenant porter notre attention sur les réjouissances de la soirée.

Il salua Alexandra et Blackford d'un signe de tête. Puis il se tourna vers la mère de Sophie.

— Lady Wexham, me ferez-vous l'honneur de me réserver une valse ?

Cette simple question suffit à briser la glace. Lady Wexham se précipita sur eux, faisant pleuvoir des baisers sur leurs joues et versant quelques larmes discrètes dans le mouchoir que lui tendait West. Leurs frères et sœurs ainsi que leurs amis l'imitèrent, et pendant quelques minutes, personne ne parvint à comprendre ce qu'il se passait au milieu des félicitations et des exclamations de joie.

À un moment, Sophie se retrouva à côté de West.

— J'ai mal aux joues, lui chuchota-t-elle en portant une main à son visage, mais souriant d'un air radieux.

West se pencha et, sans se soucier de l'inconvenance de son geste, déposa un doux baiser sur son front.

— Je voudrais voir ce sourire sur ton visage tous les jours pour le reste de ma vie.

Sophie estimait que ce souhait ne serait pas difficile à réaliser.

*

* *

Ce ne fut que plus tard, alors que Sophie profitait d'un bref répit entre deux danses et que West discutait avec Blackford, Belfry et leur beau-frère, le comte de Risedale, qu'Alexandra la rejoignit.

Sophie venait d'accepter une flûte de champagne d'un serveur qui passait par là et s'était cachée derrière un palmier en pot pour la déguster – pas tout à fait hors de vue, mais juste assez pour qu'il faille bien la chercher pour la trouver – quand sa sœur apparut à côté d'elle.

Alexandra était très jolie, ce soir. Ses cheveux noirs brillaient à la lumière des bougies. Elle portait une robe d'un jaune radieux qui donnait à sa peau un ton éclatant, alors qu'une teinte similaire aurait sans doute donné un air blafard à Sophie.

— Je viens d'échapper à un sermon de cinq minutes de la part de Maria, sur le fait que j'ai eu tort de te torturer en menaçant de faire un double mariage et de quitter l'église à cheval, dit Alexandra, sans avoir l'air de s'excuser.

— Je suis surprise qu'elle ait mis tant d'ardeur à défendre ma sensibilité, déclara Sophie en buvant une gorgée de champagne.

— Oh, ne t'inquiète pas, dit Alexandra d'un ton enjoué. Je ne doute pas que tu auras ta propre leçon de morale le moment venu.

— Je m'en réjouis d'avance, commenta Sophie avec ironie, bien que Maria lui ait pressé la main en lui souhaitant beaucoup de bonheur avec une sincérité évidente, et l'air satisfait de quelqu'un qui considère qu'une grande erreur a été corrigée.

Alexandra tourna la tête vers Sophie.

— Tu crois que j'attirerais l'attention sur notre cachette si j'appelais un serveur derrière une feuille de palmier ? Je suis assoiffée.

Sans attendre de réponse, elle interpella un domestique :

— Pssst !

Le valet de pied qu'elle tentait d'appeler, qui se tenait à quelques mètres, marqua une pause, puis jeta un coup d'œil autour de lui, comme s'il craignait que quelqu'un ait laissé entrer un serpent dans la salle de bal.

— Pssst ! recommença Alexandra, un peu plus fort.

Quand il finit par se retourner, elle lui fit signe frénétiquement d'approcher, et s'empara de deux flûtes sur son plateau avant de le laisser repartir.

— Je ne pense pas que le ministère de la Guerre te recruterait pour travailler dans les renseignements, observa Sophie.

Alexandra l'ignora et but une bonne gorgée de champagne. Un silence s'installa entre elles alors qu'elles s'appuyaient toutes deux contre le mur, un silence que Sophie hésitait à rompre.

Mais il s'agissait d'Alexandra – sa sœur, certes, mais aussi, ces dernières années, son amie la plus chère. Elle ne pouvait supporter cette tension qui régnait entre elles.

— Je suis désolée, tu sais, fit Sophie en regardant sa sœur sans décoller la tête du mur.

Alexandra l'imita.

— Moi aussi.

Sophie hésita.

— West dit... Il dit que je m'inquiète trop pour toi.

Alexandra leva sa flûte de champagne en signe de reconnaissance.

— Rien que pour ça, je devrais porter un toast à votre mariage. S'il peut enfin te faire entendre raison, alors je l'aimerai encore plus que je ne l'aime déjà.

Sophie esquissa un sourire.

— C'est juste que, pendant si longtemps, je me suis tellement inquiétée pour toi, pour vous toutes. En tant qu'aînée, il était de mon devoir de faire un bon mariage, de montrer le bon chemin aux plus jeunes.

— Notre père est vicomte, Sophie, et grâce à maman nous roulons sur l'or.

Sophie se mit à rire sous le choc de cette déclaration, ce qui était très certainement l'intention de sa sœur lorsqu'elle avait choisi une expression aussi crue.

— Je ne pense pas que nos chemins risquaient d'être trop difficiles... à condition de ne pas tomber amoureuse de l'héritier d'un duché dont le père a un énorme bâton planté dans le...

— Merci, j'ai compris, l'interrompit précipitamment Sophie en riant de nouveau. Je suppose que mon expérience avec le duc m'a rendue trop méfiante par rapport à ce qui pouvait vous arriver. Mais je n'avais pas eu beaucoup de succès, tu sais, au cours de mes deux premières saisons, avant de rencontrer West. Les gentlemen les plus haut placés ne voulaient pas épouser la fille d'un vicomte ayant fait fortune dans le commerce.

— Et toi, voulais-tu épouser l'un d'entre eux ? questionna Alexandra.

— Je suppose que non, admit Sophie.

— Alors pourquoi étais-tu si préoccupée par ce qu'ils penseraient de nous ? Crois-tu que papa et maman soient obsédés par le rang au point de jeter leur dévolu sur un épouvantable snob, juste pour pouvoir dire que leur fille a épousé un comte ? Même Maria s'est contentée d'un deuxième fils, après le scandale avec Sandworth, et s'il y en a une parmi nous qui se soucie de ce genre de choses, c'est bien elle.

— Eh bien… tu as raison.

Sophie soupira.

— Mais comme je suis l'aînée, je crois que j'ai toujours considéré qu'il était de ma responsabilité de m'inquiéter pour les autres.

— C'est pour cela que nous avons des parents, souligna Alexandra. Ils se sont beaucoup occupés de nous, si tu te souviens. Ce n'est pas comme si nous avions grandi dans un orphelinat en essayant de nous frayer un chemin dans la file d'attente pour un bol de porridge. Et même s'il y avait des raisons de s'inquiéter, nous sommes toutes bien installées maintenant. Tu as le droit de t'occuper de toi, tu sais.

— Mais c'est *toi* qui ne voulais pas te marier si je restais seule ! fit remarquer Sophie, mi-amusée, mi-exaspérée.

Elle trouvait un peu agaçant qu'Alexandra la critique pour un comportement qu'elle-même avait adopté.

— En fait, expliqua Alexandra avec insouciance, ce n'est pas vrai, et tu le saurais si tu t'étais donné la peine de me le demander, au lieu de prendre les choses en main. J'ai essayé de te le dire cet après-midi.

— Je... Tu...

— J'hésitais, oui, pour toutes les raisons que Blackford t'a dites, reprit Alexandra, mais j'espérais en discuter avec toi à un moment donné, sans la présence de Harriet et de Betsy. Je craignais que West et toi ne vous réconciliiez jamais, que vous ne trouviez pas le bonheur, mais tu te murais toujours si obstinément dans le silence quand quelqu'un mentionnait son nom que je ne savais pas comment aborder le sujet. Tu peux donc imaginer ma surprise quand tu as annoncé que tu étais fiancée.

Sophie se passa une main sur le visage et vida sa flûte de champagne.

— Tu as senti le piège tout de suite ?

— Plus ou moins, confirma Alexandra. Quand Blackford m'a parlé de la conversation qu'il avait eue avec toi, j'étais presque certaine d'avoir compris.

— Tu aurais pu m'épargner le tourment de l'organisation d'un double mariage, la réprimanda Sophie avec sévérité.

— Je voulais voir jusqu'où tu étais prête à pousser la supercherie.

Alexandra avait l'air assez satisfaite d'elle-même.

— Et puis, tu as commencé à me rendre furieuse et j'ai poussé les choses encore plus loin, jusqu'au ridicule, pour voir si tu finirais par admettre ton mensonge. Mais plus je vous observais, West et toi, plus j'étais convaincue que vous étiez toujours amoureux – et plus j'étais agacée que tu continues à accepter tous mes plans, ce que tu n'aurais pas fait si tu avais vraiment eu l'intention de l'épouser.

Elle secoua la tête.

— Tout s'est un peu mélangé dans ma tête, je l'admets. Mais même si Blackford et moi préparions notre propre mariage, beaucoup plus modeste, je te promets que j'aurais descendu l'allée dans une tenue tout à fait horrible et que je serais partie sur un cheval blanc, juste pour te voir épouser West.

— Heureusement, il a suffi d'une licence spéciale.

Sophie tenta de lancer un regard sévère à sa sœur, mais n'y parvint pas. Comment pourrait-elle être contrariée, alors qu'Alexandra n'avait fait qu'imiter le comportement qu'elle avait eu pendant des années ?

— Harriet et Betsy étaient-elles au courant ?

— Oh non ! Je savais que je ne pouvais pas leur faire confiance là-dessus, dit Alexandra. Bien que ce soit troublant en soi, car cela signifie que leur enthousiasme pour chacune de mes idées farfelues était sincère.

Elle fronça les sourcils.

— Devrions-nous nous inquiéter de leur état mental ?

— Nous mettrons celui de Betsy sur le compte du bébé, et celui de Harriet sur le compte de la ferveur dévorante de sa rivalité avec Hyacinth Montmorency.

Sophie sourit, et Alexandra l'imita.

— Nous avons le droit de nous inquiéter pour toi, Sophie, souffla-t-elle d'une voix hésitante.

Sophie déglutit péniblement. Alexandra enchaîna :

— Ce n'est pas parce que tu es l'aînée que tu es la seule à te soucier des autres. Nous t'aimons, nous voulons que tu sois heureuse. Et j'aurais accueilli n'importe quel fiancé pour te voir comblée, mais... eh bien, je suis tellement contente que ce soit West.

Le sourire de Sophie vacilla et sa lèvre inférieure se mit à trembler, mais elle repoussa les larmes qui menaçaient de brouiller sa vue et prit la coupe de champagne supplémentaire de la main de sa sœur. Elle la fit tinter contre celle d'Alexandra.

— Moi aussi.

25

Réunir deux foyers – et le personnel de maison qui allait avec – se révélait plus compliqué que West ne l'avait prévu.

— Briar, pour l'amour de Dieu, je m'en moque ! s'emporta West après la quinzième interruption au cours des deux dernières heures, toutes liées à la question de savoir si les valets de pied de Sophie faisaient la même taille. Si vous pensez que l'un d'entre eux doit porter des échasses, n'hésitez pas à vous en occuper, à condition que le valet en question soit d'accord.

Briar, frémissant de dignité blessée, se redressa de toute sa hauteur, bomba le torse et offrit un « Bien, monsieur » rigide avant de s'incliner, évitant de justesse de heurter Sophie au passage. Il passait son temps à s'excuser auprès d'elle et à s'enquérir de ses moindres besoins. Il semblait que Briar approuvait le mariage en général, et Sophie en particulier. Il y avait eu quelques moments difficiles avant qu'il soit informé que le vieux majordome de Sophie était heureux de profiter de l'occasion pour se mettre à la retraite mais, une fois que cela avait été réglé, il avait fait preuve d'une extrême sollicitude pour la nouvelle maîtresse de maison.

— Pourquoi semble-t-il t'apprécier plus que moi ? demanda West d'un air sombre en se levant de son bureau, alors que Briar se retirait en lançant un dernier regard d'adoration à Sophie avant que la porte se referme derrière lui.

— Peut-être parce que je lui ai dit que je pensais que l'arrivée de nouveaux employés dans cette maison était une excellente occasion de réaménager les chambres des domestiques, et j'ai veillé à ce que Hawthorne et lui soient installés dans des chambres adjacentes.

Elle s'avança vers lui, vêtue d'une ravissante robe de mousseline blanche, les cheveux simplement arrangés, quelques boucles lâches s'échappant de sa coiffure. Elle lui fit signe de se rasseoir et se percha au bord de son bureau d'une manière qui n'était probablement pas destinée à paraître séduisante, mais qui eut tout de même un effet dévastateur sur son corps.

Il se frotta la mâchoire, pensif.

— Pourquoi es-tu plus intelligente que moi ?

Elle se pencha pour déposer un baiser rapide sur sa bouche.

— Parce que je suis une femme, et que je n'ai pas eu d'autre choix.

Elle voulut reculer, mais il tendit la main et la posa sur sa nuque, la maintenant contre ses lèvres pour l'embrasser plus longuement. Elle entrouvrit la bouche dans un soupir, et son souffle se mêla au sien. Sa main libre progressa lentement de sa taille à ses côtes, traçant la courbe d'un sein qu'il soupesa dans sa paume. Elle émit un son plaintif et tira sur ses cheveux, juste assez fort pour diffuser une pointe de douleur mêlée de plaisir directement dans son sexe. Il était sur le point de se lever lorsqu'on frappa de nouveau à la porte du bureau.

Il arracha sa bouche de la sienne.

— Briar, je ne souhaite pas répondre à d'autres questions sur la taille de nos valets de pied !

Sophie étouffa un rire contre son épaule.

Il y eut une brève pause, puis un raclement de gorge assez ostentatoire de l'autre côté de la porte.

— Sa Grâce, le duc de Dovington, est ici pour vous voir, milord.

West ne pensait pas avoir imaginé la légère note de suffisance dans la voix de Briar, qui semblait dire : « Accusez-moi encore une fois d'interruptions frivoles liées aux valets de pied, et vous verrez où cela vous mènera ! »

Sophie se dégagea des bras de son mari en un clin d'œil, lissant ses cheveux pour les remettre en place avant de se tourner vers la porte. Elle lui lança un regard, et il prit trois secondes pour penser à des choses très innocentes avant de hocher la tête.

— Vous pouvez le faire entrer, Briar, dit-elle.

La porte s'ouvrit, et le père de West apparut.

Il marqua une courte pause, laissant son regard aller et venir entre West et Sophie. West eut l'impression qu'il savait précisément ce qu'ils étaient en train de faire trente secondes plus tôt. De toute façon, West s'en fichait éperdument.

— Père, dit-il en se levant.

— Votre Grâce, ajouta Sophie, en faisant une révérence polie mais pas très marquée.

— West.

Le duc lui adressa un signe de tête, ainsi qu'à Sophie.

— Lady Weston. Je vous prie de m'excuser pour cette interruption, mais j'ai quelque chose à vous dire. De nouvelles informations ont été portées à ma connaissance.

West fit un geste vers l'une des chaises situées face à son bureau, et son père s'assit aussitôt après Sophie.

— Il y a un problème ? s'enquit West.

— Hum...

Bien qu'il soit assis du mauvais côté du bureau, le duc avait toujours l'air d'être celui qui menait les débats.

Il prit appui sur le dossier du fauteuil, posa ses coudes sur les accoudoirs et porta les doigts devant sa bouche en signe de pose méditative.

— C'est une question intéressante. Je ne sais pas si le mot « problème » est le bon, cependant.

— Oh, nous allons avoir droit à une leçon de vocabulaire ? demanda Sophie innocemment. Comme c'est délicieux ! Il y a un certain nombre d'invectives dont j'aimerais connaître les synonymes.

Elle marqua une courte pause.

— Non pas que j'aurais besoin de les utiliser en votre compagnie, bien sûr.

— Bien sûr, approuva sèchement le duc.

West eut tout juste le temps de saisir le léger tressaillement des lèvres de son père, presque comme s'il était amusé. Il ne savait pas que le duc de Dovington était capable d'une telle émotion.

— J'ai été intrigué, la semaine dernière, par l'intérêt manifesté pour l'achat de Rosemere, comme vous devez vous en souvenir, continua le duc. J'ai poursuivi ma correspondance avec l'acheteur potentiel, et son offre est certainement tentante.

Il marqua une pause.

— Mais pas *si* tentante que cela. C'est une offre juste, sans être très généreuse. L'acheteur a manifestement une certaine connaissance du domaine et de ses rendements potentiels.

— Je suppose que toute personne souhaitant acheter un bien immobilier fait des recherches avant de formuler une offre, déclara West.

— Hum… Eh bien, celui qui a fait cette proposition et le mystère qui semblait l'entourer m'ont beaucoup intrigué. La correspondance que j'ai reçue provenait de son notaire, voyez-vous, et ce notaire s'est montré affreusement réticent lorsque j'ai demandé des précisions sur l'identité de son client.

À côté du duc, Sophie s'était figée, mais il ne donnait pas l'impression d'en avoir pris note.

— Alors, pour apaiser ma curiosité, j'ai demandé à mon propre avoué de faire quelques recherches, et j'ai été stupéfait d'apprendre que ce notaire n'est pas seulement celui de vos parents, lady Weston, mais aussi de toute la famille de votre mère et de leurs diverses sociétés de transport maritime.

— Quelle coïncidence ! observa Sophie calmement, joignant les mains sur ses genoux. La famille de ma mère a souvent recours aux services de notaires et d'avocats, étant donné toutes les questions juridiques qui surgissent dans leur secteur d'activité. Ils dirigent des entreprises assez rentables, vous savez…

Elle marqua une pause.

— Je crois que c'est précisément ce fait qui m'a rendue si indésirable en tant que belle-fille à vos yeux, en réalité. À moins que ma mémoire ne me fasse défaut. Tout cela remonte à très longtemps, maintenant.

Elle sourit au duc, et West fut tenté d'applaudir.

— En effet, confirma le duc en plantant son regard dans celui de Sophie, qui le soutint sans ciller.

Dans sa simple robe d'après-midi, elle n'aurait pas dû ressembler à une future duchesse – elle n'était pas drapée dans de fines étoffes, élégamment coiffée et couverte de bijoux. Pourtant, elle avait une prestance et un regard qui montraient clairement qu'elle n'était pas du tout intimidée par l'homme assis à côté d'elle, dont l'épouse avait autrefois porté le titre qui serait un jour le sien.

Enfin, le duc fit un signe de tête presque imperceptible. Il se leva.

— Je vais informer ce notaire que la vente peut avoir lieu, déclara-t-il sèchement.

West et Sophie échangèrent un regard stupéfait.

— Mais…, commença-t-elle.

— Lady Weston, l'interrompit le duc, je ne suis pas un homme qui apprécie que l'on détourne sa propre volonté, et je préférerais donc ne pas m'attarder sur cette question plus longtemps que nécessaire. Je sais reconnaître un adversaire digne de ce nom.

Il tendit alors la main à Sophie qui sembla comprendre, après une brève pause, qu'il souhaitait serrer la sienne. West doutait que son père ait serré la main d'une femme de toute sa vie – selon lui, les femmes devaient être flattées, on devait les faire valser, leur faire l'amour, leur servir des compliments vides de sens. West constatait maintenant, en regardant sa femme et son père se serrer la main avec méfiance, qu'il y avait quelque chose qui ressemblait à du respect dans la façon dont son père considérait Sophie.

Le respect n'était pas l'admiration, ni l'affection, ni même l'acceptation, mais c'était quelque chose. Et dans ce cas, il s'agissait d'une concession.

Son père lâcha la main de Sophie, récupéra son chapeau et adressa un regard ironique à West.

— Je te ferai retourner les documents relatifs à la propriété, n'est-ce pas ? Et à l'avenir, peut-être t'abstiendras-tu de me faire perdre mon temps avec des stratagèmes aussi absurdes ?

West décocha un mince sourire au duc.

— Seulement si vous vous abstenez de vous mêler de mon mariage, père.

Le duc serra les lèvres en une ligne sinistre, mais n'offrit pas de réponse. Au lieu de cela, il se contenta de lancer impérieusement par-dessus son épaule en se dirigeant vers la porte :

— Tu devrais au moins veiller à me donner un héritier.

La porte se referma derrière lui.

— Tu sais, dit Sophie pensivement, tandis qu'elle et West regardaient la porte par laquelle le duc était parti, j'ai vraiment hâte de le décevoir sur ce point.

West était enclin à être d'accord ; il sentait monter en lui l'irritation familière qui accompagnait si souvent les discussions avec son père, même s'il savait que la conversation qui venait d'avoir lieu était probablement la meilleure qu'ils puissent espérer sur la question de leur mariage. Il se leva et, ignorant sa canne, marcha lentement vers Sophie. Il tendit la main et l'attira à lui. Elle pencha légèrement la tête en arrière pour le regarder droit dans les yeux.

— Je t'aime, dit-il simplement.

Il ne se lasserait jamais de le dire, après tant d'années passées à le penser et à le dissimuler soigneusement.

Elle sourit.

— Je sais.

Elle posa les mains sur ses épaules et le poussa doucement, jusqu'à ce qu'il fasse un pas en arrière.

— Maintenant, tu vas t'asseoir sur cette chaise. Je vais me mettre à genoux et te faire quelque chose que tu vas beaucoup apprécier. Et ensuite, si tu veux me remercier, tu pourras m'allonger sur ton bureau et faire ce que tu veux de moi.

Son ton s'était fait autoritaire tandis qu'elle exposait ce programme, et sa voix était comme une caresse sur son sexe dur.

— À moins, ajouta-t-elle avec élégance, que tu n'aies à te plaindre de ce plan ?

West n'en fit rien et se pencha pour l'embrasser en guise de réponse.

*
* *

— Tu as donc réussi, dit Violet avec admiration le soir suivant, en s'adossant à son siège et en buvant une gorgée de sherry avec un soupir heureux. Tu as déjoué les plans du duc. J'ai envie d'applaudir, vraiment.

C'était la première fois que Sophie jouait les hôtesses en tant que marquise. Ils avaient invité leurs amis à dîner puis, au lieu que les dames se retirent pour laisser les messieurs à leur porto et à leur conversation, ils s'étaient tous installés dans la bibliothèque.

C'était une chaude soirée et ils avaient ouvert les portes-fenêtres menant à la terrasse, permettant à la brise et au parfum des roses de pénétrer dans la pièce. Ils étaient éparpillés dans des configurations diverses : Harriet et Betsy avaient la tête entre les mains, riant de quelque chose dans un livre qu'elles avaient sorti des étagères, tandis que leurs maris étaient en pleine conversation avec Blackford et Risedale ; la comtesse de Risedale et Alexandra discutaient avec Maria et Grovecourt ; Diana, Jane et Penvale échangeaient joyeusement – à moins que Sophie n'ait tout à fait mal entendu – sur la taille des mouettes en Cornouailles ; Emily tentait de reprendre son chaton, Cecil, à Belfry et Jeremy, qui le faisaient courir après une plume en cercles de plus en plus resserrés. Sophie ne savait pas pourquoi, exactement, le chaton était présent ce soir ; Belfry l'avait informée sur un ton désolé qu'il avait appris à ne plus remettre en question les besoins émotionnels d'une femme enceinte, ce que Sophie n'avait pu contester.

Sophie, West, Violet et James étaient confortablement installés sur un canapé et deux fauteuils placés contre un mur, près des portes ouvertes. West et Sophie venaient de finir de raconter aux deux autres le récit de la visite du duc.

— J'aurais aimé voir sa tête, dit James en buvant une gorgée de cognac.

Il était étendu sur le canapé, son bras reposant le long du dossier, ses doigts jouant paresseusement avec une boucle de cheveux bruns sur l'épaule de Violet.

— Je chérirai ce souvenir jusqu'à la fin de ma vie, lui assura Sophie.

Elle était assise dans un fauteuil à l'une des extrémités du canapé, face à West, qui était installé en face d'elle. Il leva son verre de cognac en guise de toast silencieux avec un petit sourire en coin qui n'était destiné qu'à elle. Il semblait plus détendu, apaisé. Son apparence, elle, était toujours impeccable – cravate parfaitement nouée, cheveux noirs plaqués en arrière, chaussures étincelantes –, mais il y avait une certaine aisance dans sa manière de se mouvoir, une détente sur ses traits, qu'elle n'avait pas eu l'habitude de voir ces dernières années. Malgré les légères rides sur son front – résultat, sans doute, de ses haussements de sourcils répétés – et quelques cheveux gris dont elle avait pris l'habitude de l'informer joyeusement lorsqu'elle les apercevait sur ses tempes, il était en tout point semblable à l'homme qu'elle avait rencontré sept ans plus tôt.

— Et il vous a cédé Rosemere ? demanda James, la voix teintée d'une légère incrédulité.

Après tout, il connaissait bien les risques liés à l'acceptation de tout cadeau immobilier de la part de leur père.

West leva les yeux au ciel.

— En fait, il nous l'a vendue… Ou plutôt, il l'a vendue à Sophie. C'est sa dot qui a servi à l'achat, et il a eu le culot de marchander avec son notaire.

— Me Edwards est rude en affaires, assura Sophie en prenant une gorgée de son propre brandy.

Elle se félicitait de pouvoir le boire dans un verre transparent, comme les messieurs, plutôt que subrepticement dans une tasse à thé, comme elle avait l'habitude de le faire auparavant.

— Mais la propriété nous appartient désormais, et le duc ne peut plus y toucher ni menacer de nous la voler. Il a sans doute été consolé par l'idée que nous y élèverons de futurs petits ducs.

Quelque chose dans son ton avait dû mettre la puce à l'oreille de Violet, car elle l'observa avec curiosité.

— Ce n'est donc pas ce que vous avez l'intention de faire ?

Le regard de Sophie se porta sur West, qui la regardait fixement, une lueur chaleureuse dans ses yeux verts.

— Je n'en suis pas certaine, dit-elle légèrement. Je n'ai pas eu de chance à cet égard lors de mon premier mariage, vous savez, et…

Elle s'interrompit, l'idée d'exprimer cette pensée devant quelqu'un d'autre que West lui faisant soudain très peur. Mais il s'agissait de Violet et James, ils étaient de la famille. Et pourquoi devrait-elle avoir peur, ou honte, alors que rien de ses propres inclinations et souhaits ne lui paraissait honteux ?

— Et je ne me suis jamais sentie profondément maternelle, ajouta-t-elle. Alors, si nous n'avons pas cette chance, je ne sais pas si je m'en offusquerai.

Violet et James maintinrent leurs yeux sur elle, pensifs, sans bifurquer un seul instant en direction de West – ce dont Sophie leur fut reconnaissante. Elle ne savait pas ce qu'elle craignait précisément. Qu'ils se tournent vers West et le félicitent de son courage d'épouser une femme qui pouvait être stérile ? Qui, même si elle devait avoir des enfants, n'était pas du tout certaine d'y prendre plaisir ? Au lieu de cela, Violet se contenta de hocher la tête d'un air songeur.

— Ayant été témoin des expériences d'Emily avec la grossesse jusqu'à présent, je me demande si ce n'est pas toi qui es la plus sage, Sophie, observa-t-elle.

Il y avait quelque chose de légèrement nostalgique dans la voix de Violet, cependant, qui disait à Sophie que sa belle-sœur serait prête à prendre le risque. James serra l'épaule de son épouse et déposa un baiser sur sa tête.

— Non pas qu'un bébé serait très opportun pour nous en ce moment, ajouta Violet avec plus d'entrain, sa main toujours fermement accrochée à celle de James. Nous avons des pyramides à voir, après tout !

— Il n'y a pas de pyramides en Italie, dit James patiemment.

Violet avait toujours été curieuse de découvrir le monde, et follement indignée que les dames n'aient pas la possibilité d'en faire le tour, comme les messieurs de la classe moyenne. James avait donc résolu de l'emmener dans un long voyage à travers le continent. Violet avait passé une bonne partie des quinze derniers jours, depuis l'annonce de ce plan, à essayer de le convaincre de la conduire dans des endroits de plus en plus reculés : outre les pyramides égyptiennes, elle avait plaidé en faveur de Constantinople et, au grand effroi de James, de Boston.

— Violet, avait-il dit d'un ton douloureux, j'ai le mal de mer.

— Eh bien, tu resteras dans notre cabine pendant tout le voyage, me laissant libre d'explorer le navire sans t'avoir dans mes jambes en permanence, avait-elle dit joyeusement.

Le voyage en question – au lieu du fantasme de plus en plus élaboré que Violet concevait dans son imagination – devait plutôt les mener en France, en Suisse et en Italie, d'après ce que Sophie avait compris. Personnellement, elle pensait que cette entreprise semblait aussi excitante qu'épuisante et se réjouissait de passer un automne tranquille à Rosemere.

À ce moment-là, Violet fut appelée par Diana, tandis que James s'en allait discuter avec Risedale au sujet des écuries de course qu'ils prévoyaient d'ouvrir sur son domaine dans l'Oxfordshire, laissant West et Sophie seuls. Il croisa son regard et désigna les portes-fenêtres ouvertes sur la terrasse.

— Envie d'une promenade dans le jardin ? proposa-t-il à voix basse.

Sophie se leva, et West lui emboîta le pas.

— Essaierais-tu de me séduire à l'abri des regards ? demanda-t-elle en époussetant son épaule avec désinvolture.

Il tendit la main et la serra dans la sienne. La lumière de la lampe aiguisait les angles de son visage, mettant ses pommettes en relief, et allumait une lueur brûlante dans ses yeux verts.

— Peut-être.

Le mot était un murmure lascif.

— Serais-tu d'accord ? ajouta-t-il.

Elle leva le visage pour déposer un baiser rapide sur sa bouche, sans se soucier de qui les verrait – pas ici, dans la sécurité de la maison qu'ils partageaient, entourés de leurs amis.

— Peut-être.

Puis elle l'embrassa de nouveau et le laissa la conduire sur la terrasse, dans un coin sombre où il fit plusieurs choses choquantes avec sa main sans même défaire son corsage, et où elle démontra à son tour, à leur satisfaction mutuelle, l'effet délicieux que pouvaient avoir quelques frottements au bon endroit.

Quelque temps plus tard, alors qu'ils se tenaient adossés au mur l'un contre l'autre, un peu essoufflés, regardant le ciel nocturne, elle déclara :

— Tu sais, je me suis demandé si cela en valait la peine. Si cela méritait de passer ces sept dernières années à souffrir. Si je ne t'avais pas idéalisé – si je ne *nous* avais pas idéalisés – jusqu'à nous transformer en un fantasme que la réalité ne pourrait jamais égaler.

Elle secoua la tête, laissant échapper un rire à moitié incrédule devant la joie qui l'envahissait.

— Et en fait, c'est encore mieux que dans mon imagination.

Elle tourna son visage vers le sien.

— Peux-tu le croire ?

Il baissa la tête pour l'observer dans la pénombre, percée par un rayon de lumière provenant du salon.

— Je l'ai toujours cru, dit-il.

Il ne prononça pas un mot de plus. C'était inutile.

Sophie l'embrassa une nouvelle fois, consumée par la simple joie de pouvoir le faire.

Épilogue

Un an plus tard

Septembre était le mois préféré de Sophie à Rosemere. La chaleur de l'été était passée et les jours raccourcissaient, mais les après-midi étaient encore chauds et ensoleillés, les collines qui entouraient la maison encore vertes. C'était le mois idéal pour de longues promenades le long de la rivière que la maison surplombait, pour des soirées tranquilles devant le feu dans le salon et pour de longues nuits – de sommeil ou pas – avec la fenêtre de la chambre ouverte sur la brise fraîche de la nuit.

C'était également le mois idéal pour organiser une fête à la maison – une idée que Sophie avait suggérée avec enthousiasme, mais qu'elle regrettait maintenant, alors qu'elle se retrouvait contrainte d'expliquer le jeu « passe-moi le pain » à ses amis.

— Cela ne risque pas d'être dangereux pour le bébé ? demanda Belfry, inquiet, une fois que Sophie eut fini son explication.

À la surprise générale, la paternité l'avait rendu angoissé à propos de tout ce qui pouvait être vaguement interprété comme une menace pour la santé et la sécurité du petit Théodore, y compris – mais pas seulement – le chat d'Emily, Cecil Lucifer Belzébuth, les journées trop chaudes, les journées trop froides, la vitesse à laquelle on poussait le landau et donc, désormais, les miches de pain volantes.

— C'est du pain, Belfry, pas un boulet de canon, s'impatienta Diana. Je ne pense pas que la paternité soit bonne pour le cerveau, ajouta-t-elle sévèrement tout en souriant doucement à sa propre fille, née quelques mois plus tôt, qui roucoulait actuellement dans les bras de son père complètement sous le charme.

West fut distrait par la vue d'Emily glissant un morceau de nourriture sous la table pour le chat Cecil, qui n'était certainement pas censé se trouver dans la salle à manger, mais il ne protesta pas.

C'était la première soirée qu'ils passaient ensemble à Rosemere, et aucune des sœurs de Sophie n'était encore arrivée. Elles et le reste des invités étaient attendus le lendemain. Ce soir, il n'y avait que James et Violet, Diana et Jeremy, Emily et Belfry, et Penvale et Jane. Ils avaient fini de dîner et les assiettes avaient été débarrassées, mais ils s'attardaient devant leurs verres de vin tandis que les bougies brûlaient faiblement. Les petits bébés joufflus avaient été amenés par leurs nourrices pour passer quelques minutes avec leurs parents avant de rejoindre leur chambre. Sophie tenait la fille de Penvale et de Jane dans ses bras. La petite fronçait les sourcils en affichant une expression qui rappelait étrangement celle de sa mère.

— Harriet n'est-elle pas de nouveau enceinte ? s'enquit Jane en fronçant les sourcils, ce qui accentua encore la ressemblance entre mère et fille. Je ne peux imaginer qu'on puisse avoir envie de faire quoi que ce soit qui ne soit pas strictement nécessaire, dans cet état.

— Je suis tout à fait d'accord, approuva Diana.

Jane et elle échangèrent un regard empreint d'une sombre empathie. Toutes deux avaient été terriblement malades pendant leur propre grossesse, au point que Diana avait informé Jeremy que si leur deuxième enfant n'était pas un garçon, le titre pourrait aller à un navet, pour ce qu'elle en avait à faire. Ayant observé Jeremy en compagnie de la petite Isabella, qui faisait déjà ce qu'elle voulait de lui, Sophie ne pensait pas qu'il se souciait beaucoup d'avoir un héritier.

— Et pourtant, dit Penvale à sa femme, tu as réussi à rassembler suffisamment d'énergie pour organiser une ultime chasse aux fantômes à l'abbaye de Trethwick, un mois seulement avant la naissance de Nora.

— Je ne pouvais pas laisser passer notre anniversaire de mariage sans marquer l'occasion, déclara Jane avec sérénité.

— Quel cadeau ! commenta Penvale d'un ton sombre.

— Vous n'avez aucun goût pour le romantisme, maugréa Jane en croisant les bras, mais son air bougon s'atténua un peu lorsque Penvale lui fit un clin d'œil de l'autre bout de la table.

Sophie croisa le regard de West. Il lui offrit un petit sourire discret. Le jour de leur premier anniversaire de leur mariage, cet été-là, elle s'était réveillée avec une rose dans un vase à côté de son lit, près d'un programme manuscrit pour la journée, comprenant des points tels que « manger autant de viennoiseries que possible au petit déjeuner » et « compromettre la vertu de mon mari en dehors de la maison » – ce point ayant été particulièrement agréable à cocher.

Nora, comme si elle sentait que ses parents avaient parlé d'elle, poussa un bref cri dans les bras de Sophie. Celle-ci baissa les yeux et découvrit, effrayée, que le visage de l'enfant devenait de plus en plus rouge à chaque seconde qui passait.

— Que lui arrive-t-il ? demanda Sophie, alarmée, en se tournant vers Penvale et Jane.

Malgré l'abondance de bébés – très appréciée – dans sa vie, elle n'était pas du tout désolée qu'aucune naissance ne soit à prévoir pour elle et West.

— Elle est toujours comme ça, la rassura Penvale en se levant pour récupérer sa fille. Elle a hérité ce trait de caractère de sa mère.

Il contourna la chaise de Jane, esquivant avec succès sa tentative de lui donner un coup dans l'estomac, et prit le bébé des bras de Sophie. Il renifla et fit la grimace.

— Ou il y a peut-être une autre raison.

— Tu n'attends pas avec impatience le miracle de la maternité ? demanda James à Violet, alors que Nora commençait à gémir sérieusement.

Pendant un moment, les autres, distraits par les pleurs de Nora, qui semblaient influencer les deux autres bébés, n'y prêtèrent pas attention. Au bout de quelques secondes cependant, West cligna des yeux, puis se tourna lentement vers son frère et sa belle-sœur, assis l'un à côté de l'autre à un bout de la table.

— Tu veux dire que…

— J'espère, confirma Violet en souriant. Cela expliquerait pourquoi je me sens si mal en ce moment.

Maintenant que Sophie l'étudiait de plus près, elle paraissait un peu pâle. Cela faisait deux ans que Violet et James s'étaient réconciliés, sans qu'aucun bébé naisse de ces retrouvailles. Sophie n'aimait pas être indiscrète mais elle savait – après une confession en larmes, quelques mois plus tôt – que Violet commençait à s'inquiéter.

— Oh ! s'exclama Emily en se levant en hâte.

— Ne bouscule pas le bébé ! hurla Belfry alors qu'elle lui passait Théodore sans ménagement pour se jeter dans les bras de Violet, la faisant presque tomber de sa chaise.

— Je suis si heureuse pour vous !

— Emily, pour l'amour du ciel, ne la secoue pas, elle pourrait te vomir dessus, s'écria Diana avec un léger frisson et une expression sinistre au souvenir de ses nausées.

Elle se leva cependant pour presser l'épaule de Violet. West, quant à lui, avait posé une main sur le dos de James et murmurait quelque chose à son oreille, tandis que le reste de l'assemblée se joignait au concert de félicitations. Au bout d'un moment, West s'adossa à son siège, ce qui permit à Jeremy de tendre la main et d'ébouriffer affectueusement les cheveux de James. Ce dernier avait les joues un peu roses, et Sophie se sentit submergée par une vague de tendresse pour son beau-frère. Malgré elle, elle fut ramenée à une promenade dans Hyde Park deux ans plus tôt, au côté de Jeremy. Ils étaient en train de mettre fin à leur liaison éphémère lorsqu'ils avaient croisé Violet et James, visiblement plongés dans une discussion sérieuse. James s'était comporté comme un véritable fou ; bizarrement, cette rencontre avait été à l'origine de tout ce qui s'était passé par la suite.

Il y eut un mouvement à côté d'elle, et elle sursauta. Elle était tellement plongée dans ses pensées qu'elle n'avait pas remarqué que West l'avait rejointe, s'asseyant sur le siège libre à côté du sien. Il tendit un bras sur le dossier de sa chaise, sa main caressant l'endroit où la manche courte de sa robe de soirée rencontrait la peau nue de son bras. Un frisson la parcourut à ce contact, et elle lui lança un regard en coin en souriant.

— Regrettes-tu déjà ces invitations ? demanda-t-elle en se penchant vers lui pour qu'il l'entende par-dessus la cacophonie des félicitations et des pleurs de bébés.

Les rides autour de ses yeux se creusèrent, et un petit sourire étira ses lèvres.

— Non.

Il déposa un rapide baiser sur sa bouche, sans se soucier des autres.

— Je ne regrette pas un seul instant depuis le jour où tu as accepté de m'épouser.

Sophie l'observa d'un air sceptique.

— Pas même d'avoir accepté l'invitation de Penvale à nager dans la Serpentine le jour de Noël ?

West grimaça à ce souvenir.

— C'était revigorant.

— Je me souviens que tu as employé un mot plus coloré à l'époque.

— Cela m'a certainement appris une leçon sur les mérites de nager dans l'eau glacée.

— Ah oui ? Laquelle ?

— La leçon, déclara West, c'est qu'il n'y a aucun mérite à le faire.

Sophie laissa échapper un éclat de rire et il sourit – un vrai sourire, qui illuminait son visage et le rajeunissait de plusieurs années.

Bientôt, les bébés seraient récupérés par leurs nourrices ; plus tard, le groupe se retirerait dans la bibliothèque pour une partie de charades et des quantités inconsidérées de brandy et de sherry ;

ensuite, West la prendrait par la main après avoir souhaité une bonne nuit aux derniers invités, la conduirait dans l'escalier et le long des couloirs jusqu'à leur chambre à coucher, où il lui enlèverait lentement ses vêtements et l'étendrait sur le lit sous la lueur du clair de lune qui pénétrerait dans la pièce par une fenêtre ouverte. Le lendemain matin, elle se réveillerait avec le soleil et la certitude que ses sœurs seraient bientôt là, et elle descendrait prendre son petit déjeuner avec un sourire qu'elle ne pourrait réprimer, grisée par la joie qui teintait chaque minute de sa vie.

Mais pour le moment, elle était assise avec le bras de West enroulé autour de ses épaules, dans une pièce bruyante, entourée de leurs amis – et cela, en soi, était suffisant.

Remerciements

Bien que j'écrive des romans d'amour, je suis extrêmement allergique aux sentiments lorsqu'il s'agit de ma propre vie, ce qui explique que la tâche d'écrire des remerciements pour ce livre m'intimide autant.

Les romans que j'ai écrits ont bouleversé ma vie – j'écris ces lignes de mon appartement confortable du Maine, un État dans lequel je ne vivrais pas sans la liberté que ces livres m'ont apportée. Nous sommes à la fin du mois d'août 2023 et je suis en train de préparer mon déménagement au Royaume-Uni, où j'ai presque toujours rêvé de m'installer. Ce déménagement n'est possible que grâce à ma carrière d'écrivaine. Il m'est donc extrêmement difficile de remercier comme il se doit tous ceux qui ont fait de mon existence actuelle une réalité, mais je vais tenter de faire de mon mieux.

Taylor Haggerty et Kaitlin Olson sont les meilleures agente et éditrice que je puisse espérer. Elles ont été les premières personnes à tomber amoureuses de ce groupe de personnages que j'aime tant ; je me souviens encore de mes premiers appels téléphoniques avec chacune d'entre elles, et du sentiment surréaliste que j'ai éprouvé en les entendant parler de Violet, James, Diana, Jeremy et les autres avec la même affection que moi. À chaque nouveau projet, je me sens plus chanceuse de pouvoir travailler avec elles. Il m'est impossible d'exprimer par des mots à quel point elles sont intelligentes et talentueuses, alors je n'essaierai même pas. Je dirai simplement : merci à vous deux, pour tout.

Megan Rudloff, Zakiya Jamal, Ifeoma Anyoku, Karlyn Hixson, Morgan Hoit et toutes les autres personnes incroyables et engagées d'Atria Books avec lesquelles on rêve de travailler : j'apprécie énormément tout ce qu'elles font pour mettre mes livres à la disposition du monde (et pour s'assurer que quelqu'un les lise).

D'autres personnes en coulisses méritent d'être reconnues, notamment l'équipe de Root Literary – une agence par laquelle j'ai la chance incroyable d'être représentée – et les nombreux éditeurs qui ont publié mes livres à l'étranger. Et en particulier Kate Byrne, qui a fait connaître mes livres au Royaume-Uni et a ainsi rendu possible ma prochaine aventure.

J'ai reçu un soutien incroyable de la part de tant de librairies indépendantes, et je suis très reconnaissante à chacune d'entre elles de m'avoir accueillie pour un événement, de m'avoir invitée à un club de lecture, d'avoir exposé et conseillé mes livres. Je suis particulièrement redevable à Flyleaf Books à Chapel Hill, en Caroline du Nord, et à Print: A Bookstore à Portland, dans le Maine, qui ont été mes librairies d'accueil ces dernières années et avec lesquelles j'ai eu beaucoup de plaisir à travailler.

Il y a tant d'autrices qui m'ont traitée avec une extrême gentillesse dans les premières années de ma carrière. Qu'il s'agisse d'offrir des *blurbs*[1], d'organiser des événements avec moi ou tout simplement de me prêter une oreille attentive et de m'encourager constamment, je suis très reconnaissante de connaître tant de personnes formidables et talentueuses. Je n'essaierai pas de les nommer toutes, car je sais que j'en oublierais certaines, mais je m'en voudrais de ne pas mentionner spécifiquement Sarah Hogle, qui m'a sauvée lorsque j'essayais d'écrire ce livre et qui m'a aidée à trouver la lumière vers la ligne d'arrivée.

Mes amis et ma famille sont une source incroyable de soutien, quelle que soit la distance qui nous sépare. Ils sont très éloignés les uns des autres – en Floride, en Caroline du Nord, dans le Maine et dans bien d'autres endroits encore –, mais je sais qu'ils se reconnaîtront et j'espère qu'ils savent à quel point je les aime, même si je n'arrive pas à le dire. Cette fois, j'aimerais remercier tout particulièrement Allie, Hettie et Elsie qui m'ont autorisée (en quelque sorte) à emprunter leurs noms ; ainsi que tous ceux qui m'ont permis de me sentir si vite chez moi dans le Maine (en particulier Leah, Lila, Meg et Megan) ; et ma mère, qui a été la première fan de West et Sophie.

Enfin, à tous les lecteurs, critiques, blogueurs, bibliothécaires et libraires qui m'ont envoyé un message amical ou qui ont contribué à faire connaître mes livres – et en particulier ceux d'entre vous qui, depuis le début, ont réclamé cette histoire en particulier : merci, merci, merci. Celle-ci est pour vous.

---

1. Accroche de quelques mots qui figure en couverture et qui a souvent été écrite par un autre auteur pour faire les louanges du livre. *(N.d.T.)*

14542

Composition
FACOMPO

Achevé d'imprimer en Italie
par GRAFICA VENETA
le 5 octobre 2025

Dépôt légal : novembre 2025
EAN 9782290420973
OTP L21EPSN002702-650404

ÉDITIONS J'AI LU
82, rue Saint-Lazare, 75009 Paris

Diffusion France et étranger : Flammarion